Antonio Tabucchi

Es wird immer später

Roman in Brieform

Aus dem Italienischen
von Karin Fleischanderl

Carl Hanser Verlag

Die Originalausgabe erschien erstmals 2001 unter dem Titel
Si sta facendo sempre più tardi. Romanzo in forma di lettere
bei Feltrinelli in Mailand.

Die Arbeit der Übersetzerin am vorliegenden Text wurde
vom Deutschen Übersetzerfonds e.V. gefördert.

1 2 3 4 5   06 05 04 03 02

ISBN 3-446-20224-2
© Giangiacomo Feltrinelli Editore Milano 2001
© 2001 by Antonio Tabucchi
Alle Rechte der deutschen Ausgabe:
© Carl Hanser Verlag München Wien 2002
Satz: Satz für Satz. Barbara Reischmann, Leutkirch
Druck und Bindung: Friedrich Pustet, Regensburg
Printed in Germany

Dieses Buch ist meinem Freund
Davide Benati gewidmet, der schaut,
versteht und in Farbe verwandelt

Avanti, 'ndrè
avanti, 'ndrè
che bel divertimento.
Avanti, 'ndrè
avanti, 'ndrè
la vita è tutta qua.

Refrain eines italienischen Volksliedes

Eine Fahrkarte mitten im Meer

Meine Liebe,

ich glaube, der Durchmesser dieser Insel beträgt nirgendwo mehr als fünfzig Kilometer. Eine schmale Straße führt an der Küste entlang, manchmal steil über dem Meer, ansonsten eingebettet in einer kargen Landschaft, die zu einsamen kleinen Kiesstränden hin abfällt, an deren Rändern von der Salzluft verbrannte Tamarisken wachsen. Manchmal halte ich in einer dieser Buchten an, und von hier aus spreche ich auch zu Dir, leise, weil die Mittagsstunde und das Meer und dieses weiße Licht das Ihre getan haben und Dir die Augen zugefallen sind, Du liegst neben mir, ich sehe, wie sich Deine Brust im langsamen Rhythmus des Schlafs hebt und senkt, und möchte Dich nicht wecken. Wie sehr würde dieser karge essentielle Ort doch den Dichtern gefallen, mit denen wir befreundet sind: nichts als Felsen, kahle Hügel, Dornengestrüpp, Ziegen. Einen Augenblick lang dachte ich sogar, daß es diese Insel gar nicht gibt, daß ich sie nur gefunden habe, weil sie in meiner Phantasie existiert. Denn eigentlich ist sie kein Ort, sondern ein Schlupfloch, ein Loch im Netz. Ich meine damit das Netz, genauer gesagt das

Schleppnetz, in dem wir mittlerweile alle gefangen sind, ob wir wollen oder nicht. Und ich lasse es mir nicht nehmen, Löcher in diesem Netz zu suchen. In diesem Augenblick war mir fast, als würde ich Dein ironisches Lachen hören: »Nicht schon wieder!« Aber nein: Deine Augen sind fest geschlossen, und Du hast dich nicht gerührt. Ich habe es mir nur eingebildet. Wie spät es wohl ist? Ich habe keine Uhr bei mir, wozu auch.

Aber eigentlich wollte ich Dir erzählen, wie es hier aussieht. Der erste Gedanke, der einem hier kommt, ist, wie überflüssig der Überfluß doch ist, in dem wir leben – wir zumindest, denen es zum Glück bessergeht. Schau Dir dagegen die Ziegen an: Sie kommen mit dem Geringsten aus, sie fressen sogar das Dornengestrüpp und lecken Salz. Je länger ich sie ansehe, desto mehr gefallen sie mir, die Ziegen. Sieben oder acht laufen auf diesem Strand umher, zwischen den Felsen, ohne Hirten, möglicherweise gehören sie den Leuten in dem kleinen Häuschen, bei denen ich heute zu Mittag gegessen habe: Unter einem Dach aus Rohrgeflecht befindet sich eine Art Ausschank, wo Oliven, Käse und Melonen verkauft werden. Die alte Frau, die mich bediente, ist schwerhörig, ich mußte schreien, um das karge Mahl zu bestellen, und sie sagte, ihr Mann werde gleich dasein, ich habe ihn jedoch nicht zu Gesicht bekommen, vielleicht existiert er nur in ihrer Phantasie, oder ich habe sie falsch verstanden. Den Käse stellt sie selbst her, sie führte mich in den Hof, der von einer roh verputzten Mauer umgeben und von Disteln überwuchert ist, dort befindet sich auch der Ziegenstall. Ich machte eine Geste, als hätte ich eine Sichel in der Hand, um ihr zu bedeuten, man müsse die stachligen Disteln schneiden, um sich nicht darin zu verheddern. Sie machte dieselbe Geste, nur entschiedener. Wer weiß, was sie sagen wollte, indem sie die Hand herabsausen ließ wie eine Klinge. Neben dem Stall geht das Haus in eine Art in den Felsen gehauenen Keller über. Hier stellt sie den Käse her, der eigentlich nur ein gesalzener, im Dunkeln gereifter Quark mit roter Paprikakruste ist. Sie arbeitet in einem in den Felsen gehauenen Raum, in dem es kühl ist, um nicht zu sagen: eiskalt. Dort steht ein Käsekessel aus Granit, in dem sie die Milch gerinnen läßt, und ein Bottich, in dem sie den gewonnenen Bruch weiterverarbeitet, auf einem rauhen, schiefen Tisch, auf dem sie auch die Masse knetet, sie windet sie aus wie Wäsche über dem Waschtrog, um die ganze Flüssigkeit herauszupressen, und dann legt sie sie in eine Form, damit sie sich verfestigt. Sie hat zwei davon, zwei Holzformen mit Schraubverschluß, eine ist rund, wie die meisten Holzformen, und die andere hat die Form eines Pikas, oder zumindest kam es mir so vor, denn sie erinnerte an die Farbe unserer Spielkarten. Ich kaufte eine Form, und ich hätte gern das Pikas genommen, aber die Alte wollte es mir nicht überlassen, und so mußte ich mit der runden Form vorliebnehmen. Ich bat sie um eine Erklärung, aber sie gab nur ein paar gutturale, fast schrille unfreundliche Laute von sich, und dabei gestikulierte sie auf unverständliche Weise. Sie strich sich über den Bauch und griff sich ans Herz. Wer weiß, vielleicht wollte sie damit bedeuten, der Käse werde nur bei Feiern anläßlich der wesentlichen Dinge des Lebens verzehrt: Geburt, Tod. Aber, wie gesagt, vielleicht ging auch bloß wieder einmal die Phantasie mit mir durch, wie so oft. Der Käse war jedenfalls ausgezeichnet, zwischen zwei Scheiben Schwarzbrot, wie ich ihn aß, mit einem Tropfen Olivenöl darauf, von dem es hier jede Menge gibt, und einem Thymianblatt, denn mit Thymian wird hier jede Speise gewürzt, von Fisch bis zum Wildkaninchen. Ich fragte Dich, ob Du nicht Appetit habest. Schau, er ist ausgezeichnet, sagte ich zu Dir, so einen Käse bekommst Du nie wieder, bald ist auch er in dem Netz verschwunden, in dem wir alle gefangen sind, für diesen Käse gibt es keine Schlupflöcher, Du solltest die Gelegenheit nützen. Aber ich wollte dich nicht stören, Dein Schlaf war so schön und so gerecht, und so schwieg ich. In der Ferne sah ich ein Schiff vorbeiziehen, und ich dachte an das Wort, das ich gerade schrieb: Schiff. Ich sah ein Schiff vorbeiziehen, beladen mit ... Rate mal.

Ganz langsam ging ich ins Meer, mit einem dem Ort entsprechenden panischen Gefühl. Und während ich ins Wasser ging, die Sinne bereit für das, was die südliche Sonne und das Blau und das Salz des Meeres und die Einsamkeit in einem Mann bewirken, hörte ich hinter mir Dein spöttisches Lachen. Ich beschloß, es zu ignorieren, und ging weiter, bis mir das Wasser fast bis zum Bauchnabel reichte. Diese Törin tut so, als würde sie schlafen, dachte ich, und macht sich über mich lustig. Trotzig ging ich weiter, und dann drehte ich mich plötzlich um, nackt, wie ich war, als wollte ich Dir einen Schrecken einjagen. Hoppla, schrie ich. Du hast mit keiner Wimper gezuckt, aber Deine Stimme und den sarkastischen Ton habe ich ganz genau vernommen. Bravo, Glückwunsch, offenbar bist Du noch gut in Form, aber die Flitterwochen liegen zwanzig Jahre zurück, paß auf, daß Du nicht einen Schlag ins Wasser tust! Du mußt zugeben, die Bemerkung war reichlich boshaft, immerhin ging ich soeben ins Wasser, um einen Faun im vorgerückten Alter zu spielen, ich sah an mir hinunter und sah das Blau rund um mich, und nie ist mir ein Bild zutreffender erschienen, und mich überkam ein Gefühl der Lächerlichkeit und gleichzeitig ein Staunen, eine Art Verwirrung, eine Art Scham, und so habe ich mir die Hände vorgehalten, unsinnigerweise, denn außer Meer und Himmel war nichts vor mir. Und Du warst weit weg, unbeweglich auf dem Strand, viel zu weit weg, als daß Du mir den Satz hättest zuflüstern können. Ich höre Stimmen, dachte ich, das eben war eine Sinnestäuschung. Und einen Augenblick lang war ich wie gelähmt und spürte kalten Schweiß im Nacken, und das Wasser kam mir vor wie Zement, als wäre ich darin eingemauert und müßte von nun an bis in alle Ewigkeit nach Luft ringen, wie eine fossile Libelle in Bernstein. Und langsam, Schritt um Schritt, ohne mich umzudrehen, versuchte ich der Panik zu entkommen, die mich nun tatsächlich gepackt hatte, jener Panik, bei der man die Orientierung verliert, und ich trat den Rückzug zum Strand an, wo zumindest Du warst, jener sichere Bezugspunkt, der Du immer für mich gewesen bist, ausgestreckt auf einem Handtuch neben dem meinen.

Aber ich komme vom Hölzchen aufs Stöckchen, wie es so schön heißt, denn eigentlich, wenn ich mich nicht irre, wollte ich Dir von der Insel erzählen. Wie gesagt, beträgt der Durchmesser, über den Daumen gepeilt, nirgendwo mehr als fünfzig Kilometer, und meiner Meinung nach kommt auf den Quadratkilometer nicht mehr als ein Bewohner. Dünn besiedelt also. Wahrscheinlich gibt es mehr

Ziegen als Einwohner, sicher sogar. Abgesehen von Brombeeren und Feigenkakteen wachsen hier nur Melonen, überall, wo der felsige Boden in Sand, in gelbliche Erde übergeht, pflanzen die Einheimischen Melonen an, nichts anderes als Melonen, die klein sind wie Pampelmusen und sehr süß. Die Melonenfelder werden von kleinen Rebstöcken begrenzt, die beinahe aussehen, als würden sie wild wachsen. Man hat für sie Löcher in den Sand gegraben, in denen sie vor der Salzluft geschützt sind und wo sich nachts der Tau sammelt, die einzige Nahrung für ihre Wurzeln. Die Trauben werden zu einem dunklen Rosé mit hohem Alkoholgehalt verarbeitet, ich glaube, das ist das einzige Getränk auf der Insel, einmal abgesehen von den ziemlich bitteren, aber intensiv duftenden Tees, die man aus wild wachsenden Kräutern gewinnt und die auch kalt reichlich getrunken werden. Manche dieser Tees sind gelb, denn sie werden aus einer Art stacheliger Safranpflanze gewonnen, die zwischen den Felsen blüht und aussieht wie eine flache Artischocke; von diesem Getränk wird man viel stärker betrunken als vom Wein, und es ist Kranken und Sterbenden vorbehalten. Zuerst verspürt man ein außergewöhnliches Wohlgefühl, dann schläft man tief und lang, und wenn man wieder erwacht, weiß man nicht, wieviel Zeit vergangen ist, vielleicht ein paar Tage, und man hat auch nicht geträumt.

Ich bin mir sicher, Du denkst, auf diese Insel müßte man unbedingt ein Zelt mitnehmen. Ja, aber wo sollte man es aufstellen? Auf den Felsen? Zwischen den Melonen? Außerdem war ich, wie Du weißt, nie besonders gut darin, Zelte aufzustellen. Sie gerieten immer windschief, zum Erbarmen. Statt dessen habe ich eine Unterkunft im

Dorf gefunden. Kaum zu glauben, man kommt in ein weißes Dorf, das nicht einmal einen Namen hat, sondern einfach Dorf heißt, und auf der verfallenen Windmühle, die die wenigen Häuser überragt, findet man nach einem Aufstieg über zersplitterte Stufen ein Schild mit einem Pfeil: Hotel, 100 m. Es hat zwei Zimmer, aber außer mir ist niemand da. Der Besitzer des Hotels ist ein wortkarger älterer Mann. Er war früher Matrose und kann sich notdürftig in mehreren Sprachen verständigen. Auf der Insel ist er der Mann für alles: Briefträger, Apotheker, Polizist. Sein rechtes Auge hat eine andere Farbe als sein linkes, wahrscheinlich nicht von Natur aus, sondern infolge eines mysteriösen Unfalls, den er auf einer seiner Reisen erlitten hat und den er mir mit spärlichen Worten zu beschreiben versuchte, mit einer eindeutigen Geste zeigte er mir, daß ihn etwas ins Auge getroffen habe. Das Zimmer ist sehr schön, wir hätten das beide nicht erwartet, ich nicht und Du auch nicht. Eine große Mansarde mit Blick auf den Hof, mit einer überdachten Terrasse, die auf den Steinsäulen des Portikus ruht. Um die Säulen rankt sich eine Kletterpflanze mit sehr grünen und kräftigen, etwas fetten Blättern, und nachts öffnen sich die zahlreichen Knospen und verströmen einen intensiven Geruch. Ich glaube, der Blütenduft vertreibt die Insekten, sofern nicht die Geckos an der Decke dafür zuständig sind: auch sie sind fett und ziemlich sympathisch, denn sie rühren sich nicht, zumindest sieht es so aus.

Der mürrische Besitzer hat eine alte Hausangestellte, die mir am Morgen das Frühstück aufs Zimmer bringt: ein ringförmiges Anisbrötchen, Honig, frischen Käse und ein Kännchen Kräutertee, der nach Pfefferminz schmeckt.

Wenn ich hinuntergehe, sitzt er immer an einem Tisch, über Rechnungen gebeugt. Keine Ahnung, was für Rechnungen das sind. Trotz seiner Wortkargheit ist er ziemlich fürsorglich. Er fragt mich immer: *Como está su esposa?* Wer weiß, warum er beschlossen hat, ausgerechnet Spanisch mit mir zu reden, dabei ist das Wort *esposa*, das er mit gebührendem Respekt ausspricht, schon von sich aus ein wenig albern, eigentlich müßte man daraufhin in lautes Lachen ausbrechen. Hören Sie auf mit Ihrer *esposa*, und dabei sollte man ihm kräftig auf die Schulter schlagen. Statt dessen antworte ich mit einer der Situation angemessenen Ernsthaftigkeit: Gut, danke, sie ist heute morgen sehr früh aufgewacht, sie ist schon unten am Strand, ohne gefrühstückt zu haben. Die arme Frau, antwortet er, nach wie vor auf spanisch, ohne Frühstück am Meer, das darf nicht sein! Er klatscht in die Hände, und die Alte erscheint. Er sagt etwas in seiner Sprache zu ihr, und sie füllt, flink wie ein Wiesel, dasselbe Körbchen wie immer, damit Du nicht länger nüchtern bleiben mußt. Und ich bringe es Dir, wie an jedem Morgen: ein ringförmiges Anisbrötchen, frischen Käse, Honig. Ich komme mir ein wenig vor wie Rotkäppchen, aber Du bist nicht die Großmutter, und zum Glück gibt es auch keinen bösen Wolf. Es gibt nur eine braune Ziege mitten auf den weißen Felsen, das Blau im Hintergrund, den Weg zum Strand, wo ich mich auf dem Handtuch neben Dir ausstrecke.

Ich habe eine *open date*-Fahrkarte für Dich gelöst, wie die Reisebüros es nennen. Sie kostet zwar das Doppelte, ich weiß, aber Du kannst damit nach Hause fahren, wann immer Du willst: Und zwar nicht nur mit dem schnaufenden Schiff, das jeden Tag zwischen der Insel und der sogenannten Zivilisation hin- und herpendelt, sondern auch mit dem Flugzeug, das auf der Piste der nächstgelegenen Insel landet. Dabei bin ich kein Verschwender, Du weißt, ich schaue aufs Geld, und ich möchte Dir auch gar nicht beweisen, wie großzügig ich bin, denn wahrscheinlich bin ich es gar nicht. Ich verstehe vielmehr, daß Du Pflichten hast: Man hat zu tun, man rennt hierhin und dorthin, vor und zurück. Mit einem Wort: das Leben. Gestern abend hast Du zu mir gesagt, Du müßtest abreisen, diesmal aber wirklich. Gut, schon recht, reise ab, genau dazu ist eine *open date*-Fahrkarte ja da. *No problem*, wie man heute sagt. Außerdem ist der Augenblick günstig, ablandiger Wind treibt die Schiffe aufs Meer hinaus. Ich habe Deine Fahrkarte genommen, bin ins Meer gegangen (diesmal sogar mit Hose, um die für einen Abschied notwendige Würde zu wahren) und habe sie aufs Wasser gelegt. Eine Welle hat sie mit sich gerissen, und sie ist verschwunden. Oje, habe ich einen Augenblick lang gedacht, mit pochendem Herzen, wie immer, wenn ich mich von jemandem verabschiede (Abschiede versetzen mich stets ein wenig in Angst, und Du weißt, daß ich dabei immer übertreibe), sie wird auf den Felsen landen. Aber nein, sie hat die richtige Richtung genommen, ist keck auf der Strömung dahingetrieben, die den kleinen Golf mit kühlem Wasser versorgt, und im Nu verschwunden. Ich habe versucht, das Handtuch zu schwenken, um Dir Lebewohl zu sagen, aber Du warst schon zu weit weg. Vielleicht hast Du es nicht einmal bemerkt.

Der Fluß

Meine Liebe,

ich weiß, Du beschäftigst Dich mit der Vergangenheit: Es ist Dein Beruf. Aber das hier ist eine andere Geschichte, glaub mir. Die Vergangenheit ist leichter zu verstehen. Man dreht sich um und wirft einen Blick zurück, sofern das überhaupt möglich ist. Und wie wir aus bestimmten Romanen, die noch dazu gut sind, wissen, bleibt die Vergangenheit immer irgendwo hängen, und sei es auch in Fetzen. Um sie wahrzunehmen, genügt manchmal ein Reiz, der über den Geruchs- oder den Geschmackssinn empfangen wird. Oder irgendeine Erinnerung, egal welche. Irgendein Ding, das man in der Kindheit gesehen hat, ein Knopf, den man in einer Lade findet, eine Person, die an jemanden erinnert, eben weil sie jemand anderer ist, oder ein alter Straßenbahnfahrschein. Und schon sitzt Du in der quietschenden kleinen Tramway, die damals von der Porta Ticinese zum Castello Sforzesco fuhr, und betrittst das Mietshaus aus dem 19. Jahrhundert, als wäre nichts gewesen, im Treppenhaus befindet sich ein schmiedeeisernes Geländer mit einem Schlangenkopf, Du steigst zwei Stockwerke empor, die Tür geht auf, ohne daß Du geklingelt hättest, Du wunderst dich überhaupt nicht, im Vorzimmer, über der Rokokokommode, neben der klassizistischen Pendeluhr, hängt ja auch noch der blinde antike Spiegel mit dem Sprung von einem Eck ins andere, und Du erinnerst dich, daß Du an diesem Tag zu mir gesagt hast: Jemand mit einer Krankheit wie der Ihren darf das Schicksal nicht so herausfordern, das ist, als würde man das Unglück heraufbeschwören. Und in diesem Augenblick verstehst Du, daß die Tür einfach deshalb von selbst aufgegangen ist, weil der, der das Schicksal herausfordern wollte, beschissen worden ist. Das passiert allen, die das Schicksal herausfordern wollen, wer weiß, wo er begraben ist, aber der Spiegel mit dem Sprung ist noch immer da, wie an jenem Tag, an dem Du ganz genau erkanntest, was geschehen würde.

Oder Du nimmst ein Fotoalbum, egal von wem, von mir, von Dir, von irgend jemandem. Und Du stellst fest, daß das Leben auf den Fotos festgehalten wird und daß die dummen Vierecke aus Papier es nicht über ihre Ränder treten lassen. Dabei ist das Leben prallvoll, ungeduldig, es möchte aus dem Viereck ausbrechen, denn es weiß, daß das weißgekleidete Kind mit den gefalteten Händen und der Schärpe von der Erstkommunion über dem Arm morgen (ich sage »morgen«, es könnte aber auch jeder andere Tag sein) im verborgenen weinen wird, weil es sich schämt. War es ein wenig unanständig? Wie sehr, das ist nicht von Bedeutung, denn Unanständigkeit führt auf jeden Fall zu Gewissensbissen, und genau davon sprechen wir hier. Aber dieses grausame Foto, das strenger ist als eine Gouvernante, gibt nichts von der wahren Wahrheit preis. Das Leben ist ein Gefangener seiner Darstellung: An den Tag danach erinnerst Dich nur Du.

Schau, so war es, erinnerst Du Dich? Und ich kann nicht einmal ein Gedicht zitieren, um Deiner Erinnerung auf die Sprünge zu helfen, zum Beispiel ein Gedicht wie das, in dem von armseliger Wäsche die Rede ist, die zum Trocknen aufgehängt worden ist: ein Bild der Melancholie, denn armselige Wäsche steht für das Leben namenloser kleiner Leute, einfacher Leute, deren Einfachheit nur die großen Dichter verstehen, heißt es zumindest. Nein. Statt dessen ist da eine majestätische Landschaft, von einer Schönheit, die in ihrer Vollkommenheit viel zu schön ist, wie auf einem Fresko von Simone Martini, auf dem ein aufgezäumtes Pferd einen unbeschreiblichen Ritter an einen unbeschreiblichen Ort bringt. Und ich saß am Steuer meines Autos. Ich fuhr langsam, paßte mich den Kurven an, die sich durch die Hügel schlängelten, lehnte mich in die entsprechende Richtung, als säße ich auf einem Rad, denn am liebsten wäre ich ein Junge gewesen, der auf seinem funkelnagelneuen Fahrrad, das er eben von seiner Familie zum Geburtstag geschenkt bekommen hat, durch diese liebliche Landschaft fuhr. Ein Dorf mit vier Häusern, nicht mehr, aus rohbehauenen Steinen, nicht einmal getüncht; kein Mensch zu sehen, ein Heuschober direkt an der Straße, aus durchbrochenen Ziegeln, und aus den Öffnungen hingen Strohhalme, die sich im Wind bewegten, vergeblich, verlassen auch sie. Hin und wieder passiert so etwas, und man weiß nicht, warum. Es gab keinen Grund, an diesem verlassenen Ort anzuhalten, nicht einmal, um Kaffee zu trinken, denn hier gab es wirklich nichts, abgesehen von einer kleinen asphaltierten Straße, die hinter dem Heuschober abzweigte und bald in einen unbefestigten Weg überging, der aufs offene Land führte: wieder ein Nichts, da am Horizont. Und ich nahm die Abzweigung.

Wie Dir wahrscheinlich aufgefallen ist, gibt es in solchen Dörfern immer eine Kirche oder eine Kapelle. Ursprünglich bestanden die Orte nämlich bloß aus ein paar armseligen Bauernhäusern rund um eine Herrschaftsvilla, denn die Bauern waren ihrem Herrn und der Kirche treu ergeben. Und genau dort, wo der unbefestigte Weg endete, stand zwischen zwei Zypressen auch tatsächlich eine kleine Kirche, wie auf einem kitschigen Öldruck aus dem 19. Jahrhundert oder auf einer Postkarte von heute, auf der »The Heart of Civilization« steht. Auch sie war, wie alles andere, völlig verwahrlost. Ganz oben auf dem abfallenden Dach, hinter einem zweibogigen Fenster aus Ziegelsteinen, durch das man das Blau des Himmels erblickte, hingen zwei Glocken, die eher aussahen wie Kuhglocken und die ebenfalls schon lange nicht mehr geläutet worden waren, natürlich nicht. Genau hier parkte ich das Auto, unter einer der Zypressen. Gleich dahinter die Hügel und darauf wie hingepinselt Reihen von Weinstöcken und Zypressen: unsere Landschaft, damit wir uns recht verstehen. Alles war genau so, wie es sein sollte. Es war Mai. Ich pißte an den Stamm der Zypresse, obwohl ich nicht mußte, vielleicht diente mir das physiologische Bedürfnis als Rechtfertigung, an einem Ort angehalten zu haben, an dem anzuhalten es sonst keinen Grund gab. Das kleine Tor der Kirche war versperrt, ich ging um sie herum, ich watete durch das hohe Unkraut, das die Kirche umzingelte, ich achtete darauf, keine Schlange aufzustören, denn Schlangen lieben solche verlassenen Orte. In den Spalten zwischen den alten Steinen wuchsen Kapernbüsche mit fließenden Mähnen, die mich aus irgendeinem Grund an Elektra erinnerten, und ich versuchte, die Verse aufzusagen, die ich irgendwann einmal auswendig wußte, aber sie fielen mir nicht ein. Ich pflückte ein paar Kapern und kaute sie, obwohl sie noch nicht reif waren, und ich genoß ihren sauren, unangenehmen Geschmack, als würde er mir ein Gefühl für das geben, was vorgefallen war – wie eine leise und unbedingt notwendige Buße, die mit ihrem bittern Geschmack an die Schuld erinnert, die man begangen hat. Und ich dachte, daß das Leben die Dinge vorsätzlich verschweigt, daß es sich nur selten in die Karten blicken läßt, weil es in Wirklichkeit unterirdisch verläuft, wie ein Fluß im Karst.

Ich hatte zu Dir gesagt: Jetzt ist es aus. Aber ohne es Dir zu sagen, denn auch das Schweigen verläuft wie ein Fluß im Karst. Dachtest Du, ich sei verschwunden? Ich war tatsächlich verschwunden, ich bin einfach dortgeblieben, im Nichts gewissermaßen, und ließ mich treiben. Im Augenblick befand ich mich an einem meiner x-beliebigen Orte, und dieser war nicht der von erhabener Schönheit, von dem ich Dir gerade erzählt habe, sondern eine Schlucht in den Bergen mit ein paar spärlichen Olivenbäumen und wild wachsenden Büschen, die blühen, wenn es an der Zeit ist. Ab und zu dachte ich an die Form Deines Spalts, und ich sah ihn vor mir, als wäre er ein Teil der Landschaft: die kleine Klitoris, die sich unter den großen Schamlippen versteckt, schüchtern wie ein Männchen, das die Tür öffnet und sich vor dem Briefträger fürchtet, der geklingelt hat, und dann der breite Schamhügel, der bis zum Bauchansatz reicht wie weitläufiges Gehölz.

Ich war also weit weg in diesem Inzwischen, und das ist sehr wichtig, damit Du Dinge verstehst, die im Grunde unverständlich sind, und die Einsamkeit war sehr groß dort in den Bergen. Ich betrat eine Taverne, die Antartes hieß, was auf griechisch soviel wie Partisan bedeutet, und auch ich fühlte mich so wie jemand, der sich im Wald versteckt und kämpft, aber gegen wen eigentlich? dachte ich, nun ja, gegen die Dinge eben, man weiß ja, wie die Dinge sind, gegen alles also, denn das Leben füllt sich allmählich und schwillt an, ohne daß man es bemerkt, aber diese Schwellung ist ein Überschuß wie eine Zyste oder wie Chaos, und irgendwann bedeutet einem diese Ansammlung von Dingen, Objekten, Erinnerungen, Tönen, Träumen oder Zwischenräumen nichts mehr, es ist nur noch ein unbestimmtes Geräusch, ein würgender Knödel im Hals, der nicht rauf- und nicht runtergeht, als unterdrücke man ein Schluchzen. Ich saß im Freien, unter der Weinlaube, und aß ein köstliches Gericht, das aus den Innereien eines Schafs zubereitet worden war, ich betrachtete die tiefen Schluchten Kretas, die schroffen Berge, wo die Oleander inmitten der dunkelgrün glänzenden Olivenbäume helle Farbflecken bildeten, und ich beobachtete ein paar Ziegen, die zwar Dornen fressen, aber keinen Oleander, und dachte: So, ich habe es geschafft.

Ein Freund von mir behauptet, Selbstmord sei, obgleich eine radikale Entscheidung, leicht auszuführen: ein Handgriff, und man ist weg. Viel schwieriger sei es, das

Schweigen auszuhalten. Dafür braucht man Geduld, Beständigkeit, Hartnäckigkeit; und vor allem führt es uns die Alltäglichkeit unseres Lebens vor Augen, die Abfolge der Tage, die noch vor uns liegen, lange, aus kurzen Stunden bestehende Tage; es ist wie ein Gelübde aus Glas, ein Nichts kann es zerbrechen, und sein schlimmster Feind ist die Zeit. Wie das Leben so spielt. Und was die Dinge lenkt: ein Nichts. Es war Zufall. Aus reiner Neugier betrat ich den Vorraum dieser Taverne: Ich wollte mich einfach ein wenig umsehen. Der Raum war fast leer, die Strohstühle hatte man übereinandergestapelt und die Tische in eine Ecke geschoben. Ich betrachtete die Fotos, die an der Wand hingen. In diesem Dorf verehrt man zwei Männer: Der eine ist Weniselos, der in dieser Gegend zur Welt gekommen ist und während seiner Feldzüge hier sein Hauptquartier aufgeschlagen hatte; an der Wand hingen Jugendfotos und vergilbte Zeitungsausschnitte, die in Sepiafarbe seine Liebe zum Volk darstellten. Der andere ist Kazantzakis, der in diesem Dorf zeitweise eine Heimat gefunden hatte, als er wieder einmal sehr unglücklich war. Ich habe diesen Schriftsteller nie gemocht, vielleicht deshalb, weil wir uns in puncto Hochmut allzu ähnlich sind. Aber in den feinen Verästelungen unseres Daseins sind die Wege des Hochmuts unergründlicher als die des Herrn, und in seinem Fall wurde der Hochmut zu Kühnheit, und er war auch noch stolz darauf. Bei mir liegen die Dinge ganz anders, wie Du weißt, bei mir hat sich der Hochmut in Feigheit verwandelt, sofern das möglich ist. Abgesehen von einem Porträt, auf dem er sich als anständiger Bürger präsentiert (Sakko, Krawatte, gepflegter Bart, Pomade im Haar, tiefsinniger Blick, als würde er nicht in einen Fotoapparat, sondern direkt ins Antlitz der Wahrheit blicken), hing hier auch ein Foto von seinem Grab (sofern man es so bezeichnen kann), denn seine Kirche gestattete nicht, daß ein vermeintlicher Ketzer auf dem Friedhof beerdigt wurde, und so begrub man seine sterblichen Überreste an der Stadtmauer seiner Heimatstadt Iraklion, und auf dem Grabstein brachte man ein Zitat von ihm an, das ihn hervorragend beschreibt: »Ich glaube an nichts. Ich erhoffe mir nichts. Ich bin frei.« Du siehst, wie das Leben so spielt und was die Dinge lenkt: So ein Satz genügt, und ein Mensch wie ich wirft alle Vorsätze über Bord. Das Schweigen ist wirklich zerbrechlich.

Entschuldige, wenn ich mich jetzt in eine andere Landschaft begebe, aber genau wegen dieses Satzes parkte ich an jenem Tag, von dem ich Dir gerade erzählt habe, das Auto vor der kleinen Kirche in einem verlassenen Dorf mitten in einer Landschaft, die uns so vertraut ist, und stieg aus. Ich ging um die kleine Dorfkirche herum, fast als suchte ich hier etwas, was ich den hochmütigen Worten, die mich so sehr in Angst und Schrecken versetzten, entgegenhalten konnte. Ich weiß, ich mache einen Gedankensprung, und das Ganze hat keine Logik, aber wie Du weißt, haben gewisse Dinge keine Logik, oder zumindest nicht die Logik, die wir verstehen und die wir immer suchen – Ursache Wirkung, Ursache Wirkung, Ursache Wirkung –, nur weil wir dem, was keinen Sinn hat, einen Sinn geben wollen. Genau das ist der Grund, würde mein Freund sagen, warum manche Menschen sich in der einen oder anderen Weise für das Schweigen entschieden haben: Sie spüren, daß man sich in gewisser

Weise mit der Sinnlosigkeit des Lebens arrangiert, wenn man spricht, und vor allem, wenn man schreibt.

Also: Jetzt befinden wir uns wieder am Rand der kleinen verlassenen Kirche inmitten von Gebüsch und Steinen. Vielleicht verstecken sich auch ein paar Schlangen im Gebüsch, wie es den Dichtern gefällt, aber ich habe noch keine gesehen. Die kleine Kirche war zwar sehr bescheiden (ach, wirklich bescheiden, sie erinnerte mich an den Buckel des Schneiders, der meinem Vater die Anzüge nähte, als ich ein Kind war), hatte jedoch eine Apsis mit einem schmalen Tor, durch das früher, nehme ich mal an, der Priester eingetreten war, der gegenüber in einem Häuschen wohnte, das kaum als Pfarrhaus zu bezeichnen war, um für die Bauern die Messe zu lesen. Und auf dieser wurmstichigen Tür befand sich ein mit Klebeband befestigtes Kärtchen, das mit Maschine beschriftet war. Ein absurdes Kärtchen, auf dem stand: »Entscheidung für eine Wiedergeburt. Eintritt frei.«

Natürlich ging ich hinein. Was hättest Du gemacht, Du, die Du so auf die Vergangenheit fixiert bist? Was übrigens ganz schön verlogen ist, wenn man in Wirklichkeit nur an die Zukunft denkt, weil die Vergangenheit eine leichte Bitterkeit zurückgelassen hat. Die Zukunft, die Zukunft! Unsere ganze Kultur beruht auf dem, was wir sein werden, sogar das Evangelium (bei allem Respekt), denn unser wird das Himmelreich sein, die Zukunft also, das, was kommt, denn die Vergangenheit ist eine Katastrophe, und die Gegenwart genügt nie. Und nichts, ja, wirklich nichts genügt, nicht einmal der Ginster, der im Mai blüht, für die, die ihn sehen, und ich habe ihn gesehen, ohne zu sehen, wie wir es für gewöhnlich alle machen, bis uns die Sehnsucht nach dem packt, was unwiederbringlich verloren ist, womit sich für alle, die so sind wie wir, der Sargdeckel endgültig schließt.

In meiner Erinnerung sah ich plötzlich Deine Möse (entschuldige, wenn ich darauf bestehe, die Dinge beim Namen zu nennen) klaffend offen vor mir, wenn ich das so sagen darf, und das war zweifellos ein wenig blasphemisch, denn immerhin befand ich mich an einem geweihten Ort, auch wenn er seiner Bedeutung schon lange enthoben war. Und ich begriff, daß ich, im Gegensatz zu Kazantzakis, nicht frei war. Daß ich vielmehr ein Gefangener meiner selbst war. Und vor allem war ich nicht mehr jung, oder zumindest nicht mehr so jung wie damals, als ich Dich kennengelernt habe. Aber ich glaubte, daß ich inzwischen mehr verstand, viel mehr. Wie merkwürdig manche Assoziationen doch sind: die Vorstellung etwa, Dein Spalt sei nicht nur eine Art Wirbel, von dem ich mich mitreißen lassen möchte, weil er mir unsagbare Wonnen bereitet hat (das wäre zu einfach), sondern er stelle tatsächlich eine Möglichkeit dar, zu dem zurückzukehren, was vor der Erinnerung liegt, zum Ursprung der Welt, wie der scharfsinnige Maler es genannt hat, und noch weiter, bis zum Ursprung aller Ursprünge, bis zu den Einzellern oder, besser noch, den Bakterien oder, besser noch, bis zu den Aminosäuren oder, besser noch, bis zum Wort, das wohl die zutreffendste Metapher für die Aminosäure ist. Was bin ich doch für ein Idiot, nicht wahr?

Hin und wieder drehen sich die Gedanken im Kreis und entziehen sich dem sprachlichen Ausdruck, und das sollte Dir nicht merkwürdig erscheinen. Ach, Worte, hin und wieder glaubt man, die Welt bestehe aus Worten, die zwar gleich klingen, deren Wesen sich jedoch von Mal zu Mal ändert. Zum Beispiel das Wort *anthropos*. Das Wort, das ich meine, scheint für alle dasselbe zu sein, bedeutet jedoch für jeden etwas anderes. Ein Wort, meine Liebe, das nicht einmal der geduldige Linné in all seinen Bedeutungen hätte erfassen können. In meinem Fall bedeutet es alleinstehender Mann, was banal, wenn nicht gar lächerlich ist, denn von Zeitungen, Ämtern und Behörden werden solche wie ich als *single* bezeichnet. Aber in meinem Fall entsprach die *Singularität* tatsächlich der altbekannten Einsamkeit. Einer absoluten Einsamkeit, wie die Einsamkeit der Landschaft hier, der Hügel, auf denen nur Dornengestrüpp, Ginsterbüsche und Zypressen wuchsen. Und deshalb klopfte ich an die kleine Tür und drehte den Türknauf. Eigentlich müßte in so einem Fall eine ältere Frau öffnen, wenn möglich eine Engländerin mit grauen Haaren und vielleicht in einem Sari, weil sie in Indien gelebt hat, eine Person, die sich lange mit östlicher Philosophie beschäftigt hat und weiß, was es mit der Wiedergeburt auf sich hat.

Statt dessen öffnete mir eine mürrische Alte mit schwarzem Kopftuch und Flaum auf der Oberlippe, mit dem trüben Blick und dem stumpfsinnigen Ausdruck eines schwachsinnigen Menschen, der jedoch auf seine Weise schlau ist, und sie sagte nur: Kommen Sie herein, und nehmen Sie Platz, ein Stuhl steht schon für Sie bereit. Genau das sagte sie zu mir: Ein Stuhl steht schon für Sie bereit. Und so betrat ich den engen Raum mit dem kleinen vergitterten Fenster, der früher einmal eine Sakristei war und in dem eine Art Lesepult und ein einziger Stuhl standen; ganz genau so ein Stuhl wie der von Vincent van Gogh. Nein, ich will Dich nicht auf den Arm nehmen, ich dachte wirklich, der Stuhl sei eine Kopie des Stuhls auf dem Gemälde, aber er war so alt und klapprig, daß das gar nicht sein konnte, und gewiß ist van Gogh niemals hiergewesen, sein Stuhl stammte aus dem Zimmer eines armen Irren aus der Provence, aus dem Café, in dem er zur Untermiete wohnte, wo die Einwohner von Arles Billard spielten, und wenn einer nicht ins Loch traf, landete er im Irrenhaus und mußte in einem gestreiften Anzug, wie ihn van Gogh gemalt hat, im Kreis laufen. Ich nahm Platz, wie ein Irrer. Vor mir stand nur diese Art Lesepult, das auch als Tisch diente. Außerdem gab es noch ein Telefon, das völlig fehl am Platze war, es läutete ein paarmal, aber die Alte fand es nicht der Mühe wert abzuheben. Durch das Fenster hinter mir, das auf den grasbewachsenen Vorplatz blickte, fiel ein Sonnenstrahl ins Zimmer, genau auf die Wand gegenüber, wo eine Karte des Universums hing. Gibt es überhaupt eine Karte des Universums? Sicher nicht. Trotzdem hatte jemand versucht, unser Universum zu zeichnen. Es dehnt sich aus, heißt es, zumindest im Augenblick noch, danach wird man sehen. Unter der Karte des Universums stand ein Vers, den ich kannte, auf Tugend und auf Wissen habet acht! Und ich wunderte mich, daß er nicht auf englisch dastand: Hin und wieder spielt uns die Moderne einen üblen Scherz. Ich überlegte mir, worin wohl meine Tugenden bestanden. Ich hatte keine, wenn ich so zurückblickte. Und mit dem Wissen war es auch nicht weit her, obwohl ich, wie ich glaube, viel erkannt habe. Ich tappe völlig im dunkeln, zumindest was die Vergangenheit anbelangt. Sie ist mir wie Sand zwischen den Fingern zerronnen, verzeih das abgenützte Bild, aber in diesem Augenblick war es mir ganz klar: Denn auch die Vergangenheit besteht aus einzelnen Momenten, und jeder Moment ist wie ein winziges flüchtiges Körnchen, einzeln könnte man es zwar aufbewahren, aber niemals gemeinsam mit allen anderen. Mit einem Wort: keinerlei Logik, meine Liebe. Die Vorstellung einer etwaigen Wiedergeburt erschien mir noch nebelhafter. Tatsächlich wie die Darstellung einer großen Nebelbank, vor der eine höfliche Person während der Abendnachrichten die Wettervorhersage spricht.

So habe ich mich auf das Spiel eingelassen: keine Suche nach dem wahren Ich, das sich angeblich in den Abgründen unseres Bewußtseins versteckt, wie es sich die vorstellen, die unsere Seele wie Tiefseetaucher erforschen. Nur Konzentration auf die verborgenste Erinnerung, auf das, was uns in der Vergangenheit glücklich gemacht hat und was wir uns auch für das Leben nach der Wiedergeburt wünschen, sofern es sie überhaupt gibt: nur das und sonst nichts. Als ich Dich kennengelernt habe, wünschte ich mir, Dich bereits längere Zeit gekannt zu haben, und vielleicht besteht darin bis heute mein geheimster Wunsch. Denn darin stimmen Traum und Wunsch überein, sie sind ja auch dasselbe, zumindest für die, die sich, wenn auch nur ganz vage, ein ewiges Leben vorstellen, nachdem die Zellen und das Genom, das sie zusammenhält, zu Staub geworden sind.

Die Alte antwortete: Das hängt davon ab. Entschuldige, ich habe einen Absatz ausgelassen, ich habe vergessen, Dir zu erzählen, daß die schwarzgekleidete Alte sich in einer Ecke zusammengekauert hatte wie ein Bündel, das jemand dort abgelegt hatte, und auf meine Frage, ob mein Leben nach der Wiedergeburt von dem Wunsch abhänge, den ich gerade formulierte, geantwortet hatte: Das hängt davon ab. Wovon? erwiderte ich. Sie lächelte wie jemand, der eine Menge weiß, und machte eine Geste mit der Hand, als wollte sie sagen: Geh nur, dann wirst du es erfahren. Und dabei flüsterte sie: Es hängt davon ab, wie du gedacht wirst, während du über die Schwelle trittst, mein Sohn.

Du mußt zugeben, eine absurde Situation. Der Ort, das Zimmer mit den abbröckelnden Wänden, früher einmal eine Sakristei, und die alte Krähe, eine Art Sekretärin mit Flaum auf der Oberlippe, die mich unverschämt ansah. Das alles machte mich wütend, aber vor allem war ich wütend auf mich selbst, wie immer, wenn man begreift, daß man sich in eine idiotische Situation gebracht hat und man sich sofort aus dieser Situation befreien möchte, weil man weiß, daß man sich um so tiefer in sie verstrickt, je mehr man versucht, sich zu befreien, bis es überhaupt keinen Ausweg mehr gibt. Das war mir augenblicklich bewußt, aber ich antwortete wie ein Idiot: Mit Verlaub, gnädige Frau, aber wenn ich mich im Vollbesitz meiner geistigen Kräfte nun doch entschließen wollte, über die Schwelle dieser Tür zu treten, auf der »Wiedergeburt« steht, dann würde ich dabei, verdammt noch mal, an das denken, was mir paßt, verstanden! Die Alte lächelte wieder ihr neunmalkluges Lächeln. Sie tippte sich flüchtig mit dem Zeigefinger an die Stirn und schwieg. Ich möchte damit sagen, versuchte ich der Alten zu erklären, so ruhig, wie man es in Augenblicken höchster

Wut manchmal ist, daß ich in genau dem Augenblick, in dem ich mit dem rechten Fuß über die Schwelle trete (ich habe vergessen, Dir zu sagen, daß ich inzwischen eine Art Gebrauchsanleitung überflogen hatte, ein zerknittertes Blatt Papier, das gefaltet auf dem Pult lag und auf dem in Schreibmaschinenschrift stand: »Elementare technische Hinweise«) und den linken Fuß genau neben den rechten stelle, wie es in euren Anweisungen steht, dann darf ich doch wohl denken, was ich will, oder nicht, gute Frau? Die Alte breitete die Arme aus, spreizte die Hände über dem Kopf und bewegte sie, als wolle sie den Wind nachahmen. Der Gedanke ist geflügelt, sagte sie mit spöttischem Lächeln, mein Sohn, der Gedanke ist geflügelt, du glaubst, einen Gedanken zu haben, und plötzlich kommt er wie der Wind von irgendwoher, und du dachtest, du hättest einen Gedanken, dabei hat er dich, und du bist es, der gedacht wird. Und sie bedeutete mir wieder, ich solle doch gehen, wenn ich es wagte. Und diesmal war die Aufforderung ernst gemeint, das war mir klar.

Und ich tat es, weil ich nicht kneifen wollte, weil ich mich der Herausforderung stellen wollte an diesem idiotischen Ort, vor dieser idiotischen Alten; und nicht, weil ich auch nur im entferntesten an diesen billigen Jahrmarktzauber glaubte, den man erfunden hatte, um leichtgläubigen Touristen, die sich hierher verirrten, ein paar Groschen aus der Tasche zu ziehen, noch dazu mit Hilfe dieses geschmacklosen Körbchens (eines mit rotem Stoff gefütterten Körbchens, stell Dir das vor), auf dem mit Kugelschreiber der Preis für die Seelenwanderung stand. Nicht daß ich mir in diesem Augenblick meines Lebens nicht gewünscht hätte, wiedergeboren zu werden: Du weißt das wohl am besten, und auch, warum. Aber deshalb glaubte ich noch lange nicht an dieses dumme Kasperltheater. Dennoch legte ich den Geldschein, der für die Seelenwanderung gefordert wurde, in das rotgefütterte Körbchen, drehte den Türknauf und öffnete die Tür, auf der »Wiedergeburt« stand, schloß die Augen, wie es in der Anleitung stand, hob das rechte Bein über die Schwelle und stellte den linken Fuß genau neben den rechten, der bereits auf dem Boden stand. Guten Abend, sagte die Chefin, ich habe Grenouilles à la provençale gemacht, und der Bordeaux ist auch nicht schlecht, er ist sieben Jahre alt, die letzte Flasche, die ich noch im Keller hatte, aber zu einem Gericht, für dessen Zubereitung ich den ganzen Nachmittag gebraucht habe, kann man keinen jungen Wein trinken. Du hast es mir überlassen, den Tisch auszusuchen, wie immer übrigens, aber an diesem Abend war das Restaurant ohnehin so gut wie leer: Nur zwei ältere Paare waren da, obwohl die Saison noch gar nicht begonnen hatte, vielleicht englische Touristen. Ich entschied mich für einen Ecktisch gleich neben dem großen Glasfenster, durch das man rechts auf das offene Meer und links auf die Klippen mit dem Leuchtturm blickt. Sie hat auch heute schon getrunken, flüstertest Du mir zu, schade, dabei wäre sie noch immer schön, so vergeudet sie ihr Leben. Wer weiß, was für Tragödien sie schon erlebt hat, antwortete ich, man sieht den Menschen nicht am Gesicht an, was sie durchgemacht haben, und auch nicht an dem Lächeln, mit dem sie einen begrüßen. Das Meer war wirklich aufgewühlt. Hin und wieder ist das so in diesem kleinen Golf, ohne daß es eine schlüssige meteorologische Erklärung gäbe, denn an diesem Abend zum Beispiel wehte gar kein Wind. Und die Grenouilles à la provençale waren köstlich – wie immer übrigens. An diesem Abend hast auch Du ein wenig über den Durst getrunken. Du hast gesagt: Bei diesem Wein kann man nicht nein sagen. Auf dem Etikett war ein bauchiger Turm zu sehen, und darunter stand in Großbuchstaben: »Château Latour. Domaine Pauillac, Bordeaux, 1975«. Natürlich erinnerst Du Dich nicht mehr an das Etikett. Ich schon, ich sehe es in jedem Moment des Kreislaufs vor mir, wie Du später verstehen wirst. Als wir das Lokal verließen, warst Du guter Laune und hast mich gebeten, Dir einen Schlager vorzusingen, in dem das Meer vorkam. Ich entschied mich für Charles Trenet, obwohl er ein ruhiges Meer besingt, und Du sagtest zu mir: Was für ein schöner Schlager. Und ich stieg langsam zu der Hütte hinunter, in der ich ein Licht hatte leuchten lassen.

Und ich gehe noch immer diesen Weg hinunter, es bleibt mir ja gar nichts anderes übrig, als jedesmal, wenn mein Leben an diesen Punkt gelangt, den Weg hinunterzugehen. Wie auch bei allen anderen Punkten, zu denen ich immer wieder gelange, denen davor und denen danach. An diesem Abend jedenfalls, der für mich heute abend ist, sagst Du zu mir, nachdem wir in die Hütte zurückgekehrt sind: Ich fühle mich nicht wohl, mir ist kalt, Du legst Dir ein Wollplaid über die Schultern und schläfst auf dem Diwan ein, während ich ans Fenster trete und rauche, an meine Toten denke und ihren Stimmen lausche, die das Meer mir bringt. Und dann, am Tag darauf, tue ich, was ich am Tag darauf getan habe, und auch Du, und im Monat darauf tue ich, was ich im Monat darauf getan habe, und so weiter und so fort und so weiter und so fort. Bis zu dem Tag, an dem ich Dir sagte, daß es aus sei, ohne es Dir zu sagen. Und hier gibt es dann einen unbestimmten Augenblick, keine Ahnung, ob er kurz oder lang ist (aber das ist auch unwichtig), der in der Sprache derer, die an die Seelenwanderung glauben, Anastole heißt, in dem alles von vorn beginnt, weil der Kreislauf sich schließt und im selben Augenblick von neuem beginnt. Wie ich inzwischen weiß, handelt es sich dabei um einen winzigen, nicht zu schließenden Spalt, und auf meinem Weg fehlt auch tatsächlich das Stück mit der Kirche, wo ich an jenem Tag das Auto parkte, während meiner Anastole. Weißt Du, sobald man beschlossen hat, in den Kreislauf einzutreten, ist dieser Augenblick nicht mehr nachzuvollziehen, denn es ist jener ganz besondere Augenblick (der auch als »Vakuum« bezeichnet wird), in dem man nicht genau weiß, wer man ist, wo man ist und warum man hier ist. Es ist, als ob eine Musik innehielte und die Instrumente schweigen: Es ist der Augenblick, in dem man sich – wie jene meinen, die an die Seelenwanderung glauben – mit der Sinnlosigkeit des Lebens abfindet, warum also sollte man ihn wiederholen, es wäre sinnlos.

Aussuchen kann ich mir bei meinem Wiedereintreten in den Kreislauf einzig und allein den Augenblick des Wiedereintretens: Es kann der erste Tag unserer Geschichte sein, der zweite, der letzte oder irgendein beliebiger Abend, und so weiter in alle Ewigkeit. Und immer dasselbe. Jetzt zum Beispiel befinde ich mich auf dem Platz vor einem Bauernhaus, unter einem Mandelbaum, es ist ein Abend Ende August, Du kommst heraus, weil Du bemerkt hast, daß ich da bin, Du kommst mir entgegen, ruhig wie jemand, der allzu lange auf die Rückkehr von jemandem gewartet hat, und ich kehre ja auch tatsächlich zurück, aus dem nahen Dorf ist Musik zu hören, Trompeten und Akkordeons spielen *Ciliegi rosa a primavera,* was um Himmels willen ist das? frage ich Dich. Das Dorffest, antwortest Du, weißt du, zu San Lorenzo habe ich die ganze Nacht lang die Sternschnuppen beobachtet und mir gewünscht, du würdest bald zurückkommen, bleibst du zum Abendessen? Natürlich bleibe ich zum Abendessen, Du hast gefüllte Tomaten gemacht, mit Thymian gewürzt, dem Thymian, der unter der Pergola wächst, neben den Winden. Und Du denkst Dir nichts dabei, denn für Dich geschieht es ausschließlich in diesem Augenblick, in genau dem Augenblick, in dem unsere Körper den Raum durchmessen, der der Wiese vor dem Bauernhaus entspricht, und unsere Ohren die Melodie von *Ciliegi rosa a primavera* hören und Du zu mir sagst: Zu San Lorenzo habe ich die ganze Nacht lang die Sternschnuppen beobachtet, bleibst du zum Abendessen?

In diesem Augenblick, in dem ich mich nun befinde, in dieser schlichten Taverne auf Kreta, die ich in Windeseile erreicht habe, um morgen wieder von neuem in den Kreislauf einzutreten, stelle ich eine ungefähre Rechnung an: Demnach müßtest Du inzwischen fast eine alte Frau sein, so wie auch ich alt wäre, wenn ich nicht über die brüchige Schwelle getreten wäre. Denn das Leben (Dein Leben, meine ich) gehorcht der Logik und schreitet im richtigen Tempo voran. Möglicherweise hast Du Enkel, das ergibt sich ja von selbst, wenn das Leben im richtigen Tempo voranschreitet, und graue Haare, wie sie Dir zustehen, aber das kann man heutzutage ja mit einem einfachen Haarfärbemittel kaschieren. Und möglicherweise hast Du den Seelenfrieden gefunden, den die Zeit, der Du unterliegst, für die Etappen des Lebens bereithält, die den Menschen gewährt sind. Und infolge des mühsamen Prozesses der Anpassung an uns selbst, die in jedem Alter notwendig ist, wirst Du in deinem augenblicklichen Alter verstanden haben, daß das Zigeunerleben, das Du damals unbedingt führen wolltest, nichts für Dich war, und daß es also nur ein falsches Dilemma war. Denn der Friede triumphiert immer über die Unruhe. Was in Deinem Fall wahrscheinlich gar nicht so sehr zutrifft, das weiß ich, weil ich Deinen Charakter kenne, ich weiß, daß Du mit Strickzeug, dem literaturwissenschaftlichen Umgang mit Gedichten und Cembalo spielenden Enkeln nicht allzuviel anzufangen weißt: Das andere Leben wäre das wahre gewesen, für das wir uns beide nicht entscheiden konnten. Aber wie dem auch sei, die Zeit vergeht, wie sie vergehen muß: Es ist Zeit zum Abendessen, und die richtigen Menschen haben zur richtigen Zeit am richtigen Ort mit Dir am Tisch Platz genommen, denn das ist das richtige Zeitmaß, im Leben und in der Sprache.

Ich hingegen schreibe Dir aus einer zerbrochenen Zeit heraus. Alles liegt in Scherben, meine Liebe, die einzelnen Teile sind mir um die Ohren geflogen, und ich kann sie nur auflesen, solange ich mich bis zur Verblödung in diesem Kreislauf bewege, bis er sich an irgendeiner unbekannten Stelle öffnet. Die sich jedoch nicht in einem anderen Leben, sondern in diesem befinden wird. Denn nicht aus dem Jenseits spreche ich zu Dir, sondern aus dem Diesseits, auch wenn sich dieses überraschenderweise auf einer anderen Umlaufbahn als der Deinen befindet. Ansonsten wäre es allzu einfach, sie zu verlassen: Man müßte nur das Leben, das uns gewährt ist, leben, als würde man in einer anderen Dimension leben – eine Aufgabe, die Denker, auch herausragende Denker, auf zuweilen herausragende künstlerische Weise gelöst haben. Nein, das Problem liegt ganz woanders. Es besteht darin, daß die Umlaufbahn gleichzeitig sie selbst und eine andere ist, ich sehe Deine und kann in sie eintreten, wann immer ich will, was Dir jedoch verwehrt ist. Ich bin da, ohne daß Du das Bedürfnis verspürst, bei mir zu sein, oder zu wissen, daß ich da bin, denn Deine Umlaufbahn ist einzigartig und unnachahmlich, während meine mit sich selbst übereinstimmt und sich in alle Ewigkeit fortsetzt. Und wie ich Dir bereits angedeutet habe, besteht der Trick darin, daß ich den Kreis nur in meinem Augenblicklichen verlassen kann beziehungsweise in dem, was ich bin, ohne es zu sein: Die Dimensionen haben sich umgekehrt, das, was nur Erinnerung war, ist Gegenwart geworden, und das, was ich wirklich bin oder sein sollte, mein mutmaßliches Jetzt, ist virtuell geworden, ich sehe es aus der Ferne wie durch ein umgekehrtes Fernrohr, ich warte darauf, im letzten Augenblick dorthin zurückzukehren, in jenem Augenblick, in dem unser Leben in umgekehrter Richtung noch einmal vor uns abläuft, während ich hingegen dazu verdammt bin, es immer wieder zu durchlaufen, ohne Unterbrechung. Und in dem Augenblick, der mir gewährt ist, werde ich gerade noch Zeit haben, wie ein Ertrinkender nach Luft zu schnappen, und dann: gute Nacht. Weißt Du, ich glaube, wenn ich aus dieser sich endlos wiederholenden Zeit, die eine Art perverse Entropie ist, ausbreche, wird sich nicht einmal eine kleine Explosion ereignen, wie wenn im Universum eine große Masse komprimierter Energie explodiert und dabei ein neuer Stern entsteht. Dabei behauptete ein verrückter Philosoph, man müsse dem Chaos in uns noch ein wenig Chaos hinzufügen, um einen tanzenden Stern hervorzubringen. Aber was für einen Stern! Ein winziges Loch genügt, und die ganze sinnlose Energie wird entweichen, wie wenn man ein Gasrohr anbohrt ... sss ... sss ..., und alles ist im Nu vorbei, endet in einer winzigen Blase, einem Rest, einem Nichts aus Nichts, wie ein Furz der Zeit. Deshalb schicke ich Dir einen unmöglichen Gruß, wie jemand, der umsonst von einem Ufer des Flusses zum anderen winkt und weiß, daß es gar kein Ufer gibt, wirklich, glaub mir, es gibt gar kein Ufer, nur den Fluß, früher haben wir gar nicht gewußt, daß es nur den Fluß gibt, am liebsten würde ich Dir zurufen: Paß auf, es gibt nur den Fluß! Jetzt weiß ich, was für Idioten wir doch waren, wir haben uns so sehr mit den Ufern beschäftigt, dabei gab es nur den Fluß. Aber es ist zu spät, wozu sollte ich es Dir sagen?

Forbidden Games

Madame, meine liebe Freundin,

wie das Leben so spielt. Und was die Dinge lenkt: ein Nichts. Diesen Satz habe ich irgendwo gelesen, und jetzt denke ich darüber nach. Und außerdem: Suchen wir, oder werden wir gesucht? Auch darüber sollte man nachdenken. Jemand flaniert zum Beispiel am Abend über die Straßen, geht von Café zu Café, läßt sich vom Zufall treiben, wie ich, der ich an Schlaflosigkeit leide. Früher gab es wenigstens Bobi, ich legte ihn an die Leine und führte ihn spazieren, da hatte ich eine Ausrede. Aber inzwischen ist er tot, und ich habe nicht mal mehr diese Ausrede. Ich lasse mich treiben, ich sitze in den Bistros herum, bis sie schließen, und dann stehe ich auf und mache mich auf den Weg. Der Arzt hat zu mir gesagt: Sie sind ein klassischer Fall von *homo melancholicus.* Aber Dürer hat die Melancholie sitzend dargestellt, habe ich erwidert, um melancholisch zu sein, braucht man einen Stuhl. Sie haben eben eine andere Form von Melancholie, hat er abschließend gesagt, eine mobile Melancholie. Und mir Turnübungen verordnet.

Gestern zum Beispiel bin ich in Richtung der Porte

d'Orléans gegangen. Fast wäre es mir nicht aufgefallen, ich ging einfach vor mich hin. Im Licht der Laternen auf dem Boulevard Raspail erschien das Gelb der Blätter an den Bäumen noch gelber. Es war Anfang Oktober. Eine Gedichtzeile fiel mir ein: das augenblickliche Gelb der Blätter. Augenblicklich: das, was jetzt ist und gleich darauf nicht mehr. Das, was vergeht. Und ich dachte an die Zeit und daran, daß ich durch sie vergehe. Ich ging schnell, ich folgte einem vorgegebenen Pfad, ohne mir dessen bewußt zu sein. Ich bemerkte es erst, als ich den Boulevard Général Leclerc hinter mir gelassen hatte, denn zwischen dem Trödler und dem vietnamesischen Restaurant befand sich früher der Laden eines Schneiders. Hier hatte ich mir einen Anzug für Christines Hochzeit machen lassen. Ich hatte damals kein Geld, oder nur sehr wenig, der Schneider war ein kleiner alter Jude, der Laden lag auf meinem Heimweg, ich klopfte an, es gab preiswerte Stoffe, und ich ließ mir einen preiswerten Anzug nähen. Und als ich gestern hier vorbeiging, wo früher der Laden war, stellte ich fest, daß ich in Richtung Boulevard Jourdan unterwegs war, ohne es bemerkt zu haben, in Richtung der Cité Universitaire. Genau wie damals, als ich immer zu Fuß nach Hause ging, und oft auch mitten in der Nacht, denn die letzte U-Bahn fuhr zeitig, und ich besuchte oft ein Programmkino in Saint-Germain, wo ich mir Filme wie *L'âge d'or, Un chien andalou* ansah. Ich glaubte an die Avantgarde. Es war schön zu glauben, sie sei revolutionär. In ästhetischer Hinsicht, meine ich. Am Boulevard Jourdan, nicht weit entfernt von einem der Tore der Cité, gibt es ein Café, das ich damals oft besuchte. Ich ging mit einer Gruppe japanischer

Studenten hin, mit denen ich Freundschaft geschlossen hatte, weil ich eine Zeitlang in der Maison du Japon hatte wohnen müssen, da die Maison meines eigenen Landes renoviert wurde. Zu dieser Gruppe gehörten auch ein Mädchen und ein Junge, die mir besonders sympathisch waren. Sie studierte Medizin und wollte sich auf Tropenmedizin spezialisieren, träumte jedoch davon, Opernsängerin zu werden, und nahm Unterricht bei einem alten Tenor, der im Marais wohnte. Puccini war ihre Leidenschaft, und hin und wieder sang sie Arien aus *Madame Butterfly*. Wir saßen an einem Tischchen des Cafés, im Freien, es war Winter, und sie sang. *Un bel dì vedremo levarsi un fil di fumo*, und aus ihrem Mund drangen Wölkchen kondensierter Atemluft. Ich sagte, das seien Puccinis musikalische Ideogramme. Sie hieß Atsuko, unser Freund schrieb Haikus und kurze Gedichtchen, und wenn ihm danach war, las er sie uns vor. Ich erinnere mich an eines, das so lautete:

> *Das Blatt fällt*
> *Im Oktoberwind*
> *Leicht schwankend.*
> *Schwer wiegt die Zeit eines Sommers*
> *Den wir in der Ferne verbrachten.*

Wir saßen an einem Tischchen des Cafés, träumten von möglichen Welten und tranken *Jus de pamplemousse*. Am Vormittag gingen wir in die Sorbonne, wo ein alter Philosophieprofessor, dessen Namen wir in unserer bodenlosen Ignoranz nicht einmal wußten, über *Remords et Nostalgie* las, wobei er vom Hölzchen aufs Stöckchen kam. Die Begriffe sagten uns nichts, faszinierten uns jedoch als ferne Welten, von denen man annimmt, sie müßten jenseits des Ozeans des Lebens existieren, an einem fernen Strand, an dem man nie landen würde. Aber da bin ich nun.

Gestern hat mich mein nächtlicher Spaziergang zu diesem kleinen Café aus meiner Vergangenheit geführt. Und ich habe festgestellt, daß es sich überhaupt nicht verändert hat. Die gleichen jugendlichen Gesichter wie zu meiner Zeit, die Studenten der Cité, die in Gesellschaft ihrer Kommilitonen bis um drei Uhr morgens studieren, bis zur Sperrstunde. Gewiß, sie sind etwas anders gekleidet, und auch die Musik ist eine andere. Aber die Gesichter sind die gleichen, die Augen, die Blicke. An die Stelle der Jukebox, in die wir eine Münze steckten, um Ornette Coleman, *Petite fleur, Une valse à mille temps* zu hören, ist ein Kassettenrecorder mit aktueller Musik getreten: jede Menge Hits aus Amerika. Neben dem Kühlschrank hat der neue Besitzer ein kleines Regal mit Kassetten aufgestellt, die den Studenten zur Verfügung stehen, sie können sich bedienen und sie in den Recorder auf der Theke stecken, auf dem ein Schildchen mit der Aufschrift »Libre Service« angebracht ist. Im untersten Fach des Regals befindet sich ebenfalls ein Schildchen, dieses mit der Aufschrift »From the World – Du Monde Entier«, und hier liegen Kassetten mit Musik aus den verschiedensten Ländern, die die Studenten von zu Hause mitgebracht oder sich von Familienangehörigen und Freunden haben schicken lassen: afrikanische Ritualtänze, indischer Raga, Musik von Saiteninstrumenten aus Anatolien, Klagelieder japanischer Geishas und was sich die Menschen sonst noch alles haben einfallen lassen, um auf abstrakte Weise ihre Gefühle zum Ausdruck zu bringen. Im obersten Fach, wo ein Schildchen mit der Aufschrift »Section Nostalgie« angebracht ist, liegen die Schlager aus unserer Jugend, die uns am meisten entsprechen, Schlager aus der Nachkriegszeit, wie *Le déserteur, Et c'est ainsi que les hommes vivent*. Mit einem Wort, *les caves* von Saint-Germain, Frauen in Schwarz mit roten Schals, Kaffeehaus-Existentialismus, der musikalische Anarchismus von Boris Vian und Leo Ferré. Ich dachte: *De la musique avant toute chose.* Und ich habe den Satz laut ausgesprochen. Und Sie sind mir in den Sinn gekommen, Madame. Das heißt, Du bist mir in den Sinn gekommen. Gewisse Worte kann man nicht ungestraft aussprechen, denn die Worte sind die Dinge. Das sollte ich mittlerweile wissen, in meinem Alter und nach all dem, was geschehen ist. Aber ich habe es gesagt. Ohne an die Möglichkeit zu denken, straffrei auszugehen. Und Sie, Madame, sind auf diesen Balkon in der Provence getreten, erinnern Sie sich? Ich bin mir sicher, Sie erinnern sich genausogut wie ich, wenn auch aus einer anderen Perspektive, denn ich betrachtete Sie von unten und Sie mich von oben. Wollen wir die Erinnerungen idealisieren? Oder verfälschen? Genau dazu ist das Gedächtnis da. Sagen wir, es war Juni. Ein milder Juni, wie es sich für die Provence gehört. Und vielleicht ging ich gerade durch ein Lavendelfeld, als ich am Rand dieses Felds ein Haus aus unbehauenem Stein sah, das von einem Mandelbaum überragt wurde. Ein chinesisches Sprichwort besagt, daß man sich unter einem Mandelbaum an die Erinnerungen eines anderen erinnern kann. Bin ich etwa ein wenig durcheinander? Gut, bin ich eben durcheinander. Aber wie Sie wissen, Madame, ist alles ein Durcheinander. Ich versuche bloß, das ganze Durcheinander in eine mehr oder weniger glaubwürdige Ordnung zu bringen. Und Glaubwürdigkeit setzt voraus, daß man die Dinge, wenn auch unfreiwillig, ein wenig verfälscht. Ich bitte Sie also, mich zu verstehen. Insofern, als Sie in diesem Augenblick auf den Balkon getreten sind, *quand même*. Sie waren nackt, daran müssen Sie sich einfach erinnern, so wie auch ich mich erinnere, jetzt, hier, nach all dem, was danach passiert ist. Verstehen Sie? Sicher verstehen Sie. Der Koitus fand draußen statt, mitten im Lavendel, unter dem Mandelbaum. Fuhr ein Traktor vorbei? Mag sein, jedenfalls ohne mechanische Sicheln. Es war eine lange, ununterbrochene, fast unbewegliche Umarmung, und ich verspritzte meinen Samen im Lavendel. Mit einer veilchenfarbenen Lavendelblüte, die ich mit Speichel befeuchtet hatte, wischte ich Ihr verborgenes Veilchen ab. Klingt das in Ihren Ohren nach Erdverbundenheit oder nur nach schlechtem Geschmack? Egal, ich hatte nicht nur Alpträume, sondern auch tröstliche Visionen und befriedigende, sehr, sehr schöne Ejakulationen. Manchmal haben Fenster keine Fensterläden, sie öffnen sich auf Horizonte hin, die viel weiter sind als die wirklichen. Wie das Fenster meines Kopfes. Ich möchte nichts wegwerfen, und all das kann nicht zerstört werden. Hätte ich aufhören sollen? Vielleicht. Womöglich. Wer weiß. Aber alles fließt, und nichts hört auf, wie einmal jemand gesagt hat. Und ein sarkastischer Dichter hat die Sache auf die Spitze getrieben, indem er einem zwielichtigen Rabbiner folgenden Spruch in den Mund legte: Du hast zwar Unzucht getrieben, mein Sohn, aber in einem fremden Land, und außerdem ist das Mädchen tot.

Und genau in dem Augenblick, in dem ich all das dachte, meine liebe Freundin, ist ein armseliges Wunder geschehen, eines jener Wunder, die das Leben für uns bereithält, damit wir ein wenig von dem verstehen, was war, was sein könnte und was hätte sein können. Ich bekam einen Hinweis, den man augenblicklich verstehen muß, wie die nachträgliche Weissagung einer überflüssigen Sibylle. Also, ein Junge steht von seinem Tisch auf. Ich sehe ihn an. Er ist klein und untersetzt. Und hat Gel in den Haaren. Er sieht aus wie ein Franzose. Sicher aus der Auvergne, denke ich. Und wenn nicht, ist es auch egal. Er geht zum Kassettenrecorder und legt ein Band ein. Und Trenets schrille Stimme, die so weinerlich und rührselig und dennoch rührend ist, singt: *Que reste-t-il de nos amours, que reste-t-il de nos beaux jours, une photo, vieille photo de ma jeunesse.* Und erst jetzt bemerke ich, daß auf dem Tischchen vor mir ein himmelblaues, mit einem weißen Band zusammengebundenes Mäppchen liegt, auf dem »Forbidden Games« steht. Ich öffne es langsam und vorsichtig, wie in einer althergebrachten Zeremonie, mit der ich schon lange gerechnet hatte. Und darin befindet sich das Foto einer nackten Frau am Balkon. Und diese Frau sind nicht Sie, meine liebe Freundin, obwohl Sie es sind, denn es ist Isabel, aber Sie sind ja auch Isabel, meine liebe Freundin, das wissen Sie. Daran ist nicht zu rütteln. Und auf der Rückseite des Fotos hat jemand in einer winzigen, ordentlichen, leicht leserlichen Schrift diesen Brief an sich selbst, den Absender, geschrieben, und somit an mich und an Sie, einen Brief ohne

Flasche, der in wer weiß welchen Hohlräumen der Welt geschwommen ist, bevor er hier gelandet ist, auf diesem schmutzigen Tischchen mit all den Ringen von Gläsern, in diesem Café am Rande von Paris. Und ich habe verstanden, daß ich anstelle eines Thoraxchirurgen einen Brustkorb öffnen sollte, meinen, Ihren, ich weiß es nicht, um irgendeine Flüssigkeit herauszuholen, die nicht die Aorten, die Blutgefäße, die Schwellkörper mit Sinn erfüllt, sondern eine andere Biologie jenseits der Zellen, und die irgendwo fließt, wo man dem Leben und dem Schreiben, der Biographie und der Literatur nicht begegnen darf, eine Art Super-Madeleine, die nicht aus Worten besteht (das wäre allzu einfach), nicht aus Megahertz, nicht aus Zeichen (um Himmels willen), sondern einfach aus *vive voix,* und die aufgrund ihres Wesens sofort abstirbt, sobald sie ausgesprochen wird, so wie das Bild verlöscht, wenn die Blende sich wieder schließt.

Nein, meine liebe Freundin, es handelt sich nicht um das *senhal* der verliebten provenzalischen Dichter, auch nicht um das Unsagbare der anorektischen Philosophen, nicht um die Leichtigkeit, die manche Schriftsteller dieses verfaulenden Jahrtausends, das in den letzten Zügen liegt, gern der Nachwelt hinterlassen würden, sofern es überhaupt eine gibt, manche Schriftsteller, die ihre Lektion gelernt und ihr Talent und ihre Phantasie vergeudet haben, indem sie einen Leitfaden für Literatur schrieben. Nichts von alldem, *vous comprenez sans doute.* Es handelt sich um die Wolken, liebe Freundin, im modernen Sinn des Wortes natürlich. Die Wolken, die zunehmend das Antlitz des Mondes verdecken, der sich immer mehr von der Erde entfernt, auch wenn sie ihn mit einem

Fähnchen aufgespießt haben wie eine Cocktailolive. Weil sich der Himmel immer mehr senkt. Also, *avec un ciel si bas qu'un canal s'est pendu* – ebenfalls eine Vorstellung, die in die Nostalgieabteilung gehört. Aber Kanäle können sich vielleicht aufhängen, *connards* jedoch nicht, leider nicht, die umzingeln uns. Ich bitte Sie, deuten Sie mein erbärmliches Gefasel nicht schon wieder als Poetik. Deuten Sie es allenfalls in existentieller Hinsicht. Oder, besser gesagt, in phä-no-me-no-lo-gi-scher. Denn ein Dichter ist ein Mensch, der notorisch Groll hegt, und der Rest ist Wolken. Die Gewalt, das Banale, die Politische Korrektheit, die Plastik, der Zynismus. Und damit noch nicht genug, alle Ologen, alle möglichen und vorstellbaren Ologen. Und die Reue, jede Form von Reue, denn das Knien auf Kirschkernen ist nicht mehr üblich, ein *mea culpa*, heiß mit Milch, bitte! *C'est chiant*, Madame, glauben Sie mir. Und dann die Wissenschaft. Die Wissenschaft, dank deren die Spalter ihr Heureka schrien: *Hiroshima, mon petit champignon!* Auf daß es die Überlebenden hören mit ihren Verbrennungen, irreversiblen genetischen Veränderungen, Krebserkrankungen aller Art, meine liebe Freundin. Und viele, viele *connards*. Und haufenweise Sauertöpfe. Abschließend: Zyklon B, Radioaktivität und Stacheldraht, wie einmal jemand sagte, der es wissen muß. Kein *pistou*, meinen Sie nicht auch? Und schließlich: die Leichtigkeit! Wie ein Speerwerfer, der barfuß über den Rasen von Olympia läuft. *Parbleu, quelle élégance*. Oder: das Leben, das Leben, wie es sich der Mann in Weiß an seinem Fenster vorstellt (haben Sie bemerkt, wie viele Balkons und Fenster es in dieser Geschichte gibt, Madame?). Genau, aber wessen Leben eigentlich? Und mit welchen schlauen Vorkehrungen? Und wenn wir uns darauf beschränkten, Samen im Lavendel zu verspritzen, wäre das nicht auch eine Vorkehrung, sagen wir, eine Abhandlung über die Methode? Verstehen Sie das als Zweideutigkeit, als Metapher, wie einer wie ich sich selbst versteht: zum Beispiel den Sinn der Literatur. Und Sie, meine liebe Freundin, die Sie Umgang mit inferioren älteren Schriftstellern pflegten, als deren Komplizin Sie sich fühlten (oder die sich als Ihre Komplizen fühlten), haben Sie etwa nicht gelernt, wie eine Geschichte funktioniert, was Erzählstrukturen sind, worin, wie Sie glauben, die Literatur besteht? Sind wir autodiegetisch oder heterodiegetisch? Es gibt tatsächlich Menschen, die die Notwendigkeit verspüren, diese heikle Frage zu klären. Mit einem Wort, was ist der Roman? Eine kurze Zusammenfassung eines Romans schicke ich Ihnen in dieser Nicht-Flasche, sagen wir, einen hypothetischen Roman, Ramsch von der Do-it-yourself-Sorte, etwas, was Sie sich leicht selbst zusammenbasteln können, indem Sie die Punkte miteinander verbinden, wie auf den Zeichnungen in den Rätselheften, die vor allem dazu dienen, die Zeit totzuschlagen.

Ich mache einen Schritt zurück. Ich war inzwischen in die kalte Pariser Luft hinausgetreten. Das Morgengrauen (das nicht blaßblau war) erhellte die Parks der Cité Universitaire. Ich war wie betäubt, um nicht zu sagen perplex, und hielt den Brief in der Hand, den ich in dieser Nicht-Flasche gefunden habe und den ich hier für Sie abschreibe:

»*Cela aurait été beau que tu gagnes la partie.** *Tu jouais dans la cour d'une maison pauvre, en été, tu te souviens?, ou non, c'était plutôt l'arrière-printemps, et ce vert, tout ce vert alentour, tu te souviens? La fontaine communale était en fonte, verte elle aussi, avec un robinet en cuivre,* ›*Anciennes Fonderies*‹ *c'était encore inscrit avec les armoiries royales. Un broc, une femme nue sur le balcon, elle aurait voulu te parler, si elle avait pu, mais elle était une image de toujours, et le toujours n'a pas de voix. Tu passais par là, ignare comme tous les passants. Tu traversais quelque chose sans savoir quoi. Et ainsi tu t'en allais, petit à petit, vers un ailleurs. Il devait bien y avoir un ailleurs, pensais-tu. Mais était-ce vrai? Étranger, toi aussi, dans l'ailleurs. Les nuages, les nuages, qui changent sans cesse de forme, roulent dans le ciel. Et voyagent sans*

---

* »Es wäre schön gewesen, wenn Du das Match gewonnen hättest. Du spieltest im Hof eines armseligen Hauses, erinnerst Du Dich, oder nicht? Es war im Frühsommer, und ringsherum war alles grün, erinnerst Du Dich? Der Brunnen der Gemeinde war aus Schmiedeeisen und ebenfalls grün lackiert, mit einem Wasserhahn aus Kupfer, auf dem sich die Aufschrift ›Anciennes Fonderies‹ und die Insignien des Königshauses befanden. Ein Krug, eine nackte Frau am Balkon, sie hätte gern mit Dir gesprochen, wenn sie gekonnt hätte, sie war jedoch ein ständiges Bild, und das Ständige hat keine Stimme. Du gingst ahnungslos vorbei, wie alle Spaziergänger. Du durchquertest irgend etwas, ohne zu wissen, was. Und so gingst Du davon, Stück für Stück, auf ein Anderswo zu. Es mußte ja ein Anderswo geben, dachtest Du. Aber war das wahr? Auch Du warst ein Fremder im Anderswo. Die Wolken, die Wolken, die unablässig ihre Form verändern, ziehen am Himmel. Und sie bewegen sich ohne Kompaß. Polarstern, Kreuz des Südens. Los, folgen wir den Wolken. Spielen wir das Match mit den Wolken, nehmen wir die Herausforderung an, etwa so: Wie spielt man

boussole. Étoile polaire, Croix du Sud. Allons, suivons les nuages. Engageons la partie avec les nuages, acceptons le défi, par exemple: comment se dispute ce jeu? Nimbus, cirrus, cumulus: ce sont les joueurs que présente l'équipe adverse. Voilà le premier qui arrive. Avec lui, le duel fut âpre. Ah!, les moulinets que tu faisais avec ton sabre. Illustre cavalier qui participas à la joute, ton courage fut sans pareil, et inégalable ta bravoure, magnifique ta générosité à défendre des noble idéaux. Tu coupas les jambes du féroce nimbus qui crachait des tonnerres et des éclairs. Tu fis tourner comme un ballon fou le cumulus rond qui adaptait à tout sa rotondité. Et le grand cirrus, tellement fier de sa ›cirrité‹ et dont la crème chantilly masquait le néant, il prit la fuite au loin. Noble chevalier, quel combat! Et tout cela sans armure. Puis tu t'en allas vers d'autres

dieses Spiel? Nimbus, Zirrus, Kumulus: das sind die Spieler, von der gegnerischen Mannschaft aufgestellt. Und da kommt auch schon der erste. Mit ihm ergab sich ein harter Zweikampf. Ach! Die Luftwirbel, die Du mit Deinem Säbel erzeugt hast. Erlauchter Ritter, der Du Dich an dem Turnier beteiligt hast, Dein Mut war ohnegleichen und einzigartig Deine Tapferkeit, so großherzig, wie Du die hohen Ideale verteidigt hast. Der wilden Gewitterwolke, die Donner und Blitze entsandte, hast Du die Beine abgehackt. Den runden Kumulus, der seine Form ständig veränderte und sich allem anpaßte, hast Du wie einen Ball herumgewirbelt. Und der große Zirrus, der auf seine ›Zirrenhaftigkeit‹ so stolz war und unter dessen Sahne sich das Nichts verbirgt, ergriff die Flucht und ward nie wieder gesehen. Erlauchter Ritter, was für ein Kampf. Und ohne Rüstung. Dann zogst Du davon, in Richtung eines anderen Anderswo, zerbrechlich, aber stark, wie ein Fels in der Brandung, und doch in einem labilen Gleichgewicht. Du gehst auf Pfaden, die sich verzweigen, auf Sankt-Jakobs-Wegen, Du überquerst Meere, die noch nie befahren wurden, leicht

ailleurs, fragile mais fort, solide comme un roc et pourtant en équilibre précaire. Voyages par des sentiers qui bifurquent, chemins de Saint-Jacques-de-Compostelle, mers jamais naviguées auparavant, elle allait légère, ta pierre chancelante, chevalier sans tache et sans peur, avec toutes les peurs du monde et toutes les taches solaires.

Jusqu'au moment où le voyage d'aller devint celui du retour.

Cela aurait été beau que tu gagnes la partie, dit le tzigane aveugle. Mais moi, je ne chante pas le futur, je chante le passé. Pour ce qui est du futur, sois tranquille, dans le journal de ce matin un acteur très connu dit qu'il est vieux et s'en vante, la patrie en tant que patrie même si elle est ingrate nous fascine et nous devons l'aimer (lettre non signée), si tu réponds à la question la plus difficile du Grand Concours et si tu maîtrises avec sûreté les événements en réussissant à devenir le point de référence de tout et de toi-même, tu gagnes vingt-huit points et un voyage à Zanzibar et, en outre, du moins pour cette semaine, l'influence positive d'Uranus te rend inhabituelle-

zog er dahin, Dein schwankender Stein, Dein Ritter ohne Furcht und Tadel.

Bis zu dem Augenblick, in dem die Hinfahrt zur Rückreise wurde.

Es wäre schön gewesen, wenn Du das Match gewonnen hättest, sagte der blinde Zigeuner. Aber Du kannst beruhigt sein, ich besinge nicht die Zukunft, in der heutigen Morgenzeitung sagt ein sehr berühmter Schauspieler, daß er alt ist und stolz darauf, die Heimat fasziniert uns, auch wenn sie ihrem Wesen nach undankbar ist, und wir müssen sie lieben (Brief ohne Unterschrift), wenn es Dir gelingt, die schwierigste Frage des Großen Wettbewerbs zu beantworten, wenn Du Herr der Lage bleibst und es schaffst, zum

ment prudent, en t'évitant le péril de nourrir d'inutiles illusions. Si tu veux au contraire connaître les prédictions de ton horoscope, je te le vends pour deux sous, c'est un horoscope échu, tu peux le lire à l'envers jusqu'à l'époque où tu jouais dans la cour d'une maison pauvre. C'était en été, tu te souviens? Sur le banc d'aucune gare, le ballon oublié par un enfant flotte, et la femme nue au balcon a fermé la fenêtre.«

Meine liebe Freundin, ich wollte mich mit Ihnen in einem anderen Café verabreden, nicht in dem falschen, in dem wir vergebens aufeinander gewartet haben. Aber ich weiß nicht, wo es sich befindet. Und ich fürchte, es ist mehr als ein gewöhnliches Café, es ist vielmehr ein CAFÉ in Großbuchstaben, eine Art platonische Idee eines Cafés, wo man gar keinen Kaffee bekommt. Es stimmt: Niemand kann uns wegnehmen, was wir erlebt haben, vor allem dann nicht, wenn wir Zwischenräume suchen. Aber ich frage mich: Warum haben wir sie so sehr gesucht? Vielleicht, um darin die *Enjambements* des gedan-

Bezugspunkt aller und Deiner Selbst zu werden, gewinnst Du achtundzwanzig Punkte und eine Reise nach Sansibar, und außerdem bist du in dieser Woche aufgrund des positiven Einflusses des Uranus sehr vorsichtig, was Du ja für gewöhnlich nicht bist, er bewahrt Dich vor der Gefahr, Dich falschen Hoffnungen hinzugeben. Wenn Du hingegen dein Horoskop wissen willst, verkaufe ich es Dir um zwei Groschen, Du kannst es rückwärts lesen bis zu der Zeit, in der Du im Hof eines armseligen Hauses gespielt hast. Es war Sommer, erinnerst Du Dich? Auf der Bank eines Bahnhofs, auf der ein Ball hin- und herrollt, den ein Kind vergessen hat, und die nackte Frau am Balkon hat das Fenster geschlossen.«

kenvollen Verseschmieds Aristide Dupont zu finden, der die poetische Tradition der Picardie so unverdrossen fortgesetzt hat? Nur weg, und zwar so schnell wie möglich! Wer im öffentlichen Dienst gestanden hat, hangelt sich von Zwischenraum zu Zwischenraum, bis er die wohlverdiente Pension erreicht hat. Und die Zeit der Zitate ist vorüber wie das Leben: Postmodern war man im vorigen Jahrhundert. Übrigens, an dem Abend, von dem ich Ihnen erzählt habe, hätte auch ich gern eine Kassette mit einem Schlager eingelegt, der mir der Situation zu entsprechen schien, und dessen Refrain so lautet: *Dove vai Gigolette, con il tuo Gigolò, è finita la giava che si ballava tanti anni fa.* Aber ich hatte die Kassette nicht dabei, und der Chef will jetzt den Laden dichtmachen, und die Musiker stellen ihre Instrumente zur Seite. Ich singe Ihnen den Schlager vor, ohne Begleitung, wie früher.

Adieu, meine liebe Freundin, oder besser gesagt, auf Wiedersehen in einem anderen Leben, das gewiß nicht das unsere sein wird. Denn die Spiele des Seins werden, wie wir wissen, von dem verboten, was, da es sein sollte, bereits war. Darin besteht das winzige und dennoch unüberwindliche Forbidden Game, zu dem uns unser Augenblickliches zwingt.

Blutkreislauf

Mein innigst geliebtes Hämoglobin,

um so auszusehen wie der Mond, muß man das Blut zur Gänze auslassen beziehungsweise sich einem totalen und endgültigen Aderlaß unterziehen. Diese Anleitung haben uns die Alten überliefert, die die Blässe des Mondes auf Blutarmut zurückführten. Nur weiße Lymphe, heißt es in einem Fragment der Vorsokratiker, zirkuliere im Mond, also kalte Materie. Daraus folgt, daß Persephone die Königin der Unterwelt ist, und daraus folgen alle sonstigen Vorstellungen hinsichtlich Leben und Tod, Blässe und Farbe, Licht und Schatten, Klang und Stille. Denn der Mond ist stumm, *silenziosa*, ein Wort ohne Diphthong, wie jemand sagte, der es wissen muß, und das I des fehlenden Diphthongs ist ein langer und melancholischer Ton, fast ein Klagelaut, bei dem es einem kalt über den Rücken läuft.

Was für ein Privileg, mein innigst geliebtes Hämoglobin, sich mit Euch über den Mond zu unterhalten. Nicht nur, weil Ihr eine Ärztin seid, die sich mit menschlichem Blut beschäftigt, sondern weil Ihr meine Lieblingsärztin seid, die mein Herz zum Klopfen bringt und auf deren

Anregung hin dieser Brief entsteht, den ich Euch schicke, weil Ihr mich liebt oder geliebt habt, weil ich Euch liebe und geliebt habe und ich mich mit Euch über den Blutkreislauf unterhalten kann wie mit niemandem sonst. Und außerdem, als Hämatologin kennt Ihr auch gut die weißen Blutkörperchen, also nicht nur die Röte, die in Augenblicken der Leidenschaft unsere Wangen überzieht, sondern auch die Blässe, die sich auf unserer Stirn abzeichnet, wenn Unsere-Liebe-Frau-der-Mond uns mit dem eiskalten Strahl der Melancholie trifft. Aber ist es möglich, den Mond nicht zu lieben? Sein Antlitz ist wirklich ein Bild der Ewigkeit, denn niemand kann mit Sicherheit sagen, daß er den nächsten Tag erleben wird, wie uns ein alter persischer Lyriker lehrt, trinken wir also auf das Mondlicht, o süßer Mond, denn der Mond wird auch dann noch lange scheinen, wenn wir nicht mehr sind.

Wißt Ihr, einmal habe ich meinen Kopf untersuchen lassen. Eine allzu emsige Arterie hatte mich dazu veranlaßt, die zuviel Blut ins Gehirn pumpte, was mir Beschwerden, um nicht zu sagen höllische Schmerzen verursachte. Während mir der Arzt mit einer Art *mouse* über Hals, Nacken und Schläfen strich, betrachtete er einen Bildschirm vor sich, den auch ich sehen konnte, wenn ich ums Eck spähte. Und auf diesem Bildschirm sah ich ganz deutlich, wovon die Wissenschaft keine Ahnung hat, ich sah die Gezeiten, die ein Werk des Mondes sind, die Wellen, wenn ein Sturm den Ozean unseres Kopfes peitscht, den kalten Nord- und den heißen Südwind, den Schirokko im Innern des Schädels, und mir war, als spürte ich auch seinen salzigen Geruch, während er meine Meeresoberfläche kräuselte und mir gesalzenes

Kopfweh verursachte, jenes Salz, das von den Schläfen zum Gaumen wandert und nach verlorener Kindheit schmeckt, nach einer Jugend zwischen Langeweile und unglücklichen Lieben, und nach einem Leben, das einfach so vergeht, also auf sinnlose Weise, denn das, was einfach so vergeht, ist immer sinnlos, es sei denn, man gibt ihm einen Sinn. Aber wann kommt endlich der reinigende Regen? Wasser, wann wirst du endlich regnen? Und du, Blitz, wann wirst du donnern? Ach, schwirig zu sagen, mein innigst geliebtes Hämoglobin. Deshalb gibt es auch nur ein einziges Mittel, und das besteht darin, den eigenen Blutkreislauf zu regulieren. Und wie soll man sich im Brutkreislauf zurechtfinden, mein liebes, zärtliches, innigst geliebtes Hämoglobinchen? Andrea Cisalpino, das wißt Ihr besser als ich, hatte Mitte des 16. Jahrhunderts herausgefunden, wie der Blutkreislauf funktioniert. Seine *Quaestionum peripateticarum* sind Euch wohlbekannt: Die Venen füllen sich immer unterhalb, nicht oberhalb der Stelle, wo sie abgebunden werden. Wie das Leben also: immer unterhalb dessen, was geschieht, immer unterhalb seiner selbst. Cisalpino lehrte an der Universität Pisa, in jener Stadt, die auch von dem an Melancholie und Tertianafieber leidenden Wahnsinnigen geliebt wurde, der zwischen zwei Matratzen schlief, um sich vor der Kälte zu schützen. Und genau in dieser Stadt verstand er, was Cisalpino gesagt hatte, vielleicht ohne ihn gelesen zu haben, er verstand, daß die Venen das Blut zum Herzen transportieren und nicht umgekehrt, wie Galen und die Alten geglaubt haben, und genau deshalb erwachte ausgerechnet in dieser Stadt das Herz des Wahnsinnigen zu neuem Leben und begann wieder zu schlagen, wie es schon seit geraumer Zeit nicht mehr geschlagen hatte, und Zephyr erfrischte die ungesunde Luft, und er spürte, daß der offene und bekannte Wahn in ihm zu neuem Leben erwachte. Aber wenn die Illusionen nicht mehr zu neuem Leben erwachen können und ein blaßblauer Morgen anbricht und unter deinem Fenster der Verkehr zu fließen beginnt, der nicht mehr der Nacht-, sondern der Tagesverkehr ist, und die Straße vom Regen glänzt und das Antlitz des Mondes sich nicht aus dem Viereck des Fensters löst, nicht weil er untergehen will, sondern weil er vielleicht schon aufgegangen ist, scheint wirklich der Augenblick gekommen, sich zu überlegen, wie man die brave Hydraulik, die Cisalpino entdeckt hat, außer Kraft setzen und bewirken kann, daß das Herz, das sich einbildet, der Hauptmotor dessen zu sein, was sich Leben nennt, seinen Hochmut aufgibt. Deshalb ist es notwendig, den Blutkreislauf ganz genau zu kennen. Obwohl man die weißen Fliesen am Boden auch so der Reihe nach mit Rosenblättern schmücken könnte: plitsch, platsch, aber eigentlich sollte es heißen tropf, tropf, denn auch kranke Brunnen weinen manchmal rote Tränen. Ach, das Ganze ist viel zu literarisch, so wie die Welt und das Leben überhaupt, also halten wir uns lieber an die Wissenschaft, sie ist sicher, sie irrt sich keinen Millimeter, die WISSENSCHAFT ist eine exakte Wissenschaft, im Gegenteil zur Literatur, die so ungewiß ist und aus lauter Ungewißheiten besteht. Der Brunnen der Wissenschaft zum Beispiel gehorcht im Gegensatz zum Brunnen aus Worten den unerbittlichen Gesetzen der Hydraulik. Und wenn man den Wasserhahn aufdreht und wenn sich dieser Wasserhahn unterhalb eines Wasserspeichers befindet, kann man sicher sein, daß Flüssigkeit aus dem Rohr rinnt, vorausgesetzt, der Kreislauf dieses Brunnens funktioniert von oben nach unten und von innen nach außen und besitzt einen Rückfluß. Aber, mein innigst geliebtes Hämoglobin, an dieser Stelle möchte ich Euch eine grundlegende Frage stellen, und zwar folgende: Warum hat die Natur beim Embryo das Fließen des Blutes ganz und gar unterbunden, anstatt neue Gefäße anzulegen? Mir ist bewußt, daß die Frage völlig aus der Luft gegriffen ist. Aber ich werde versuchen, mich besser auszudrücken, indem ich, wie es so schön heißt, von vorne anfange. Also: »Da beim Embryo die Lunge noch nicht funktioniert, sie also eigentlich gar nicht vorhanden ist, bedient sich die Natur der beiden Herzkammern, um den Blutkreislauf zu gewährleisten, und das gilt sowohl für Embryos, die eine Lunge besitzen, diese aber nicht benutzen, weil sie nicht atmen, als auch für Embryos niedriger Arten, die keine Lunge besitzen. Womit eindeutig bewiesen wäre, daß die Kontraktionen des Herzens bewirken, daß das Blut von der Hohlvene zur Aorta fließt: Die Blutbahnen sind so breit und durchlässig, wie es bei einem erwachsenen Menschen der Fall wäre, dessen Herz keine Scheidewand besäße und dessen Herzkammern somit miteinander verbunden wären. Bei den meisten Tieren, sowie bei allen Tieren ab einem gewissen Alter, sind diese Blutbahnen weit offen und gestatten dem Blut, durch die Kammern zu fließen. Warum also nehmen wir an, daß bei manchen Warmblütern (dem Menschen zum Beispiel) das Blut nicht mehr durch die Kammern fließt, sobald sie das Erwachsenenalter erreicht haben, was jedoch beim Embryo aufgrund entsprechender Anastomosen möglich war, da das Blut nicht durch die noch funktionslose Lunge fließen kann? Warum ist es besser (und nur die Natur weiß, warum etwas besser als das andere ist), wenn beim Heranwachsenden dieser Kreislauf unterbrochen wird, während beim Embryo und bei allen Tieren die Kammern miteinander verbunden sind? Und warum hat die Natur beim Embryo nicht andere Blutgefäße angelegt, sondern verhindert, daß das Blut durch diese Gefäße fließt?«

Ihr müßt verstehen, daß ich Euch die Frage nicht nur deshalb stelle, weil ich in diesem Augenblick eine Embryonalstellung eingenommen habe, die mir bequemer und – sofern man das überhaupt sagen kann – sicherer erscheint, abgesehen davon, daß sie wie geschaffen ist, um in den Schoß der Erde zurückzukehren, aus dem wir gekommen sind; nicht umsonst wurden die Menschen in der minoischen Kultur mit angezogenen Beinen und um die Knie geschlungenen Armen bestattet, wie eine Feder, die angesichts der Ewigkeit sofort losschnellen kann, denn der Ewigkeit, die ja kein Klacks ist, sollte man mit entsprechender Energie entgegentreten; ich erzähle Euch das vor allem, weil ich, bevor ich mich sorgfältig vorbereitet habe, ein Buch in der Bibliothek entliehen habe, *De motu cordis* von William Harvey aus dem Jahr 1628, dessen vollständiger Titel folgendermaßen lautet: *Exercitatio anatomica de motu cordis et sanguinis in animalibus*. Euch, mein innigst geliebtes Hämoglobin, wird die Sache nicht verwundern, aber ich war höchst erstaunt, als ich feststellte, daß die Menschen erst 1628 mit Genauigkeit zu sagen vermochten, aufgrund welcher Mechanismen ihr Herzmuskel jene merkwürdige rote Flüssigkeit in die Blutgefäße pumpt, die in ihnen kreist und die die Grundlage ihres Lebens darstellt.

Mein innigst geliebtes Hämoglobin (verzeiht, daß ich Euch noch immer so anrede wie in unseren Studententagen), Ihr seid eine allseits bekannte Hämatologin, aber ich fürchte, in Eurem makellosen Labor, unter Eurem unfehlbaren Mikroskop, auf den sterilisierten Plättchen, die bei der richtigen Temperatur in Euren aseptischen Vitrinen liegen, ist William Harvey nie so gewürdigt worden, wie es ihm eigentlich zustünde. Also stelle ich ihn Euch vor, in diesem Brief, den Ihr morgen erhalten werdet, jetzt, da die Farbe der Jahreszeit, die man früher als flammend beschrieben hat, wahrscheinlich der Farbe der Blätter der Kletterpflanze entspricht, die sich um die Fenster Eures wunderschönen Arbeitszimmers rankt: Jetzt, da die Flammen des Herbstes über die Baumkronen hinweggezogen sind, sind die Blätter gelb und fallen schnell zu Boden. Schnell, schnell, *well, well,* flüsterten wir uns unter der Decke zu, Halbdunkel und Matratzen, sicher nicht Sonne und Stahl! Und wer war ich? Der Partisan Johnny natürlich, der schöne Partisan! Worauf ruht dein bewundernder Blick, mein schöner Partisan, worauf ruht dein Blick? Er ruht auf deiner Tochter, hinauf in die Berge werde ich sie fü-ü-ü-hren. Also los, schnell weg, aber auch Partisanen altern, sofern sie nicht jung sterben wie der Partisan Johnny. Oder wie Marilyn. Stellt Euch vor, wäre Marilyn nicht jung und schön gestorben, sie wäre inzwischen alt und häßlich, und kein Hahn würde mehr nach ihr krähen. Ob ich Wortspiele mache? Nun gut, mache ich eben Wortspiele. Ob ich Wortspiele mag? Natürlich mag ich Wortspiele, auch Kalauer genannt. Renne, renne, mein Lieber, denn hier rinnt alles, die Worte rinnen auf den Boden und zerbersten, zerfließen, verwandeln sich in einen sonderbaren kreisförmigen Stern, aber was für einen merkwürdigen Umfang dieses zerronnene Wort doch hat, es sieht aus wie ein Fraktal, denn es weist eine Fraktur auf, das Ärmste, es ist ein Bruchteil von uns und bricht, so wie sich die Wellen am Strand brechen, die übrigens nur ein winziger Bruchteil des riesigen Meeres sind. Des eintönigen, in erster Linie eintönigen Meeres, gebt Ihr mir recht? So wie auch dieser Regen eintönig ist, der unaufhaltsam dahintröpfelt, klatsch, klatsch, heute klingt das so, als ob Donald Duck applaudieren würde. Und was macht der Tropfen? Was macht der Tropfen? *Cavat lapidem*, das macht er, aus diesem Grund hat man die Regentraufe erfunden, damit man nicht naß wird, sonst muß man den Regen abschütteln wie ein Hund. Frage: Kann man auch das Leben abschütteln? Gestern zum Beispiel habe ich Natalino wiedergesehen, der eigentlich kühn und tapfer hätte sein sollen, den jedoch alle Talino nannten. Und er wußte, daß er ein zur Kühnheit nicht fähiger Talino war, er war ein Grashalm im Wind, ein Zweiglein, das bei der kleinsten Erschütterung bebte. Armer Talino, sagten wir. Du solltest sehen, was aus ihm geworden ist: Er ist wirklich nicht wiederzuerkennen. Aber zuerst muß ich Dir sagen, wo ich ihn gefunden beziehungsweise wo ich mich befunden habe. Ich lag unter einem Baum, einem riesigen Baum. Und zwar auf einem Gut, möglicherweise irgendwo auf der Iberischen Halbinsel, auch wenn man dort nicht von »Gütern« sprechen kann. Wie sollte ich also sonst sagen, vielleicht auf einem »Besitz«? Sagen wir also so, vielleicht gefällt Euch das Wort besser. Es war jedenfalls ein schöner Ort, nahezu ein idyllischer Ort. Um nicht zu sagen ein arkadischer Ort. Denn es war Sommer (es mag Euch vielleicht merkwürdig erscheinen, aber gestern war Sommer), besser gesagt, Spätsommer, denn die Trauben auf den sich emporrankenden Weinstöcken wurden schön langsam reif. Aus diesen Trauben macht man einen unglaublichen Wein. Rot? Weiß? Verdicchio? Verdikt. Gut gesagt, gnädige Frau, Verdikt, das Urteil ist gerecht, Herr beisitzender Richter. Das Schwurgericht stimmt zu, sagen wir also »Besitz« oder, noch besser, »Landsitz«. Ja, ich war auf einem »Landsitz«, auch wenn ich nicht sagen kann, auf »meinem« Landsitz, denn für gewöhnlich ist es so richtiger, mit einem Possessivpronomen davor wird aus dem Landsitz ein Besitz. Wie Titiros lag ich auf dem Rücken und war glücklich, denn ganz hinten auf der Wiese floß ein Bächlein, und ich hörte, wie es im Schilf gluckste. Noch ein Stück weiter hinten befand sich eine runde Tenne aus schönem, unbehauenem und dennoch glattem Stein, der seit Jahrhunderten von den nackten Füßen der Bauern und den Dreschflegeln, mit denen Maiskolben ausgekörnt wurden, poliert worden ist. Und neben der Tenne ein schöner Kornspeicher mit einem grasgedeckten Dach, wie man sie in Kantabrien sieht. Und mitten in dieser ländlichen Idylle, während Frösche quakten und Grillen zirpten – dazu sind Frösche und Grillen ja da –, verspürte ich unter dieser majestätischen Eiche plötzlich, wie mich ein ungewöhnliches Gefühl des Friedens überkam, ich hatte gerade noch Zeit, zu mir zu sagen: Ach, was für ein Friede!, als ich blinzelte und begriff, daß dieser mächtige Baum Natalino war! Natalino! Natalino! rief ich, du bist hier als Baum, du hast dich also in eine Pflanze verwandelt, ohne es irgend jemandem zu sagen, nicht einmal Ovid hätte sich das vorstellen können, mein lieber Natalino, ich bin glücklich, zu wissen, daß du ein Baum bist, und was für ein Baum! Natalino lächelte mir schelmisch zu, so wie er es beim Kartenspielen immer machte, da hat er auch immer auf eine bestimmte Weise gelächelt, die außer mir niemand verstand, denn beim Schnapsen spielten wir immer zusammen. Vielleicht hätte ich selbst auf die Idee kommen sollen, daß du dich in eine Eiche verwandeln würdest, ich hätte es damals begreifen sollen, nicht umsonst hast du dir einen Sarg aus Eichenholz gewünscht, und wie gut er zu dir gepaßt hat, an jenem Tag, an dem wir dir die letzte Ehre erwiesen, während das Orchester den Chor aus *Nabucco* spielte und irgend jemand versuchte, den Schirm über dich zu halten, weil es zu regnen begonnen hatte, und ich zu ihm sagte: Hör auf, du Trottel, siehst du nicht, daß Natalino aus Eichenholz ist? Und wißt Ihr, meine Liebe, was Natalino da gemacht hat? Etwas Unbeschreibliches. Er hat alle Blätter bewegt, sie bebten einzeln wie Instrumente, auf denen eine unbekannte Musik intoniert wird, und wie richtig es mir doch erschien, ihn von unten nach oben zu betrachten, wo doch immer alle auf ihn herabgeblickt haben, und zu sehen, wie er vor Freundschaft bebte und sich so freute, mich hier, in seinem großen, schützenden Schatten zu sehen. Es fällt mir schwer, Euch die Musik des Konzerts zu beschreiben, das Natalino mit Hilfe seiner Blätter aufführte, es erinnerte entfernt an jenen Tag, als wir an diesen Strand gingen, im September, und niemand mehr da war, nur noch ein leichter Mistral, der das Rohrgeflecht der Hütte rascheln ließ, in der wir aßen und uns liebten.

Und dann habe ich die Augen geöffnet und bemerkt, daß ich hier war und daß es vielleicht Samstag war, ein typischer Samstag im Dorf, auch wenn draußen die Stadt pulsierte, eine riesige Stadt, und morgen die Stunden weder Trübsal noch Verdruß bringen werden, denn ich habe über den Blutkreislauf nachgedacht, darüber, wie das Blut in uns regelmäßig und geduldig fließt, Jahr um Jahr, und daß es notwendig ist, diese Atmung ein für allemal zu unterbrechen, die uns alle in einem kosmischen Atem vereint, ein aus, ein aus, in ewiger Gleichförmigkeit, dem Rhythmus der Sinnlosigkeit. Und ich habe beschlossen, die entsprechenden Maßnahmen gegen das Metronom zu ergreifen, das den Rhythmus zu diesem ewigen Ballett vorgibt. Puh. Denn, wie bereits gesagt, der Mensch ist nicht dafür gemacht, mit einem Hirn und seinen Nebenorganen – Rückenmark, Herz, Lunge, Zwerchfell, Geschlecht und Magen – zu leben, er ist nicht dafür gemacht, mit einem Blutkreislauf zu leben.

Ich weiß, ich breche einen Vertrag. Darin steht, daß wir uns nicht mehr sehen und daß wir uns nur im äußersten Notfall schreiben sollten: Ihr habt den Vertrag abgefaßt, und wir beide haben ihn unterschrieben. Es handelt sich zwar nicht um einen Notfall, denn ich liege bereits in den letzten Zügen, und Ihr würdet nicht mehr zur rechten Zeit kommen. Ich verspüre nur das extreme Bedürfnis, Euch diesen Brief zu schreiben. Ihr dürft dreimal raten, warum. Erstens: Weil ich nicht schweigend gehen will. Zweitens: Weil ich derjenigen, der ich schreiben sollte, nicht schreiben will. Drittens: Weil ich von Natalino geträumt habe. Wofür entscheidest Du Dich?

# Casta Diva

Eran rapiti i sensi, o mia donna gentile,

und seine Hand strich Dir wie eine Mondsichel durchs Fell. Geschickt ist seine Hand: Sie hat Übung darin, an der durchgeschnittenen Kehle der Opferlämmer zu hantieren, und mit behandschuhten Fingern, die so zart sind wie der Wind, näht er, salzt oder übergibt sie der Ewigkeit.

Ich verteile nur die Rollen, liebreizende Frau, der Erfinder dieses lächerlichen Theaters hat mich heute abend zum Direktor ernannt. Meine Aufgabe besteht darin, Musik, Bühnenbild, Orchester, Chor und Sänger auszusuchen für diese kitschige Oper, die aus Ramsch, armseligen Phantasien, tiefsinnigen Gedanken, nostalgischen Gefühlen, Groll und Liebeskummer zusammengewürfelt ist. Ich bitte Dich, keine Einwände, ich lasse keine Einwände gelten, finde Dich damit ab, Du bist Norma, meine Norma. Komm schon, mach kein Theater, bitte, reg dich nicht auf, ich verspreche Dir, es wird eine Pastiche nach Deinem Geschmack. Hin und wieder wird die Sonne scheinen, ansonsten wird uns der Regen durchnässen, denn der Regen durchnäßt, liebreizende Frau, er macht uns naß bis auf die Knochen, und von den Knochen gelangt er bis zur Seele, wie die Feuchtigkeit, die ganz langsam ins Haus eindringt und auf den Wänden Schimmel wachsen und die Menschen weißhaarig werden läßt, aber sei unbesorgt: Im Augenblick regnet es nicht. Es ist nämlich Winter, und es schneit, und rund um die Berghütte tobt der Sturm. Siehst Du etwas durch die beschlagenen Scheiben des Fensters, das aufs Tal blickt? Ich nicht. Der Schneesturm bildet eine dichte graue Brühe, die einem angst macht. Ach ja, sicher, Du wünschst Dir Weitsicht und Licht, so daß Du ganz eindeutig alle Spuren im Schnee sehen kannst, die Du in Deinem Leben hast machen müssen, um hierherzugelangen. Dabei ist es unmöglich, sie zu sehen, aber ist das überhaupt von Bedeutung, wo wir es doch so gemütlich haben in der Wärme? Und was soll man in der Wärme einer Schutzhütte tun, die wir aufgrund einer glücklichen Fügung entdeckt haben, während draußen der Schneesturm tobt? Trinkt man vielleicht eine Schale heiße Brühe? Nein, das erlaube ich Dir nicht, das wäre fehl am Platz. Das sind zwei schauerliche Worte, dabei sind wir noch nicht einmal beim schauerlichsten Teil dieses Melodrams angelangt, das ich eben kurz beschrieben habe, sofern wir überhaupt dort hinkommen. Versuchen wir erst einmal, ein Mindestmaß an Eleganz beizubehalten: In der Wärme der Hütte, die Du aufgrund einer glücklichen Fügung entdeckt hast, während draußen der Sturm tobt, trinken wir *ein Schälchen Consommé*. So soll es heißen. Hinter Dir lehnt eine Gestalt an einem Tisch, unbeweglich im Schatten. Aufgrund des weißen Gewands und des unheimlichen Blicks könnte man sie für einen Priester halten: für jenen Oberpriester, der die Druidenstämme mit Hilfe seiner magischen Kräfte befehligt: Laudanum, Nadeln, Morphium. Ja, es ist der Mann, der auf den glattgeschliffenen Druidensteinen die Opfer bringt, der die Bäuche der Ziegen aufschneidet und ihre Eingeweide im Wind verstreut. Auch er hat im Halbdunkel seine Suppenschüssel erhoben und will eine Art Trankopfer darbieten. Aber Achtung, zunehmender Mond, heben wir die Tassen! Hinter dem Fenster, dessen Scheiben vom Atem und vom säuerlichen Achselschweiß beschlagen sind, wendet euch die keusche Göttin ihr schönes Antlitz zu, nicht umwölkt und unverschleiert. Der Priester, wie ich schon sagte, ist wie erstarrt. Unbeweglich im Schatten, das Gesicht von einem bläulichen Bart beschattet, der ihm wie ein schwarzer Schleier über die Wangen fällt, tropft ihm ein wenig Suppe von den dünnen Lippen auf die weiße Weste. Er hat sich also bekleckert. O Norma, am liebsten ließe ich Dich singen: »Ach, wisch dir die Consommé ab!« Aber das wäre zuviel verlangt, selbst bei so einer Oper. Fürs erste wird gar nichts abgewischt, und Du trinkst Deine Brühe in der vom Sturm umtosten Hütte. Ich, der ich diese Oper eingeleitet habe, wie man einen blödsinnigen Prozeß einleitet, möchte nun aber nicht Gefahr laufen, Ameisen das Rechnen beizubringen: Lieber überlasse ich die Inszenierung einem richtigen Regisseur, einem Profi, der mit allen Wassern gewaschen ist und niemandem in den Mund schaut, ob Brühe oder Consommé darin ist. Ich übergebe also und ziehe mich hinter die Kulissen zurück.

*

»Sehr verehrte gnädige Frau, wie Sie wissen, hat mich der Direktor des Theaters beauftragt, diese Oper zu dirigieren, in der Sie die Hauptrolle spielen. Bitte sehen Sie es mir nach, daß ich die Handlung eigenmächtig abändere, daß ich aus dem Stegreif spielen lasse und die Handlung von der Situation, von den Umständen und dem Zeitdruck abhängig mache. Das Stegreifspiel beruht, wie Sie wissen, auf der Intuition als einer Form der Erkenntnis, auf schneller Auffassungsgabe, auf Vermutung und Kurzschluß. Von Ihnen erwarte ich totalen Gehorsam, die prompte Ausführung aller meiner Anordnungen, Einsatz der Stimmbänder, was Ihnen ja nicht schwerfallen wird, rasche Bewegungen, absolute Unbeweglichkeit, wenn Unbeweglichkeit gefordert ist, was Ihnen ebenfalls nicht schwerfallen wird, da Sie ja die östlichen Techniken, die Sie beherrschen, zu Hilfe nehmen können. Kann man die Jugend bewahren, indem man ein Leben lang eine nach Tannen duftende Wiege umarmt? Diese faszinierende These wird in *Stella Cometa* aufgestellt, einer einflußreichen Esoterikzeitschrift, der zufolge der Chirurg in den Toten eindringen müsse, um ihn zu neuem Leben zu erwecken. Es ist jedoch gefährlich, den Leichnam mit einem Messer aufzuschneiden: Vom Metall geweckt, wacht der Tote auf und schreit gellend in der Nacht. So muß auch Ihr Gesang in diesem Schauspiel klingen, sehr verehrte gnädige Frau: wie das grausige Schreien eines Toten, der vom Besteck des Chirurgen aufgeweckt wird. Sie sind stimmlich bestens dafür geeignet, und genau das verlange ich von Ihnen.«

Der Mann, der diese Worte schrieb, nahm den Taktstock vom Pult und machte eine zarte Geste in der Luft, als riefe er eine ferne Musik herbei, als forderte er ein verstecktes Klavier auf, ein Nocturno zu spielen. Und wie durch Magie hörte man das Rauschen einer Tastatur in der Ferne, das Licht ging aus, und im Hintergrund der Bühne senkte sich eine andere Kulisse herab und verdeckte das schmutzige beschlagene Fenster, durch das man die keusche Göttin hatte sehen können. Die Kulisse war eine Art himmelblaue Leinwand, jedoch mit einem Rahmen rundherum: etwas Ähnliches wie ein riesiges Fenster, das die ganze Bühne einnahm, so daß das Außen sich nach innen zu stülpen schien und es aufsaugte wie auf manchen Bildern Magrittes. Und tatsächlich hatte das Innen sich augenblicklich aufgelöst, die Materie verschwand im Blau wie der Rauch einer Zigarette, und es blieb nur die Luft übrig, ein großer Raum mit kreisförmigem Horizont, eine Leere, die jeden x-beliebigen Körper und jede x-beliebige Situation in sich aufnehmen kann, jede Handlung und jede Bewegung, die von Atom- und Zellansammlungen ausgeführt wird. Mit der Spitze des Taktstocks spießte der Mann einen Zipfel des Mondes auf und zog ihn herunter bis in die Mitte des Blaus, des riesigen Fensters, das mittlerweile alle festen Körper aufgesaugt hatte, die im Raum verstreut gewesen waren. Wie merkwürdig war doch dieser Taktstock, den der Mann durch die Luft führte wie eine Füllfeder über eine Zaubertafel und mit dem er deutlich sichtbare Noten im Raum schrieb! Kein Dirigent führte diesen Taktstock, sondern ein Magier, ein fahrender Gaukler, irgend jemand, dem es mit Hilfe eines merkwürdigen Tricks gelang, Noten in Zeichen in der Luft zu verwandeln und ihnen Farben zu geben, wie es ihm beliebte. Jetzt berührte er wieder die keusche Göttin, die eben noch eine gelbliche Münze gewesen war, als wäre sie gerade aufgegangen, und die sich nun in eine blaßblaue Scheibe verwandelte, als würde sie ein Erdbeben, ein Seebeben oder sonst ein Unglück ankündigen. Zart war ihr Antlitz, wie das einer trauernden Persephone, die allein in der Unterwelt lebt, und mit ihrer Blässe färbte sie das fröhliche Blau des riesigen Fensters weiß, bereitete die Leere rund um sich auf etwas Düsteres und Unerwartetes vor, und auch die Musik hatte sich in der Zwischenzeit sehr verändert: Aus der Ferne hörte man das Schluchzen einer Oboe, und nach einer Viertelpause ließ sie einem eintönig und inständig klagenden Cello den Vortritt. »Sie weint, sie weint wie der Wind im Röhricht«, sang ein Chor, der aus dem Bauch Persephones zu kommen schien, der inzwischen so rund war wie der Bauch einer Schwangeren. Wem gehörten diese klagenden Stimmen voller Schmerz und voller Angst, bei deren Flüstern man erschauerte? Leide, leide wie von Sicheln gemähtes Getreide.

Der Taktstock machte einen kleinen Hopser, als verlangte er ein Andante con brio. Zwei Hopser, zwei Peitschenhiebe, zwei Schnitte in die Leere – und anstelle des Etagenbetts, das gerade noch die Bühne eingenommen hatte, pinselte er zwei aufrecht stehende Steine hin, auf denen ein glatter, quer ausgerichteter Stein lag, ein Druidenstein. Die Stimmen des Chors schwollen an. Der Taktstock klopfte in die rechte untere Ecke dieser Landschaft aus nichts, und der Priester in seinem weißen Gewand tauchte aus dem Hintergrund auf. Was suchte er in dieser Wüste? Der Taktstock zeigte es ihm, indem er schnell auf den Steintisch hüpfte, der von der neugeborenen Göttin beleuchtet wurde, hin zu dem Organ, das plötzlich auf dem Druidenstein aufgetaucht war. Zweifellos waren es Innereien, ohne die menschliche oder tierische Hülle, in der sie einst gesteckt hatten. Eine Röhre aus zartem weiß schimmerndem Knorpel, die in einen großen rot schimmernden Klumpen mündete, aus dem wiederum Röhren voller Blut- und Lymphgefäße herausragten. Und die nirgendwohin führten, weil es ja keinen Körper mehr gab. Der Priester schwang einen Dolch, dessen Klinge im silbernen Mondlicht funkelte. Er hielt einen Augenblick inne, hob einen Arm gen Himmel und sang mit seiner tiefen, mächtigen Baßstimme: *»Tintarella di luna, tintarella color latte, tu fai bianca la mia pelle, tu sei bella fra le belle!«*

Der Taktstock sauste durch die Landschaft und stellte sich in der gegenüberliegenden Ecke auf. Er malte seine Musik in die Luft, und Norma trat auf, mit einem Schleier auf dem Kopf kam sie einhergeschritten. In der Hand hielt sie ein Körbchen mit Kaktusfeigen, und rund um ihr mit Honig bestrichenes Antlitz tanzten freundliche Bienen und sangen: »Diese Stunde soll dir offenbaren, was für ein Herz du getäuscht und verloren hast, ein Gott, ein Schicksal stärker als du, will uns vereint sehen in Leben und Tod.«

»Norma, wieso trittst du auf, Norma, was tust du«, sang eine Solostimme, die sich vom Chor gelöst hatte, in toskanischem Dialekt. Der Taktstock hüpfte vor dem Mund Normas auf und ab, und sie sang folgsam: »Einmal um die ganze Welt, und die Taschen voller Geld!« Sie bewegte die Arme wie eine Marionette, ruckartig wie eine Marionette, die den Fäden gehorcht, die an ihr ziehen; und dann nahm sie innerlich Anlauf, als hätte ihr jemand einen Stoß in den Rücken gegeben, damit sie die Brust rausstreckte, und sang: »Kaktusfeigen! Wer möchte goldfarbene Kaktusfeigen kaufen? Keine Feige ohne Dornen!«

Der Taktstock lief zum Priester, er sauste durch die Luft wie eine Peitsche. Und dieser, der bis jetzt finster im Schatten gestanden hatte, öffnete den Mund (er hatte ein rosiges Mäulchen, fast wie ein Kind, und es paßte gar nicht zu seinem blauschwarzen Bart) und sang mit seiner mächtigen Baßstimme: »Ich, Kruzitürken, ich möchte welche!«

Der Taktstock machte eine Bewegung, als wäre er eine Hand, die jemanden nach vorn beorderte. Komm schon, sagte er stumm, wie es die Taktstöcke der Dirigenten für gewöhnlich tun, die schweigend sprechen, komm, du bist an der Reihe, und die Brautführerin soll auch vortreten, sie soll jedoch im Halbschatten bleiben und die Zeremonie durchführen, sie ist eine fette und mit Sommersprossen übersäte Frau aus dem Gebirge, mit milchweißer Haut und viereckiger Brille, ein echtes Kind der sechziger Jahre, und inzwischen ist es schon zu spät, sie würde schrecklich altmodisch wirken inmitten von Menschenopfern und keltischen Monden, aber welchem Druidenstamm gehörst du eigentlich an, der du trotz deines Alters noch so rüstig bist?

So trat also der Priester vor: Schweigend, mit den Messern in der Hand, näherte er sich dem steinernen Druidenaltar und... Ach, was das Licht doch für Wunder vollbringen kann, vor allem wenn der Bühnentechniker tüchtig ist! Das Meeresblau des Bühnenprospekts, das ein Fenster zum Nichts sein sollte, egal, ob das Nichts nun Illusion oder Realität oder eine Vereinigung von Horizonten war, dieses Meeresblau verwandelte sich in ein milchiges Blau, das an das Licht der Lampen im Operationssaal erinnerte, ein blendendes Licht, das genau auf den Druidenstein fiel. Und auf diesem Operationsstein begegneten sich ein Verdauungstrakt, chirurgisches Besteck und goldfarbene Kaktusfeigen: Das wäre nicht einmal dem verruchten Comte eingefallen, der schreckliche Gedichte schrieb. Und während der Priester das Opfer vollzog, verteilte Norma die Kaktusfeigen an die Umstehenden, leichtfüßig tanzend wie die ätherischen Mädchen auf den Bildern der Präraffaeliten, angetan mit einer durchsichtigen hellblauen Tunika. Und sie sang: »Niemals hat es dem schrecklichen Altar an Opfern gefehlt.« Sie sang es zur Melodie eines Schlagers, der lautet: *Komm auf die Schaukel mit mir…*

*

Ach, liebreizende Frau, hier müßte die blödsinnige Oper, die der Regisseur an jenem Abend aus dem Stegreif inszenieren wollte, eigentlich zu Ende sein. Aber in Wirklichkeit geht sie weiter. Ich kenne das Finale: Es bricht aus den Kulissen dieses lächerlichen Theaters aus, durchstößt die Leinwand des Bühnenprospekts und die armseligen bemalten Pappwände, die den Zuschauern etwas vorgaukeln wollen, läuft über die Bühne und durch den Zuschauerraum, durchquert Raum und Zeit und flüchtet in die Richtung, die Persephone aus der Unterwelt, als keusche Göttin verkleidet, versprochen hatte. Und es ist völlig egal, ob der Priester ein Quacksalber war, ein Ingenieur der Verführung oder ein fröhlicher Greis, der sich mit ungleichseitigen Dreiecken auskennt: das Ergebnis ändert sich nicht, auch wenn man die Faktoren umstellt. Und Du warst auf jeden Fall Du.

Jetzt steigen sie also auf ein metallenes Ungeheuer, das auf der Rückseite des Druidensteins gelehnt hat, ein Ungeheuer aus blinkendem Stahl, das im Mondlicht funkelt und leuchtet. Mit Händen, die noch immer rot sind, drückt es den Gashebel, und der Motor heult auf. Sie sitzt auf dem Rücksitz und umschlingt seine Mitte mit dem Arm. Und los geht's! Das dröhnende Ungeheuer biegt auf die Uferpromenade ein und dann in einen Tunnel, in dem das Dunkel der Nacht noch dunkler ist, und sie singt mit bebender Stimme: »Ja, bis zur Todesstunde wirst du in mir eine Gefährtin haben, solange ich dein Herz an meinem schlagen fühle.« Und sie schmiegt ihren Busen an den Rücken des Zentauren, damit er hört, wie ihr *corazón* schlägt. Und wie erbebt doch das Fleisch, wenn es Fleisch an Fleisch spürt. Denn inzwischen ist der Rumpf des Zentauren ein echter Zentaurenrücken geworden, behaart wie der eines wilden Tieres, und es ist kein Haar, sondern vielmehr das Fell eines Wildschweines! Und sie schreit: Schneller, schneller, fahr schneller, ich bitte dich! Und er fährt schneller, und auf geht's mit dröhnendem Motor durch die Nacht, durch immer neue Tunnel, die nur hin und wieder einen Blick ins Freie gestatten, auf die Lichter in der Ferne am Meer, und das Gesicht Persephones lächelt immer mehr, immer verführerischer.

Und in diesem Augenblick, während sie immer schneller fuhren und der Zentaur spürte, daß sein Fell am Rücken gestreichelt wurde, ließ er mit einer Hand das Lenkrad los, das er jedoch mit der anderen gut festhielt, und seine geschickten Finger, die aussahen wie eine Mondsichel, suchten Normas Fell und krauten es. Es war der Höhepunkt, jener magische Augenblick, nach dem sie sich so gesehnt hatten. »Ja, ja ja, ich bitte dich, mach weiter, mach weiter!« In genau diesem Augenblick war der Tunnel zu Ende, und am offenen Himmel breitete sich auf dem Antlitz Persephones ein komplizenhaftes Lächeln aus, das Lächeln einer Kupplerin, das Stahlmonster löste sich vom Boden und flog direkt in den unterirdischen Himmel hinein, der für die beiden, die rittlings auf dem Flugzeug saßen, inzwischen zum Ehebett geworden war, zu einem Bett, so riesig wie eine Arena, wo Geburten und Aborte stattfanden, die Menstruationen der Vorfahren und der Gattinnen, und die *libido rerum novarum*. Ein Ort, wie geschaffen für sie.

Der einzige Zeuge war ein Schamhaar im Bidet.

Ich wollte dich besuchen,
aber du warst nicht da

Liebe, liebste Liebe,

Ausgangspunkt: Es war einmal ein Wald. Und mitten in diesem Wald stand eine Villa. Und vor der Villa lag ein Park. Und im Park standen Buchsbaumhecken, die so gepflanzt waren, daß sie ein Labyrinth im italienischen Stil bildeten, und zwei schöne Palmen. Und unter den Palmen standen vier Holzbänke, die mit der Lehne zueinander aufgestellt waren, so daß man sich nicht sehen konnte, wenn man darauf saß. Haha, Du hast schon verstanden? Sicher hast Du verstanden, ich wollte Dir ja nur einen Anhaltspunkt geben. Du selbst hast mich ja vorgestern an diesen schönen Ort geführt, damit ich es mir hier ein wenig gutgehen ließe, nur ganz kurz, bis übermorgen, hast Du gesagt, soweit ich mich erinnere, oder bis übermorgen von übermorgen, denn hier wirst du dich erholen, du wirst schon sehen, die Schlaflosigkeit wird sich bessern, und auch diese Manie, herumzulaufen, so kann es ja nicht weitergehen, mein Liebling, du kannst nicht immer herumlaufen, deine Freunde nennen dich schon »den Wanderer«, weil du immer so herumläufst, du weißt es nicht, aber sie machen sich lustig über dich, sie rufen an, obwohl sie wissen, daß du nicht da bist, und fragen mich in spöttischem Tonfall: Ich würde gern mit dem Wanderer sprechen. Wenn du dich wenigstens einverstanden erklärt hättest, mit Sylvies Freund zu sprechen, was wäre schon dabeigewesen, wenn du nach Zürich gefahren wärst? Er hätte dir ganze Nachmittage lang zugehört, und zwar nicht, weil das sein Beruf ist, sondern wirklich aus Freundschaft, er hat Verständnis für Leute wie dich, er hat sogar ein Buch geschrieben über Fälle wie dich.

Meine Liebe, meine liebste Liebe, ich wollte Dir nur einen Anhaltspunkt geben, denn gestern, oder vielleicht auch vorgestern, bin ich von hier aufgebrochen, von genau diesem Ort, von einer der schönen Bänke. Ich schwöre Dir, ich habe gefrühstückt, Du kannst beruhigt sein, obwohl ich auch darauf hätte verzichten können, denn für gewöhnlich trinke ich am Morgen nur eine Tasse Kaffee. Aber glaube mir, das Buffet war unwiderstehlich. Damit Du es Dir vorstellen kannst: Unterhalb der Veranda war ein Tisch gedeckt, mit einem handbestickten Leinentischtuch, auf dem volkstümliche Motive in Brauntönen zu sehen waren, wirklich sehr schön. An einem Ende des Tisches stand, gewissermaßen als Auftakt, eine Schüssel Joghurt. Das Joghurt ist hausgemacht und wird mit frischen Waldbeeren angerührt, die am Vortag gepflückt werden: Erdbeeren, Johannisbeeren, Himbeeren; und wenn man Früchte im Joghurt nicht mag, kann man sie auch so essen, denn es gibt Joghurt pur, und die Beeren kann man mit einem Löffel Zucker oder Portwein verfeinern, wie man will. Die Gläser sind aus Muranoglas, eindeutig, aber keine Dutzendware, sondern alte Stücke, die heute ein Vermögen kosten würden, in Wien vielleicht nicht ganz so viel, vor allem wenn man sie bei meinem Freund Hans kauft (die bunten Fäden im Glas sind türkis und bilden ganz zarte Wellen), aber das Geschäft meines Freundes Hans ist in letzter Zeit immer geschlossen, vielleicht ist er gestorben, das täte mir leid. Neben der Schüssel mit den Waldfrüchten steht ein Körbchen mit winzigen Brioches, die von einem Tuch aus Hanf warm gehalten werden. Man kann der Versuchung kaum widerstehen, das mußt Du mir glauben. Die Buttersorten und die Marmeladen lasse ich lieber aus. Ich sage Buttersorten, weil es hier drei verschiedene gibt, darunter eine gesalzene, die von den Bauern in den Bergen hergestellt und in Weidenkörbchen geliefert wird, die mit Lorbeerblättern ausgelegt sind: Stell Dir nur vor, wie die Butter schmeckt. Die Marmeladen sind dickflüssig, wie es hier üblich ist, und werden nach traditionellen Rezepten hergestellt, und abgesehen von der Waldbeerenmarmelade, die natürlich die Spezialität des Hauses ist, gibt es auch noch meine Lieblingsmarmelade, Zitronenmarmelade, ein Mittelding aus Konfitüre und kandierter Frucht, mit einer Zuckergelatine, die ganz zart nach Kirschlikör schmeckt, aber wirklich nur hauchzart.

Mit einem Wort, ich habe mir das Frühstück richtig schmecken lassen, von allem probiert, und zum Abschluß habe ich mir Orangensaft und eine Tasse starken Kaffee gegönnt. Dann auf der Bank, von der ich Dir eben erzählt habe, noch ein paar Züge aus der Pfeife, und los ging's! Wenn ich mich nicht irre, haben wir abgemacht, daß Du mich übermorgen oder spätestens übermorgen von übermorgen abholen würdest, was, alles in allem, drei Tage bedeutet hätte. Nun, ich habe mich an die Abmachung gehalten, mir kam es sogar doppelt so lang vor. Bis ich mir gestern das alte Sprichwort vorgesagt habe: Wenn der Berg nicht zum Propheten kommen will, muß der Prophet zum Berge gehen. Ich habe mein Bündel geschnürt, das übrigens, wie Du ja weißt, ganz leicht ist, jetzt noch leichter als früher, und habe mich in aller Ruhe auf den Weg gemacht. Man kann die Villa ja ganz einfach verlassen, denn das wunderschöne schmiedeeiserne Tor wird nur am Abend abgeschlossen. Und so habe ich mich auf die Reise begeben, die ich Dir nun beschreibe, obwohl Du sie gut kennst, wir haben sie ja gemeinsam unternommen, als Du mich hierhergebracht hast, wenn auch in entgegengesetzter Richtung. Und nach einer langen Reise, wie es im Märchen heißt ... denn natürlich habe ich den ganzen Weg zu Fuß zurückgelegt, und ich kann Dir versichern, meine liebste Liebe, daß mir das Gehen sehr gut getan hat, denn in dem blöden Park hatte ich allzuoft nur ein paar Schritte machen können. Du wirst dich vielleicht fragen: Aber wie hat er es geschafft, den langen Weg an einem einzigen Tag zurückzulegen? Nun, so ist es eben. Ich könnte Dich anlügen und Dir was vorschwindeln, denn der Weg ist wirklich lang, wirklich sehr lang, meine liebste Liebe, aber ich habe es in nur vierundzwanzig Stunden geschafft. Am liebsten würde ich einen Deiner alten Freunde, den, der sich immer was darauf eingebildet hat, daß er mehr geht als ich, auffordern, es mir nachzumachen, aber dieser Leporello wird im Augenblick nicht dazu imstande sein, weil er die Radieschen von unten betrachtet. Aber nichts ist völlig unmöglich, denn hin und wieder steht einer auf und geht, das ist bereits vorgekommen.

Nach einer langen Reise habe ich also mein erstes Ziel erreicht, eine kleine Stadt am Meer. Häßlich, potthäßlich, um nicht zu sagen schreklich (ich schreibe es mit einfachem K, weil es ck gar nicht verdient). Um mich ein wenig auszuruhen, nahm ich mir ein kleines Zimmer, an dessen Wand ein Fischernetz mit zwei Seesternen darin hing. Für die Bewohner des Ortes gehört das zur Folklore, denn wahrscheinlich kommen im Sommer Deutsche und Skandinavier her, die das Meer lieben. Aber die Seesterne hatte man allem Anschein nach nicht gut getrocknet, denn sie stanken nach verwesendem Fisch. Was jedoch den Vorteil hatte, daß der Gestank die Mücken fernhielt und ich mich nicht mit summenden Insekten und juckenden Insektenstichen herumschlagen mußte, wie es uns eines Abends (ich hoffe, Du erinnerst dich) in einer häßlichen kleinen Pension passiert ist. In einer Schornsteinpension, womit ich nicht sagen will, daß die Pension Schornsteine hatte, sondern das Städtchen, in dem sie sich befand, das übrigens auch sehr häßlich war. Wenn Du Dich nicht erinnerst, macht es auch nichts, denn das war auf einer anderen Reise. Wie dem auch sei, ich habe mich in dem Zimmer mit den Seesternen ausgeruht. Und dann bin ich weitergezogen. Das einzige ernsthafte Problem bestand darin, daß ich mir während dieses unbeschreiblichen Aufenthalts einen sehr lästigen Ausschlag auf der Eichel zugezogen habe. Entschuldige, wenn ich Dich mit unappetitlichen Details belästige: Es handelte sich um winzige violette Punkte, die plötzlich auf der Haut aufgetaucht waren und Brennen und Juckreiz verursachten, dabei benutze ich die Eichel gar nicht, sie hat immer brav ihre Kapuze auf, wie ein Mönch bei der Prozession. Na ja.

Die zweite Pause habe ich in einem unscheinbaren kleinen Appartement eingelegt, das sogar billig gewesen wäre, aber wie Du weißt, konnte ich bei dem bißchen Geld, das ich in der Tasche hatte, nicht länger als ein paar Stunden bleiben. Wenigstens konnte ich ein entspannendes Fußbad nehmen; das Appartement war ganz leer, kein einziges Möbelstück stand darin, kommt Dir das nicht merkwürdig vor? Nur eine Gitarre lehnte an der Wand, und ich habe ein paar Minuten darauf gespielt, obwohl ich gar nicht Gitarre spielen kann und nur ein paar Akkorde kenne; und so habe ich eben die Akkorde gespielt, denn aus dem Zimmer daneben war ein Wimmern zu hören, und vielleicht schlief der Kleine ein, wenn er ein paar Akkorde hörte. Ich habe gesummt: *Come prima, più di prima, t'amerò, la mia vita, per la vita, ti darò.* Und das Wimmern hörte auf. Der Kleine hatte tatsächlich nach einem Liedchen verlangt, und mehr konnte ich ja auch nicht für ihn tun. O ja, ich weiß, daß man für die Kleinen viel mehr tun sollte, aber ich konnte ihm nicht mehr als ein Liedchen geben: Glaubst Du, daß es nicht genug war? Und so ist der Augenblick gekommen, weiterzugehen.

Und nach einer langen Reise ... erwartest Du jetzt zu hören, denn inzwischen kennst Du mich ja. Aber nein, meine liebste Liebe. Habe ich Dir nicht gesagt, daß das Appartement ein wenig merkwürdig war? Ich gehe also hinaus, schließe die Tür hinter mir und befinde mich in einer Art felsiger, aschgrauer Wüste mit kahlen Hügeln, ich wüßte nicht, wie ich sie Dir beschreiben sollte, ich könnte sagen, Hügel wie weiße Elefanten, aber ich fürchte, das trifft die Sache nicht ganz, und außerdem stammt der Ausdruck von jemand anderem. Und die Sonne im Zenit, unbarmherzig, man hätte einen Sombrero gebraucht. Ich dachte: An diesem ungastlichen Ort werde ich elend zugrunde gehen vor Erschöpfung, und die Geier werden das Fleisch von meinen Knochen hacken, die, gebleicht von der Sonne, blödsinnigerweise liegenbleiben werden, als einziger Beweis dafür, daß hier einmal jemand vorbeigekommen ist. Aber Gott hilft den Mutigen: Plötzlich höre ich die Stimme eines Mädchens hinter mir, es war zwar winzig klein, denn ich konnte es nicht einmal im Rückspiegel sehen, ich meine, in meiner Brille mit den getönten Gläsern, die ich nur ein wenig kippen muß, um sie als solchen zu benutzen. Es war also ein dem Erdboden gleichgemachtes Mädchen, oder vielleicht war es nicht einmal ein Mädchen, vielleicht gab es nur seine Stimme, wie bei der Cheshire-Katze, und die Stimme sang den Ziegen ein Liedchen vor. Vielleicht war es eine unsichtbare und nur in meinem Geist existierende Schäferin, wie die der Troubadoure, eine Schäferin, die auftaucht und verschwindet, während der Ritter vorbeireitet, und das hat mich veranlaßt, ein Schäfergedicht zu erfinden, das vielleicht ein wenig holprig war, aber was soll ich machen, Lyrik war noch nie meine Stärke, bei Geschichten bin ich ganz gut, aber die haben auch keinen Reim, bei Geschichten reimt sich nichts, und sie haben auch kein Versmaß, das sie unterteilt.

Ich würde Dir gern von meinen Geschichten erzählen, aber vielleicht ist das nicht der richtige Augenblick, versteh mich recht, ich schreibe Dir in aller Eile von Deinem Zuhause aus, und ich habe bemerkt, daß der Architekt schon gehen will und die Arbeiter mich scheel anblicken.

Geschichten. Oder besser gesagt: meine Geschichten. Was kann ich darüber sagen? Hin und wieder denke ich über sie nach und würde gern darüber sprechen, aber dann vergeht mir augenblicklich die Lust, und so habe ich Dir noch nie davon erzählt. Aber jetzt würde ich Dir gern, wenn auch nur andeutungsweise, erzählen, was sie nicht sind, anstatt was sie sind – was ziemlich schwierig wäre. Tut mir leid, aber wie Du weißt, kann man sich im Negativen immer besser ausdrücken, oder ich zumindest konnte mich im Negativen immer besser ausdrücken. Vor allem sind es Geschichten ohne Logik. Unter uns gesagt, ich würde wirklich mal gern den treffen, der die Logik erfunden hat, um ihm was zu erzählen. Und ohne Reime, vor allem ohne Reime, meine Geschichten strotzen vor Ungereimtheiten, die Dinge ergeben sich einfach so, wie im Leben, das ja auch ungereimt ist, und jedes Leben hat seinen speziellen Akzent, der sich von dem aller anderen unterscheidet. Eventuell ein paar Binnenreime, aber die erkennt sowieso niemand. In der Villa, die ich gestern oder, besser gesagt, vorgestern verlassen habe, gab es einen Gast, mit dem ich ein wenig Freundschaft geschlossen habe, wir haben uns auf einer der Bänke unter der Palme unterhalten. Natürlich haben wir uns immer den Rücken zugewandt, und deshalb ist mein Hals auch ein wenig steif. Er ist ein junger Astrophysiker, der hierhergekommen ist, um sich zu erholen, denn es erschöpft, sich mit dem Kosmos zu beschäftigen. Natürlich, es ist ja schon erschöpfend genug, am Morgen aufzustehen. Und ich habe ihm auch Fragen zum Universum gestellt, ich sagte: Was ist also mit dem unendlichen Universum, mit dem Sie so vertraut sind? Und er sagt zu mir: Tut mir leid, mein Herr, aber ich muß Sie enttäuschen, das Universum ist nicht unendlich. Ich gestehe Dir, fast wäre ich zornig geworden. Was? dachte ich, da haben sich so viele Dichter und Philosophen und Theologen den Kopf über die Unendlichkeit zerbrochen, und dann kommt so ein junger Spund daher, mit dem Gesicht eines Baseballspielers, sitzt mit übereinandergeschlagenen Beinen auf einer Bank und kaut Kaugummi und will mir erklären, das Universum sei endlich? Ich wollte schon sagen, was bilden Sie sich eigentlich ein, aber er hat ganz ruhig weitergesprochen: Schauen Sie, lieber Herr, das Universum ist aus dem Urknall entstanden, zumindest glauben wir das, es ist gebündelte Energie, die sich infolge des Urknalls noch immer ausdehnt, und diese Energie ist nicht unendlich, sondern hat Grenzen, auch wenn wir die Dimensionen dieser Grenzen natürlich nicht berechnen können. Ach so, erwiderte ich und versuchte, meinen Ärger runterzuschlucken, aber entschuldigen Sie, mein lieber Wissenschaftler, wenn das Universum endlich ist und sich ausdehnt, sich also in verschiedene Richtungen bewegt, wohin bewegt es sich dann überhaupt? Entschuldigen Sie meine Neugier. In Richtung des Nichts, antwortete der junge Mann, als wäre das die natürlichste Sache der Welt. Und dabei versetzte er den Kieselsteinchen auf dem Weg kleine Stöße mit den Füßen, die in Tennisschuhen steckten. Meine liebste Liebe, Du wirst verstehen, daß ich verärgert und auch verwundert war: Wir haben uns die Unendlichkeit immer leichter vorstellen können als die Endlichkeit, zumindest was das Universum anbelangte, aber auch in Hinsicht auf andere Dinge, denk doch nur mal, Du hättest eines Tages zu mir gesagt: Ich hab dich endlich gern, oder ich hätte das zu Dir gesagt. Und daß der Typ mir jetzt auch noch vom Nichts erzählte, war mir ehrlich gesagt zuviel. Hören Sie mal, mein lieber Wissenschaftler, sagte ich zu ihm, mit einem Anflug von Ärger in der Stimme, den ich nicht mehr unterdrücken konnte, und was ist, Ihrer Meinung nach, das Nichts? Der junge Mann sah mich ein wenig überheblich an und antwortete müde: Das Nichts ist bloß Abwesenheit von Energie, mein lieber Herr, wo es keine Energie gibt, ist nichts. Und bei diesen Worten blies er eine Kaugummiblase so weit auf, daß sie zerplatzte, als wollte er einem Trottel wie mir zeigen, wie sich das Universum in Richtung des Nichts ausdehnt. Kannst du Dir das vorstellen, meine liebste Liebe? Aber ich habe Dir gerade von meinem Schäfermädchen in dieser merkwürdigen Wüste erzählt, die wirklich merkwürdig war, denn nach ein paar Schritten grenzte sie ans Meer. Du wirst denken, die Wüste war wohl nichts anderes als ein etwas breiterer Strand, den ich mit einer Wüste verwechselt hatte, aber so war es nicht, denn während ich ein paar Schritte machte, hatte sich die Landschaft derart verändert, der Unterschied war so groß wie zwischen Sagen und Tun, daß ich glaubte, in ein anderes Bild einzutreten, wie im Theater, wenn der zweite Akt beginnt, ich sah einen Felsenstrand, der steil zum Meer hin abfiel, und auf den Felsen stand ein schönes großes Haus, das den Stürmen und der Gischt trotzte, mit einem Wort, wie für mich geschaffen, und außerdem schien es unbewohnt zu sein, also habe ich mich dort eingenistet. Eine wunderbare Nacht, das kann ich Dir versichern, geradezu eine fürstliche Nacht. Im Erdgeschoß Salons und Vestibüls und eine Küche, geräumig wie eine

Klosterküche, mit Kupferkesseln an der Wand; aus einer Art Waschbecken, das die Form eines Fischs hatte und in den Stein am Boden eingelassen war, sprudelte eine Quelle: Das Rinnsal floß an der Wand der Küche entlang wie ein Bächlein zwischen Marmorufern. Es war wirklich an der Zeit, mir ein schönes kleines Abendessen zuzubereiten, nach der Reise, die ich zurückgelegt hatte, und es wurde ein köstliches kleines Abendessen, denn die Speisekammer quoll über von Delikatessen. In aller Kürze: als Vorspeise ein schöner abgehangener Bergschinken mit Paprikakruste, wie man ihn heute gar nicht mehr findet, also beschloß ich, ihn zu diesem Anlaß anzuschneiden, und dazu habe ich ein Stück Melone gegessen, die, unter uns gesagt, eigentlich eine *pastèque* war, denn sie schmeckte genauso wie die, die ich eines Sommerabends (im Augenblick erinnere ich mich nicht, wo) an einem Verkaufsstand in einer Lindenallee mit meinem Freund Daniel gegessen habe. Du könntest einwenden, daß alle Melonen gleich schmecken, sofern sie süß und reif sind, aber das stimmt nicht, diese hier schmeckte genau wie die Melone, die ich mit Daniel unter dem Strohdach der Eisdiele an der Allee gegessen habe und die er als *pastèque* bezeichnete, damals, als er mir von Molière und seiner Theatertruppe erzählte. Die Melone, die ich zum Schinken aß, war also genau die *pastèque*, die ich an jenem Abend mit Daniel gegessen hatte, und wenn es Dir nichts ausmacht, bezeichne ich sie auch weiterhin als *pastèque* und nicht als Melone. Daniel könnte es Dir ja bestätigen, aber leider ist er an einem Schlaganfall gestorben, Du selbst hast es mir am Telefon gesagt, unmöglich, daß Du dich nicht daran erinnerst. Dann habe ich eine

Dose Gänseleber aufgemacht, die mich gewissermaßen darum angefleht hat, eine arme verstaubte Dose Gänseleber aus dem Elsaß, die in dieser Küche herumlag, von der aus man auf das Meer blickte, und sie hatte mit dem Elsaß wirklich nichts zu tun. Zu guter Letzt eine in Scheiben geschnittene Orange mit einem Tropfen Dessertwein darauf, und dann bin ich nach oben gegangen. Schöne Häuser sind leicht überschaubar: Man findet sich sofort zurecht. Ich bin über den Korridor gegangen, der der Länge nach durchs ganze Haus führte, habe die verschiedenen Zimmer besichtigt und mir das geräumigste ausgesucht, mit einem Himmelbett und einer großen Glastür, die auf eine Terrasse ging: Von dort aus blickte man aufs Meer und hörte die Wellen, die, platsch, platsch, zärtlich an die Felsen schlugen. Du hast es erraten: Ich habe auf der Terrasse geschlafen, ich konnte dem Fliesenboden, der noch warm war von der Nachmittagssonne, und der frischen Brise nicht widerstehen, und über meinem Kopf funkelte das sich in Richtung des Nichts ausdehnende Universum auf unglaubliche Weise. Gute Nacht, Herr Physiker.

Die einzige Schererei war der Juckreiz auf der Eichel, entschuldige das unappetitliche Detail, er hat mich gezwungen, noch in der Nacht mehrere Bäder zu nehmen und die Eichel mit einem schon etwas ranzigen Puder einzustäuben, den ich auf dem Tischchen im Bad gefunden hatte. Aber zum Glück hielt er sich in Grenzen, und ich schlief sofort wieder ein. Mit einem Wort, eine schöne Nacht, voller Sterne und Träume, und wenn ich darüber nachdenke, glaube ich, daß es acht Nächte waren oder achtzig, wie ein Mondzyklus, bis zur neuen Tagundnachtgleiche.

Während einer Tagundnachtgleiche geschehen jede Menge merkwürdige Dinge, die Mondsüchtigen haben recht. Ich weiß nicht, wie es geschehen ist, ich wüßte nicht zu sagen, woran ich bemerkte, daß sich etwas veränderte. Wie wenn ein Boot in der Strömung treibt. Tatsache ist, daß ich jemanden weinen (oder beten?) hörte, zweifellos kniete dieser Jemand am Fußende des Bettes, den Kopf in den Händen, und rief einen Namen, du weißt schon, wie in einem Roman der Brontë-Schwestern, und der Ärmste schien so unglücklich zu sein, daß ich mich für sein Unglück verantwortlich fühlte. Ich weiß nicht, ob Dir das auch schon einmal passiert ist: Du hörst jemanden in deiner Nähe weinen und würdest am liebsten sagen: O Gott, es ist meine Schuld. Und ich glaubte zu hören: Leporello! Leporello! Wie ein unterdrücktes Schluchzen, das in der Luft hing und sie verschmutzte. Der Mond hat immer zwei Seiten: Und dann ist mir der Wettbewerb um die Stelle bei der Post eingefallen, bei dem man alle Flüsse einer bestimmten Region auswendig wissen mußte, selbst die kleinsten Flüßchen irgendeiner Region, und sei es auch eine erfundene wie das metaphorische Kakanien, das in manchen amerikanischen Musikfilmen vorkommt, die viele unserer Freunde so gut finden und die ich hasse. Warum ich sie hasse? Weil sie blöd sind, aber wirklich so was von blöd, meine liebste Liebe, aber man mußte sie einfach gut finden und wenn möglich Leinenschuhe tragen und Avocados mit Garnelen als Vorspeise essen. Ach, schreckliche Zeiten, gibst Du mir recht? Es mußte ja irgendeine Geißel kommen und aufräumen: ein Krieg, ein Massaker, die Pest. Irgend etwas mußte einfach passieren, und es passierte auch tatsächlich, nur habt ihr nicht damit gerechnet.

Und wieder weiter, wieder eine lange Reise. Am Morgen danach verlasse ich diese Nacht, die ich auf der Terrasse verbracht habe, um meine Reise fortzusetzen und zu Deinem Haus zu gelangen, und ich sehe diese Frau, die so unbeweglich wie eine Statue dasteht (so muß man es wohl sagen), so unbeweglich, daß ich ihr pst, pst zuflüstere und sie ansehe. Und sie dreht sich um und sieht mich an, und so kann ich sie gut sehen, sie ist wirklich schön, oder zumindest kommt es mir so vor, und ich glaube, daß auch ich ihr gefalle, und sie sagt zu mir: Die Türen meines Hauses stehen weit offen, auch die Fenster sind geöffnet, und die Liebe fließt aus und ein, in reicher Menge, in einer Art grundlosem Vertrauen und selbstvergessener Hingabe. Eigentlich sagte sie diesen Satz, wortwörtlich, wie ich ihn wiedergebe, erst nachher zu mir, als ich schon wieder abgereist war, aber so meinte sie es ungefähr. Bloß begreift man manche Dinge erst später, wenn man schon wieder unterwegs ist. Auf jeden Fall machte ich halt, dessen bin ich mir sicher. Das Haus war alt, aber recht schön. Zweistöckig, in pompejanischem Rot gestrichen, auch wenn der Anstrich schon etwas abblätterte, mit einer Außentreppe und einer von Glyzinien überwachsenen Pergola. Auch eine Mimose war da, es war ja der Tag der Frau. Die Böden waren schwarz-weiß gekachelt, wie es um die Jahrhundertwende üblich war, was mich sowohl in ästhetischer als auch in geometrischer Hinsicht zufriedenstellte, denn so konnte ich von den weißen auf die schwarzen Quadrate hüpfen und mit mir selbst Schach spielen, bis ich mich

Schachmatt gesetzt hatte. Ich war natürlich der Bauer, die einzige Figur auf diesem Schachbrett, denn sie war die Königin, und zwischen uns standen sonst keine Figuren. Aber auch hier weinte jemand. Offenbar war es ein Kind, oder ein Junge, der nicht wachsen konnte, was die Frauen und uns alle sehr schmerzt, obwohl man sich den Schmerz sparen könnte, denn man sollte sich stets vor Augen halten: Kinder, die nicht wachsen, werden für gewöhnlich perfekte Erwachsene. Ein viel größeres Problem sind glückliche Kinder, wie ich eines war, die ihren Glanz einbüßen, wenn sie alt werden, und die sich in umgekehrter Richtung entwickeln, bis sie eines Tages, puff, explodieren, wie die Kaugummiblase, die das sich in Richtung des Nichts ausdehnende Universum darstellen sollte. Mit einem Wort, das Problem besteht in der Zeitverschiebung, die uns alle betrifft, meine liebste Liebe, oder? Ich meine: Du bist dort, Du bist gewachsen, wie es sich gehört, und da ist ein weinendes Kind oder ein alter Mann, der viel älter ist als Du, und sie beanspruchen einen Platz in Deinem Kalender. Und das erzeugt eine beträchtliche Verschiebung im Leben der Menschen. Ideal wäre es, wenn alle, aber wirklich alle, im richtigen Augenblick am richtigen Ort in diesem winzigen, sich in Richtung des Nichts ausdehnenden Universums das richtige Alter hätten, denn das würde die Sache um einiges erleichtern. Aber vielleicht wären die Biologen mit dieser Möglichkeit gar nicht einverstanden, und die Demographen schon gar nicht, denn ihnen zufolge würde die menschliche Rasse dann im Handumdrehen ausgestorben sein. Einverstanden, vielleicht würde sie aussterben, aber ist es nicht egal, ob wir das Nichts, auf das wir sowieso zueilen, ein wenig früher oder später erreichen? Zur Vermessung des Ganzen verwenden die Herren wie der, mit dem ich vorgestern auf der Bank der Villa plauderte, ziemlich abstruse Einheiten: keine Tage, keine Stunden, keine Jahre, keine Jahrtausende, keine Kilometer und auch keine Meilen. Das habe ich in einem Büchlein gelesen, das er bei sich hatte und das er mir schenkte, damit ich mich ein wenig schlau machte: *Kleines Handbuch des Amateur-Astrophysikers.* Aber kommen wir zum Kern der Sache. Ich habe beschlossen, das schöne Haus mit den weit geöffneten Fenstern und Türen, die den Duft der Glyzinien und die Liebe einließen, zu verlassen, denn ich brauchte wirklich einen Ort, wo niemand weinte. Sonst wäre ich nicht hier bei Dir zu Hause, wo ich schließlich angekommen bin.

Also: Ich komme an, und auf dem Weg, der in den Garten führt, jedoch öffentlich zugänglich ist, bemerke ich sofort ein gelbes Dreieck mit der Statue eines Mannes, der eine Schaufel in der Hand hält. Ich laufe um das Dreieck herum und muß zur Kenntnis nehmen, daß der Gartenweg mit seinen Lavendelbüschen zu beiden Seiten einem mit Porphyrplatten gepflasterten Weg hat weichen müssen, der von einem weißen Geländer mit lauter Ornamenten gesäumt wird. Was mich nicht nur verwundert, sondern in ästhetischer Hinsicht geradezu entsetzt hat, vor allem wenn ich daran dachte, daß Du Dich über gewisse Zeitschriften wie *Die schönsten Häuser der Riviera* und ähnliches Zeug immer lustig gemacht hast. Wie dem auch sei, ich gehe weiter. Und anstelle der terrassenförmig angelegten Wiese, wo wir bis vorgestern gesessen hatten, um zuzusehen, wie sich der Abend auf das Meer herabsenkte, war da ein Rasen, dessen Gras so unnatürlich grün war, daß ich mir gar nicht vorstellen konnte, wie es so schnell hatte wachsen können, sofern Du nicht Rasenziegel hast auslegen lassen, was ja heutzutage angeblich üblich ist. Und auf dem Rasen kleine Marmorplatten in Form von Fußabdrücken, über die man gehen muß, um den Haupteingang, also die Veranda mit der Pergola, zu erreichen. Die Pergola war allerdings nicht mehr da. Die Pflanzen waren ausgerissen worden, und ihre Wurzeln hingen von der Ladefläche eines Kleinlasters herab, der neben dem Eingang stand. Wo die Pergola gewesen war, befand sich eine Laube aus roten Ziegeln, knallrot lackierten Ziegeln, die von zwei Marmorsäulchen mit Kapitellen im ionischen Stil getragen wurde. Ich habe nach oben geschaut, ob Du vielleicht auf der Terrasse warst, wo Du mich immer erwartet hast. Das Mäuerchen aus unbehauenen Steinen, das die Terrasse umgab, auf der wir uns, vor neugierigen Blicken geschützt, gesonnt hatten, war nicht mehr da. An seiner Stelle ein schmiedeeisernes Geländer voller Ornamente, genau wie im Garten. Und die grünen Rolläden der Verandatür waren durch eine Schiebetür ersetzt worden, wie man sie aus amerikanischen Filmen kennt. Ich bin entsetzt stehengeblieben und habe meinen Rucksack auf den Boden gelegt. Unter der Laube saß ein Herr auf einem Hocker und betrachtete riesige Papierrollen. Er war ganz versunken und achtete gar nicht auf mich. Guten Abend, sagte ich zu ihm, ist da jemand? Ich bin da, wie Sie sehen, antwortete er. Ach ja, sagte ich, gewiß, Sie sind da, das ist offensichtlich, aber, entschuldigen Sie, wer sind Sie? Was soll das heißen, erwiderte er, ich bin der

Architekt, wer soll ich sonst sein? Er sah mich argwöhnisch an, und ich glaube auch zu wissen, warum: wegen meiner staubigen Jacke, des alten Filzhuts und der Reisetasche aus Jute, die ich schon seit ewigen Zeiten mit mir herumschleppe. Woher kommen Sie? fragte er mich, wobei er mich von oben bis unten musterte. Aus der Villa Serena, antwortete ich. Er dachte wohl, die Villa Serena sei eine der Villen in der Umgebung, und schlug sofort einen anderen Ton an. Möchten Sie vielleicht das Haus besichtigen, fragte er zuvorkommend.

Das Haus besichtigen, was soll das heißen? fragte ich mich, warum sollte ich ein Haus besichtigen, das ich seit jeher kenne und das ich erst vorgestern verlassen habe? Gleich, antwortete ich, als wollte ich Zeit gewinnen, ich gehe mal kurz nach hinten. In Wirklichkeit mußte ich plötzlich pissen, vielleicht weil ich aufgrund der ungewohnten Situation nervös war. Ich ging zum Gemüsegarten hinunter, aber der Gemüsegarten war nicht mehr da. Keine Salbei- und Rosmarinstauden, keine Bohnen, die sich an Rohrstöcken emporrankten, keine Töpfe mit Basilikum und Petersilie. Statt dessen Beete voller Stiefmütterchen mit etwas verwelkten Blättern, vielleicht weil sie eben erst verpflanzt worden waren, und eine kleine Buchsbaumhecke, die den Eindruck erwecken sollte, man sei hier in einem italienischen Park. Als ich auf das scheußliche Zeug pißte, fiel mir Dein Freund Leporello ein, und ich begriff, warum ich die roten Punkte auf der Eichel hatte: Er hatte nämlich auch so ein Ekzem, ich erinnere mich, denn eines Abends war bei ihm zu Hause ein fröhliches junges Mädchen aufgetaucht, das eigentlich hätte dableiben sollen, aber er schickte es unter einem

Vorwand weg, und dann machte er die Hose auf, wie um sich zu rechtfertigen, und sagte zu mir: Ich habe ganz plötzlich das da bekommen, hast du auch schon mal so was gehabt, hast du eine Idee, was es sein könnte? Schau mal an, warum man plötzlich etwas versteht, was die Dinge lenkt, eine Kleinigkeit zuweilen, ich brauchte nur auf die Stiefmütterchen zu pissen, und schon begriff ich alles, deshalb hatte ich auch das Zeug während der ganzen Reise mit mir herumgeschleppt, aus einem ganz einfachen Grund, gestatte mir, daß ich es Dir auf französisch sage, *parce que tu avais couché avec lui.* Aber warum hast Du es mir nie gesagt? Du bist mir wirklich eine, dabei weißt Du besser als ich, daß ich Dir nicht böse gewesen wäre, gewisse Dinge passieren eben im Leben, vielleicht aus Zerstreutheit. Jedoch kann ich Dir nicht verzeihen, daß Du den Rosmarin und den Salbei ausgerissen hast, um statt dessen diese schrecklichen Stiefmütterchen zu pflanzen.

Ich bin zur Laube zurückgegangen, und dieser Typ sagt zu mir: Wollen Sie es nun besichtigen oder nicht? Auf den Ziegeln saß ein Arbeiter mit einem Papierhut wie ein Anstreicher und in einem von Kalkspritzern bekleckerten Hemd, der mich ebenfalls von oben bis unten musterte. Ich muß es nicht besichtigen, antworte ich, ich kenne es besser als Sie. Ach ja, sagt er, wie das? Vorgestern habe ich hier mit der Dame des Hauses zu Abend gegessen, sagte ich zu ihm. Er schlägt sich mit der Hand auf den Schenkel und ruft aus: Genial, und was habt ihr gegessen? Ich habe ihm das Abendessen in aller Kürze beschrieben, um ihn zufriedenzustellen. Damit Sie es wissen, habe ich hinzugefügt, die gnädige Frau ist eine hervorragende Köchin, sie hat eine Leidenschaft für das Kochen. Wir hatten sämige Erbsensuppe mit einer Butterflocke und einem Salbeiblatt, Huhn auf Jägerinnenart und eine Schokoladentorte, die die gnädige Frau selbst zubereitet hat. Ein köstliches Mahl, stellte er fest, aber wenn Sie vorgestern zu Abend gegessen haben, werden Sie inzwischen ja schon verdaut haben. Tatsächlich, erwiderte ich, und zufällig habe ich auch schon wieder Hunger, entschuldigen Sie, wo ist die gnädige Frau? Er wechselte einen Blick mit dem Anstreicher, als wären sie Komplizen. Was meinst du, Peter? fragte er den Anstreicher. Tja, antwortete der andere und zuckte mit den Achseln. Langsam machte ich mir Sorgen. Ist sie ausgegangen, fragte ich, ist sie vielleicht ausgegangen? Ich fürchte, ja, antwortete der Typ, der sich als Architekt bezeichnet hatte, ich fürchte wirklich, sie ist weg. Schon lange, fragte ich. Er gab keine Antwort. Ist sie schon lange weg? fragte ich hartnäckig weiter. Der Typ wandte sich wieder an den Anstreicher. Was hältst du davon, Peter? Der Anstreicher schien drauf und dran, in Lachen auszubrechen, er schnitt derartige Grimassen, daß man merkte, er hielt sich nur mit Mühe zurück, aber schließlich brach er doch in ein lautes und etwas vulgäres Lachen aus. Wenn Sie mich fragen, seit ein paar Jahren, stieß er hervor, während er immer wieder in sein dummes Lachen verfiel, aber auf jeden Fall noch vor dem Krieg, Herr Architekt! Und wieder wollte er platzen vor Lachen, als hätte er etwas sehr Geistreiches gesagt. Ich stellte fest, daß ich langsam zornig wurde, und versuchte, Ruhe zu bewahren. Und hat sie nicht ein paar Zeilen für mich zurückgelassen? fragte ich. Glaube ich nicht, sagte der Architekt. Glauben Sie, daß sie erst spät zurückkommt? fragte ich. Ich fürchte schon, ich fürchte schon, antwortete er, ich glaube, Sie sollten nicht auf sie warten, wir müssen jetzt jedenfalls gehen, tut mir leid, aber wir machen jetzt die Tür zu und gehen. Ich warte auf sie, sagte ich, ich habe heute abend nichts vor, vielleicht setze ich mich hin und schreibe ihr einen Brief.

Die Schwierigkeit, sich vom Stacheldraht zu befreien

Nun ja: Ein Übel hat sich in diese Verse eingeschlichen. Ich werde es als das Übel des Maschendrahts bezeichnen, obwohl es nicht notwendig ist, auf einen Begriff zurückzugreifen, der nicht genau dem des Stacheldrahts entspricht.

Vittorio Sereni,
Taccuino d'Algeria, 1944

Meine liebe Freundin,

hin und wieder kommt es vor, daß man den Abend bei Freunden verbringt und zufällig auf etwas zu sprechen kommt. Vorgestern zum Beispiel war ich zum Abendessen bei Freunden eingeladen, die direkt hinter der Kirche von Saint-Germain wohnen, und wie wir uns so unterhielten, fiel uns ein Buch von Olivier Razac mit dem Titel *Histoire politique du barbelé* ein. Ich sage Dir gleich, daß ich den Autor nicht kenne und daß ich sein Buch noch nicht zu Ende gelesen habe. Aber die Vorstellung des Stacheldrahts hat mich so aufgewühlt, daß ich unbedingt ein paar Überlegungen anstellen mußte, als ob dieser Brief, den ich Dir somit schicke, eine psychoanalytische Sitzung wäre und ich auf einem Sofa läge. Ich mag die Sofas der Psychoanalytiker nicht, denn sie sind voller Flöhe, die die anderen Patienten zurückgelassen haben: Und diese Flöhe stechen und beißen, obwohl sie gesättigt sind von fremdem Blut. Jeder spricht mit seinem Blut, das dem Anschein nach verschiedenen Gruppen angehört: Wenn man Blutgruppe Null hat, bedeutet das für das Rote Kreuz, daß man Universalspender ist, daß also das eigene Blut dem vieler anderer ähnlich ist. Aber das stimmt nicht. Das Blut ist etwas so Persönliches, daß es nicht übertragbar ist. Denn es besteht nicht nur aus weißen und roten Blutkörperchen, sondern vor allem aus Erinnerungen. Vor nicht allzu langer Zeit habe ich in einer Fachzeitschrift gelesen, daß renommierte Wissenschaftler versucht haben, den Ort zu bestimmen, an dem sich der Mittelpunkt und zugleich die intimste Stelle des Bewußtseins befinden soll – die sogenannte Seele. Sie haben sie in einem bestimmten Teil des Hirns ausfindig gemacht. Ich kann ihnen nicht zustimmen: Der Sitz der Seele ist im Blut. Natürlich nicht im ganzen Blut, sondern in einem einzigen Blutkörperchen, das inmitten von Milliarden anderer zirkuliert und deshalb unmöglich aufzufinden ist; nicht einmal mit dem perfektesten Computer, der beinahe schon Gott ähnelt (darin besteht ja unser Ziel), wäre dieses winzige Körperchen aufzufinden. Allein die Künstler und die Mystiker haben im Verlauf der Menschheitsgeschichte verstanden und darauf hingewiesen, welches Blutkörperchen die Seele transportiert. Ein Dichter weiß, daß sich auf den tausend Seiten eines seiner Bücher, sei es nun Prousts *Recherche* oder Dantes *Commedia*, ein einziges Wort befindet, das diesem Blutkörperchen entspricht und das seine Seele transportiert: den Rest könnte man eigentlich wegwerfen. Debussy weiß, daß in seinem *Après-midi d'un faune* oder in seiner *Danse sacre et profane* ein einziger Ton vorkommt, der seine Seele enthält. Leonardo da Vinci weiß, daß ein einziger Pinselstrich seiner *Vergine delle rocce* oder seiner *Gioconda* tatsächlich seine Seele enthält. Er weiß es, ohne jedoch zu wissen, wo genau er ist. Und kein Kritiker und kein Exeget werden ihn je finden. Warum?

Weil dieser Blutstropfen von Stacheldraht umgeben ist. Es hat immer wieder Augenblicke gegeben, in denen wir aufgrund der historischen Umstände, der liberalen Einstellung der Gesellschaft, der scheinbaren Glückseligkeit des Daseins geglaubt haben, wir würden dieses Plättchen kennen, dieses ungreifbare winzige Lebewesen, dem wir es zu verdanken haben, daß es auf dieser Erde Leben gibt und daß dieses Leben verstanden werden kann. Das waren zweifellos die schönsten und glücklichsten Momente für jene, die die Erkenntnis zu ihrem Beruf gemacht haben, beziehungsweise für die, denen die Natur das Privileg verliehen hat, anstelle der anderen zu begreifen. Aber die Illusion ist stets von kurzer Dauer. Wenn sie sich nicht schon deshalb verflüchtigt, weil darin ihr Wesen besteht, setzt ihr der Stacheldraht ein Ende. Im Grunde gibt es zwei verschiedene Stacheldrähte, die verhindern, daß wir unsere Seele verstehen: den einen stellen die anderen auf, den anderen wir selbst. Über ersteren will ich gar nicht sprechen: Er hat in unserem Jahrhundert, das Primo Levi mit der unheilvoll chemischen Formel *Zyklon B, Radioaktivität und Stacheldraht* auf den Punkt gebracht hat, traurige Berühmtheit erlangt. Und in dieser Epoche der Geschichtsverleugnung und des Revisionismus, wonach die Leichen und die Massengräber in den Konzentrationslagern, die Schuh- und Brillenberge, die man in Auschwitz noch immer besichtigen kann, nichts anderes seien als Rauch aus den Phantasieschornsteinen sektiererischer Historiker, wäre es wohl eine sarkastische Tautologie, von Stacheldraht zu sprechen.

Aber nein. Sprechen wir lieber vom geistigen Stacheldraht, der erst zu dem Stacheldraht geführt hat, den ich meine: Er gehört zu meinem genauso wie zu Deinem Geist, meine liebe Freundin. Das weiß ich eben. Ich weiß es, weil er mich jetzt, wo wir uns im Jahr 2000 befinden und ich mein bescheidenes Alter erreicht habe, derart gestochen hat, daß dieser Blutstropfen ausgetreten ist, in dem meine ganze Seele enthalten ist und auch die Deine – auch wenn Dir das gar nicht recht ist. Dieser Stacheldraht kann – anders als Du denkst, denn Du stellst ihn Dir als einen engen Kerker vor – auch die größtmögliche Freiheit bedeuten, die uns gewährt wird. Zum Beispiel: ein Fenster. An diesem Abend, hier bei meinen Freunden, öffne ich ein Fenster und beuge mich hinaus. Ich wollte endlich wieder ein Sommergewitter sehen, und ich fragte mich, ob es genauso sein und ob es dieselben Gefühle bei mir auslösen könne wie damals vor ewigen Zeiten. Es war in der Toskana, es war bereits dunkel, und ich saß in meinem Auto. Ich fuhr die Straße hinunter, die von Montalcino zum Monte Amiata führt. Irgendwann verspürte ich trotz der Finsternis den Wunsch, mir wieder einmal die Abtei Sant'Antimo anzusehen. Zweifellos ist das die schönste romanische Kirche auf der ganzen Welt, einerseits, weil sie so karg und schmucklos ist, andererseits, weil die Apsis aussieht, als hätte man eine Orangenschale an ein Spielzeugschiff geklebt, und dann noch wegen der Ornamente am Giebel und am Gesims des ganzen Gebäudes. Und nicht zuletzt, weil sie in einem Tal liegt, das man erblickt, sobald man die erste Haarnadelkurve zurückgelegt hat und die Straße vor einem sanft abfällt, so sanft wie die Liebkosungen meiner Großmutter, wenn sie mich in meiner Kindheit am Rücken streichelte, damit ich einschlief. Und neben dem Sandsteingebäude, das beinahe gelb ist, wenn die Sonne scheint, stehen zwei Zypressen, die die Form eines Pinsels haben, und sonst nichts. Nach der zweiten Kurve taucht eine große Eiche auf, eine alte, sehr alte Eiche, und hier blieb ich stehen. An diesem Abend war kein Mond zu sehen, der Himmel war von tiefhängenden schwarzen Wolken verdeckt, und es war sehr schwül. Es war Hochsommer, es war so heiß, wie es nur in der Toskana sein kann, die ich zu lieben gelernt habe, als ich aus dem Norden kam, so heiß, daß der Tag nach Abkühlung schrie, nach Wasser, um das Feuer zu löschen und es, wenn auch nur für kurze Zeit, zu besänftigen. Hinter der Kirche zuckte ein hellblauer Blitz, der die Apsis taghell erleuchtete, und sie wirkte nicht mehr engelsgleich, sondern diabolisch. Dann, im Licht des Sonnenuntergangs, zuckte noch ein Blitz über den Weingärten, die bis zum Pfarrhaus reichen. Das bevorstehende Gewitter machte mir angst, und ich dachte: Ich sollte wohl lieber nach Hause fahren. Ich wohnte damals mitten in der Wildnis, nicht weit von hier entfernt, auf den Hügeln. Als ich dort ankam, hatte der Wolkenbruch bereits eingesetzt, der Himmel stand in Flammen, wie bei einem Dorffest, wenn die Heiligen außer Rand und Band sind. Ich ging in mein Zimmer hinauf und öffnete das Fenster. Es war ein großes Fenster, von dem aus man auf eine Landschaft blickte, die aus Macchia und Felsen bestand, die von den Unbilden des Wetter ausgehöhlt worden waren. Hier lebten Wildschweine und Kaninchen, die sich bereits in ihren Bau verkrochen hatten. In meinem Zimmer war eine Frau, die zu mir sagte: Komm schlafen. Und falls sie nicht da war, bildete ich sie mir ein, denn wenn man derart Angst vor einem Gewitter hat, daß einem sogar die Hände zittern, muß man die Stimme einer Frau hören, die zu einem sagt: Komm ins Bett. Ich zündete mir eine Zigarette an und lehnte mich an die Brüstung, und die Glut meiner Zigarette war tatsächlich nichts im Vergleich zu den Flammen des toll gewordenen Himmels. Die Luft war so geladen, daß die Elektrizität nicht nur Gedanken transportierte, sondern auch Stimmen, die sich mit Hilfe von magnetischen Wellen bewegen, deren Existenz von Marconi entdeckt worden ist. Und ich brauchte gar keine Nummer zu wählen, um verbunden zu werden. Ich dachte ganz einfach an meine Toten und sprach mit ihnen. Die Stimmen waren klar und deutlich, das Donnergrollen ließ sie völlig kalt. Sie erzählten mir von ihrem Leben, das natürlich kein Leben war, und daß sie ruhig waren, weil sie absolut keine Rechenschaft über ihr früheres Leben ablegen mußten. Dann verabschiedeten sie sich und sagten zu mir: Geh ins Bett und schlaf mit ihr.

Und derweil schaute ich noch immer aus einem Fenster, durch das man den Himmel von Paris sieht, während auf dem Herd ein italienisches Gericht vor sich hin köchelte. Der Abend war schön, vereinzelte Wolken zogen langsam über einen Himmel, der sich langsam kobaltblau färbte. Dann läuteten die Glocken von Saint-Germain: ein fröhliches Glockenspiel. Und das Sommergewitter, das vor dreißig Jahren stattgefunden hatte, kehrte wie durch Zauber zurück, ich habe es aufs neue erlebt, weil man die Dinge auch in einem flüchtigen Augenblick wiedererleben kann, der so winzig ist wie ein

Regentropfen, der gegen das Glas trommelt und durch den man das Universum wie durch ein Vergrößerungsglas sieht.

Und durch dieses Fenster sah ich eine große Stadt, ich sah die Dächer von Paris, ich sah das Leben von Millionen von Menschen, ich sah die Welt. Und vielleicht hörte ich die Glocken der Kirche von Saint-Germain. Und ich bildete mir ein, dieser weite Horizont sei die Freiheit, die der Stacheldraht mir oder meinen Vorvätern verwehrt hatte. Und ich weiß, daß ich über diese Freiheit schreiben kann. Und ich weiß, daß Dir das, meine liebe Freundin, die Du meinen Brief liest, als Privileg einer wahren, hart erkämpften Freiheit erscheinen mag. Aber ich bewahre mir meine Illusionen wie Du Dir die Deinen, denn wenn ich unter den Millionen Blutkörperchen in meinem Blut wirklich jenes finden wollte, das meine Seele enthält und das aus dem Stacheldraht ausbrechen könnte, müßte ich tatsächlich aus dem Fenster springen und mich damit abfinden, daß der kleine Blutstropfen auf dem Gehsteig da unten erhalten bleibt wie der Pinselstrich eines Malers. Dort wäre ich dann ganz bei mir, dort könntest Du wirklich alles über mich lesen. Aber weißt Du, wer dann die Aufgabe hätte, alles über mich zu lesen? Der Erkennungsdienst, der mit seinen Instrumenten anrücken müßte, um meine Blutgruppe zu bestimmen. Und deshalb hinterlasse ich Dir statt all dessen nur Worte, und Du mußt dich damit zufriedengeben, denn der Rest, das sind Worte, Worte, Worte ...

Gute Nachrichten von zu Hause

Meine Liebe,

ich schreibe Dir heute, meine liebe, süße Lebensgefährtin, anläßlich dieses fröhlichen Familienfests, auf das wir uns das ganze Jahr über freuen, um Dir zu versichern, daß Du, obwohl es Dir nicht möglich ist, körperlich anwesend zu sein, in unserer Mitte anwesender bist als alle Anwesenden. So sehr, daß Rosa sogar für Dich den Platz gedeckt hat, an dem Du für gewöhnlich sitzt (um ehrlich zu sein, es war ihre Idee), sie hat das bestickte Leinentischtuch hervorgeholt, das wir auf unserer Reise nach Malaga gekauft haben, und den Tisch gedeckt ... Und kannst Du Dir vorstellen, womit? Ja, Du hast es erraten, sie hat das Service genommen, das uns Onkel Enrico zur Hochzeit geschenkt hat und das, so merkwürdig es erscheinen mag, nach den vielen Jahren noch immer vollzählig ist. Oder, besser gesagt, inzwischen nicht mehr. Tommaso, dieser Wildfang, den man nicht aus den Augen lassen darf, weil er überall herumtobt, hat ein Teil zerbrochen, allerdings nichts Besonderes, eine winzige Schale in Form eines Rosenblatts, wir haben sowieso nie gewußt, wozu sie eigentlich gut ist, ich habe sie als

Aschenbecher benutzt, wenn Gäste da waren. Aber da ich ohnehin aufgehört habe zu rauchen, tut es mir nicht leid um sie, und ich hoffe, Dir tut es auch nicht leid, daß Masino (ich nenne ihn neuerdings so, wie wir unseren Tommaso genannt haben, als er klein war) diese idiotische Schale zerbrochen hat, von der keiner wußte, wozu sie gut war. Oder tut es Dir doch leid? Ich hätte nämlich durchaus Verständnis dafür, ich wäre sogar der erste, der Verständnis dafür hätte, ich weiß ja, wie sehr Du an den Dingen hängst, die schon lange im Besitz der Familie sind, sie stellen für Dich die Tradition dar, Deine Vorfahren, und in gewisser Weise ist ja auch Onkel Enricos Schale ein Stück von ihm, Gott hab ihn selig. Merkwürdig jedoch, daß Du nie Wert auf den Familienschmuck gelegt hast, einmal abgesehen von dem Diadem, das Du immer bei Dir getragen hast, aber auch nur, weil ich Dich dazu gezwungen habe. Die Ohrringe aus Jade oder das Amethystcollier Deiner Großtante Fenèl hingegen ... Du hast immer gesagt, der Schmuck sei zu marokkanisch oder ägyptisch oder türkisch, mit einem Wort, er war Dir zu orientalisch, so wie Dir auch Deine Großtanten zu orientalisch waren, und selbst wenn wir zu einer eleganten Abendgesellschaft eingeladen waren, hast Du ihn in der Schatulle liegenlassen, unter dem Vorwand, Amethyste stünden dir nicht. Falsch. Hör zu: Vielleicht wollte sie mir eine Freude machen, aber unsere Schwiegertochter hat mich heute gefragt, ob sie das Amethystcollier anlegen dürfe, sie hat übrigens eine ähnliche Augenfarbe wie Du, und es paßte ihr ganz ausgezeichnet. Unsere Schwiegertochter ist, nebenbei gesagt, wirklich eine tüchtige Person, ich glaube, Tommaso hätte gar keine bessere Frau finden können. Sie hat es sich nicht nehmen lassen, heute den ersten Gang zuzubereiten (was Rosa etwas verärgert hat, aber unsere Schwiegertochter ist intelligent und hat im Nu erfaßt, worum es geht. Sie hat zu ihr gesagt: Rosa, nur fünf Minuten, dann sind Sie wieder allein in Ihrem Reich, und sie hat ihr gestattet, den zweiten Gang zuzubereiten), ein Rezept, das ich nicht kenne, und Du wahrscheinlich auch nicht (ich habe den Verdacht, daß es sich um ein Gericht der *nouvelle cuisine* handelt, obwohl sie geschworen hat, es sei ein traditionelles Gericht aus Kampanien), Tagliatelle à la Positano. Ich weiß, daß Dir schon der Name zuwider ist, weil Du Dir dabei eine Gruppe kleiner Snobs vorstellst, wie wir sie im Sommer immer wieder getroffen haben: Zum Frühstück essen sie eine Grapefruit, obwohl es bereits Mittag ist, und dann gehen sie zum Strand hinunter, um weiterzuschlafen. Aber ganz im Gegenteil. Der Sugo wird mit einem Ei pro Kopf zubereitet (Masino nicht mitgerechnet), Eiklar und Dotter werden getrennt geschlagen, mit geriebenem Parmesan und zart angebratenen Zucchinischeiben vermischt, und dazu kommen dann noch eine Butterflocke und eine Prise Pfeffer. Ich glaube, das Geheimnis besteht darin, das Ei nicht stocken zu lassen, während man den Sugo über die kochendheißen Tagliatelle gießt, und deshalb muß man in diesem Augenblick kräftig rühren, wenn möglich zu zweit. Es war ein herrlicher Tag, wirklich ein Ostersonntag, wie er im Buche steht. In den Fernsehnachrichten hat man natürlich gleich zu Beginn die Urlauber gesehen, die von diesem verlängerten Wochenende im April profitieren (wie Du weißt, ist auch Dienstag ein Feiertag), sie sind scharenweise in die Sommerfrische aufgebrochen, wie es im Fernsehen nach wie vor heißt, die haben ja keine Ahnung, was Sommerfrische in Wirklichkeit bedeutet, denn diese armen Teufel, die stundenlang auf der Autobahn im Stau stehen, um sich dann einen Tag irgendwo in der Sonne rösten zu lassen, kommen mir nicht wie Sommerfrischler vor, sondern eher wie Zwangsarbeiter. Dem Faß den Boden ausgeschlagen hat allerdings die Moderatorin, eine auffällige Blondine mit schriller Stimme, schwindelerregendem Dekolleté und üppigen karmesinroten Lippen, die mit einem Gesichtsausdruck, als wirke sie in einem Softporno mit, verkündete: Auf der Autobahn Soundso waren acht Autos in einen Unfall verwickelt, drei davon gingen in Flammen auf, und die Insassen, insgesamt sieben Menschen, darunter ein Kind, sind verkohlt, im Augenblick läßt sich die Identität der Opfer nicht feststellen, denn auch die Nummernschilder sind in der Hitze geschmolzen, die Polizei versucht, die Identität aufgrund der Fahrgestellnummern festzustellen, aber die Wracks sind derart ineinander verkeilt, daß auch das nicht einfach ist. Und nun, fügte sie dann hinzu, sehen Sie spektakuläre Bilder von den Testfahrten zu einem großen Autorennen. Die Probeläufe haben gestern in den USA stattgefunden, und auch dort hat sich ein schrecklicher Unfall ereignet, wie Sie sehen werden, der jedoch zum Glück keine Opfer gefordert hat, der Pilot konnte sein Fahrzeug unverletzt verlassen, er hat dabei sogar das Victory-Zeichen gemacht.

So geht es hier bei uns zu, meine Liebe, manchmal beneide ich Dich sogar um den Ort, an dem Du Dich befindest. Wir leben wirklich in einer merkwürdigen Zeit.

Außerdem habe ich heute im Fernsehen einen Bericht über irgendein afrikanisches Land gesehen, das von einer Geißel oder gleich mehreren Geißeln heimgesucht wird: Man sah Kinder, die nur noch Haut und Knochen waren und einen Wasserbauch hatten, die winzigen Gesichter bestanden fast nur noch aus zwei riesigen Augen, und alle waren von Fliegen bedeckt. Und etwas später, allerdings in einem anderen Programm, eine Sendung mit Politikern, die immer sehr elegant gekleidet sind: Einer von ihnen erklärte, seine Partei habe es sich zum Ziel gemacht, das Problem der Adoption zu lösen. Man müsse das Adoptionsverfahren erleichtern, fügte er lächelnd hinzu, bei uns gibt es noch immer viel zu viele bürokratische Hürden, viele Eltern, die sich sehnlichst ein Kind wünschen, müssen viel zu lange warten. Mit einem Wort: Jährlich sterben auf der ganzen Welt Millionen von Kindern an Krankheiten und Unterernährung, aber keine Sorge, liebe Zuseher, wenn meine Partei die Wahlen gewinnt, dürft ihr ein paar hundert mehr adoptieren.

Am Nachmittag habe ich dann in meinem Lehnstuhl ein kleines Schläfchen gehalten, wie immer, Du weißt ja, ich brauche nur ein Viertelstündchen, und danach habe ich mit Tommaso Schach gespielt. Ich weiß nicht, ob ich Dir schon erzählt habe, daß Tommaso nicht mehr lügt, was Dir immer so große Sorgen bereitet hat, und sich mir anvertraut hat. Ich spürte, daß irgend etwas nicht in Ordnung war: Hin und wieder blickt er ins Leere, dann lacht er wieder grundlos auf, und er gibt zerstreute Antworten. Ich habe die Gelegenheit beim Schopf gepackt und ihn ohne Umschweife gefragt, Tommaso, du hast eine Freundin, nicht wahr? Und er sagt: Ja. Was soll das heißen, habe ich gesagt, was soll das heißen? Du hast mich gefragt, und ich habe dir geantwortet, sagte er, wie um das Thema abzuschließen. Schon als Kind oder beziehungsweise als Halbwüchsiger hat sich Tommaso immer in besonderer Weise zu den Frauen hingezogen gefühlt, das weißt Du ja besser als ich. Aber was soll dann aus deiner Frau werden, sie ist hübsch und brav, eine erstklassige Gattin und außerdem eine wunderbare Mutter, Du solltest sehen, wie sie Masino erzieht, Tommaso, habe ich zu ihm gesagt, was soll dann aus deiner Frau werden? Er hat mich angesehen und dabei sind ihm die Tränen in die Augen gestiegen. Es geht vorbei, hat er geflüstert, du wirst schon sehen, es geht vorbei, vielleicht ist es eine kleine Obsession, vielleicht bin ich wie Mama, du wirst schon sehen, es ist bald vorbei. Er hat mir ein wenig leid getan. Seine Schläfen werden bereits grau, er ist früher dran als ich, immerhin hatte ich sogar mit Fünfzig noch schwarze Haare. Ich habe zu ihm gesagt: Tommaso, erzähl mir alles. Und er hat mit einem Achselzucken geantwortet: Vergiß es, Papa, das Leben ist nun mal so, man weiß nie, in welche Richtung es geht, du wirst schon sehen, bald verläuft es wieder in den gewohnten Bahnen. Es mag Dir merkwürdig erscheinen, aber mich hat das getröstet. Komisch, daß ein Vater sich von seinem Sohn trösten läßt, wenn er fürchtet, etwas in seinem Leben könne schieflaufen. Was mich betrifft, so habe ich mich mit meinem Leben abgefunden. Ich habe mich ins Privatleben zurückgezogen, wie es so schön heißt. Caponi, mein Kollege, der damals den Auftrag für die Stadterneuerung erhalten hat und den Du für einen Hai gehalten hast, ist in Wirklichkeit ein kleines Fischlein, der Ärmste. Er hat sich ein Grundstück in unserer Nähe gekauft, Bauland, und sich dort ein Haus hingestellt, in dem er seinen Ruhestand verbringen will. Er hat es natürlich selbst entworfen, und Du wirst es kaum glauben, es ist nicht einmal so häßlich. Als Architekt ist er zwar keine große Leuchte, das war er nie, ich war besser, auch an der Universität, das wußten alle, aber das Haus ist ihm jedenfalls gelungen. Es hat ein großes Glasfenster, durch das man auf den Garten blickt, der den ganzen Hang einnimmt (es steht ja auf dem Osthang), und von dort aus überragt es das Tal. In seiner Raumkonzeption erinnert es sehr (zu sehr, würde ich sagen) an Wrights Haus am Wasserfall, wenn auch natürlich bescheidener, schon vor allem deshalb, weil es keinen Wasserfall gibt, aber es ist trotzdem schön, und es ist sehr geschmackvoll eingerichtet. Letzte Woche hat er mich zum Abendessen eingeladen, und ich habe einen angenehmen Abend verbracht. Er hat mich angerufen: Mein Lieber, hat er gesagt, seit Jahren haben wir uns nicht gesehen, und jetzt, wo wir Nachbarn sind, finde ich es idiotisch, daß wir so tun, als ob wir uns nicht kennen, ich würde dich wirklich gerne wieder mal sehen, ich und meine Frau sind hier ganz allein, du weißt ja, mein Sohn hat sich in Paris niedergelassen, seit er verheiratet ist, möchtest du nicht morgen zum Abendessen zu uns kommen?

Wir haben uns über die alten Zeiten an der Universität unterhalten, über diesen und jenen. Und wir erzählten uns Anekdoten, zum Beispiel die über eine Fakultätssitzung, die ich völlig verdrängt hatte, an die er sich jedoch in allen Details erinnerte, als Sabatini (du weißt schon, er unterrichtete Ästhetik und sah aus wie ein Bernhardiner, als könnte er keiner Fliege was zuleide tun) beinahe auf den Verwaltungsdirektor losgegangen wäre, weil der etwas penetrante Anspielungen wegen eines Stipendiums gemacht hatte. Und natürlich sind wir auch auf Dich zu sprechen gekommen, obwohl ich so kurz angebunden wie nur möglich war: Ja, gewiß, mir ging es gut so, Tommaso und seine Frau kümmerten sich sehr um mich, sie riefen jeden Abend an, hatte ich nicht eine phantastische Schwiegertochter? Sicher hatte ich eine phantastische Schwiegertochter, aber Tommaso hatte so eine Frau auch verdient, Tommaso ist etwas Besonderes, stimmte es, daß er ein Finanzmagnat geworden war? Na ja, wir wollen nicht übertreiben, schon in der Schule war Tommaso ein Mathematikgenie, Ziffern und Zahlen waren eben seine Stärke, das ist eine Gabe der Natur, nachdem er in Wirtschaft promoviert hatte, verbrachte er seine Lehrjahre bei einer großen Bank in Mailand, letztlich kommt es nur auf die Lehrer an, und er hatte ausgezeichnete Lehrer, aber er war natürlich auch ein eifriger Schüler, vor allem gab es dort ein Finanzgenie, das ihn ins Herz geschlossen hatte und ihm alles beibrachte, aber zu sagen, Tommaso sei ein Finanzmagnat, das wäre wohl etwas übertrieben, sagen wir, er war jemand, der in der Finanzwelt zählte, ja, er war tatsächlich der Konsulent des Ministers, aber er beriet ihn nur sporadisch, wenn er dazu aufgefordert wurde, nicht regulär, einer wie er kann ja nicht den ganzen Tag in einem Ministerium hocken, das könnt ihr euch ja vorstellen, Tommaso muß mindestens einmal im Monat nach London oder New York, er fährt hin und hört den Pulsschlag der Börse ab, dafür braucht er gar nicht so lang, so ist Tommaso nun mal, nach drei Tagen an der Wall Street weiß er, was für ein Wind in drei Monaten in Europa wehen wird, in diesen Dingen ist er ein Genie. Und da sagt Caponis Frau: Tja, wer hätte das gedacht, so ein schwieriger Junge wie euer Tommaso, der in seiner Jugend so viele Probleme hatte. So schwierig war er nun auch wieder nicht, habe ich abgeschwächt und versucht, mich so vage wie nur möglich auszudrücken: Ihr wißt ja, in einem gewissen Alter sind sie alle schwierig, aber das geht vorbei. Leider merken sie nicht, was sie anrichten, fuhr Frau Caponi fort, und manchmal geht das Alter erst vorbei, wenn der Schaden nicht wiedergutzumachen ist. Ich habe versucht, sie auf ein anderes Thema zu bringen, und mit etwas Mühe ist es mir auch gelungen, obwohl die Frau Caponis mit allen Mitteln aus mir rauskriegen wollte, was damals wirklich geschehen war, wahrscheinlich hat sie sich gedacht: Endlich erfahre ich, wie die Sache damals gelaufen ist, heute abend ist es endlich soweit. Aber es war nicht soweit, meine Liebe, das schwöre ich Dir, Du weißt, ich habe immer darauf geachtet, nicht zuviel von Tommasos Geschichte preiszugeben. Außerdem muß ich Dir sagen – entschuldige, aber das muß ich Dir wirklich sagen –, daß Tommaso immer alles getan hat, um Dir recht zu geben. Unbewußt natürlich, wenn man ihn heute sieht, wie er sich entwickelt hat und wie selbstbewußt er geworden ist, ist das ganz eindeutig. Aber am Anfang verhielt er sich genau so, daß alle Dir recht geben mußten, er stellte bei jeder Gelegenheit seine sogenannten Probleme unter Beweis, ich meine, die Probleme, die er Dir verursacht hat. Mit einem Wort, er hatte eine Art »zwanghaftes Schuldgefühl«. Diesen Begriff hat nicht nur Greta verwendet, die ihn anfangs sehr sorgfältig und geduldig behandelt hat, sondern auch ein renommierter Arzt, ein Psychiater aus Genf, zu dem ich ihn ein halbes Jahr nach dem Vorfall gebracht habe. Greta selbst hatte mir dazu geraten, denn sie blickte auch nicht mehr durch, nachdem Du uns verlassen hattest, mußte ich ihn zu den Sitzungen bringen, und eines schönen Tages sagte Greta zu mir: Irgend etwas an dieser ganzen Geschichte ist merkwürdig, aber ich finde nicht heraus, was es ist, vielleicht bin ich als Psychotherapeutin einem so schwierigen Fall nicht gewachsen, hier muß jemand anderer her, ich kenne eine Koryphäe der Kinderpsychiatrie, ich würde gern seine Meinung hören. Und sie hat mich zu dem Professor aus Genf geschickt, samt allen Unterlagen und den Notizen, die sie sich ein Jahr lang während der Sitzungen gemacht hatte, zu denen Du Tommaso gebracht hast, und auch während der Sitzungen, bei denen Du gesprochen hast, weil Tommaso zu Hause geblieben war. Auch an jenem Tag in Genf hat Tommaso alles getan, um Dir recht zu geben. Die Reise in der Eisenbahn war die Hölle. Er war unruhig, belästigte die Sitznachbarin in unserem Abteil, lief immer wieder auf den Gang hinaus und stellte einem hübschen Mädchen, das gerade vorbeiging, ein Bein, fast hätte sie ihm eine Ohrfeige gegeben. Beim Psychiater hingegen war er ganz brav, wie ein kleiner Engel, und schaute zur Decke hinauf. Der Professor war ein untersetzter Mann mit kräftigen Handgelenken, blauen Augen und roten Haaren, er wirkte eher wie ein Arbeiter als wie ein bedeutender Psychiater, und er drückte sich klar und deutlich aus: mit einem Wort, ein vertrauenerweckender Mensch. Ich hätte gern, daß Sie uns allein lassen, sagte er zu mir und führte mich in das kleine Wartezimmer nebenan, während er Tommaso bat, sich auszuziehen und sich auf die Liege zu legen. Die Untersuchung dauerte ziemlich lange, ungefähr eine Stunde. Dann bat er mich einzutreten; Tommasino saß wieder angezogen auf einem Hocker und blickte zur Decke. Diesmal mußte er das Zimmer verlassen, der Professor führte ihn in das Wartezimmer, in dem zuvor ich gesessen hatte. Er sah mich an, schüttelte den Kopf und blätterte in den Unterlagen, die ihm Greta geschickt hatte. Während er las, murmelte er: Die spinnt. Irgendwann fragte er mich: Wie alt ist Ihr Sohn? Zwölf, fast dreizehn, antwortete ich. Er sagte nichts dazu, sondern las weiter, wobei er murmelte: Komplex... Komplex... noch ein Komplex... Manien... diffuse Störungen... wie alt, sagten Sie, ist Ihr Sohn? fragte er mich von neuem. Zwölf, fast dreizehn, wiederholte ich. Er gab mir die Unterlagen zurück und sah mir gerade in die Augen. Mein lieber Herr, sagte er zu mir, was den Genitalbereich anbelangt, und ich meine damit das männliche Organ, könnte Ihr Sohn zwanzig Jahre alt sein oder dreißig, verstehen Sie, mein lieber Herr, er ist genauso ausgestattet wie Sie oder ich, vielleicht sogar etwas besser, ich weiß nicht, ob Sie mich verstehen. Nein, sagte ich, nicht ganz. Aber wer ist diese Irre? fing er wieder von vorne an. Ich gab keine Antwort, ich wollte Greta nicht bloßstellen, immerhin hatte sie mich ja zu dieser Koryphäe geschickt. Waren Sie auch so frühreif? fragte er mich. Nein, antwortete ich, ich war ganz normal. Nun ja, sagte er, mit der Norm verhält es sich so wie mit der Statistik, und wie sieht es in Ihrer Familie aus? Nicht daß ich wüßte, antwortete ich. Es gibt eine Wissenschaft, sagte der Professor, die Endokrinologie, sie beschäftigt sich mit dem Hormonsystem, schauen Sie, genau darin besteht das Problem, das Hormonsystem Ihres Sohnes ist etwas aus der Norm in Hinsicht auf sein Alter, und das gilt auch für die damit in Zusammenhang stehenden Organe, er weiß natürlich nicht, was er damit anfangen soll, aufgrund seines Hormonsystems müßte er sie eigentlich ihrem Zweck entsprechend verwenden, aber sagen Sie mir, hätten Sie mit zwölf Jahren gewußt, was Sie damit anfangen sollen? Sicher nicht, haben Sie also einfach ein wenig Geduld, warten Sie, bis er etwas größer ist, in fünf oder sechs Jahren wird seine Entwicklung, die jetzt aufgrund seines ungewöhnlichen Hormonsystems etwas durcheinander ist, wieder synchron verlaufen, haben Sie mich verstanden? Sehr gut, antwortete ich. Er schlug mit der Hand auf die Unterlagen, die er vor sich hatte, und fragte mich von neuem: Aber wer ist diese Irre? Du wirst verstehen, die Situation war wirklich peinlich: Ich verdankte es ja einzig und allein Greta, daß ich endlich bei diesem Professor gelandet war, der das Problem benennen konnte, das uns so große Sorgen bereitet hatte, und abgesehen davon, daß sie eine ausgezeichnete Psychotherapeutin ist, ist sie auch meine beste Freundin. Deshalb antwortete ich: Eine Kollegin von Ihnen, Herr Professor, eine Psychotherapeutin, der wir vertrauen, aber ich möchte ihren Namen lieber nicht nennen. Die meine ich gar nicht, fuhr der Professor fort, ich meine die andere, die ist ja regelrecht wahnsinnig, sie sieht überall Gespenster und weiß nicht einmal, daß es ihr so schlecht geht, das ist besorgniserregend, das ist wirklich ein Mensch in einer tragischen Situation. War, antwortete ich, sie hat sich vor einem halben Jahr umgebracht. Und wer war sie? fragte er. Seine Mutter, sagte ich, meine Frau. Mütter können es manchmal nicht erwarten, sagte der Arzt, und machen sich allzu große Sorgen um ihre Kinder.

Meine Liebe, ich glaube, ich brauche Dir nicht zu sagen, wie schmerzvoll es für uns alle war, als Du Dich in den Brunnen gestürzt hast: Wie ich Dir bereits erzählt habe, hat Tommaso, der unbewußt verstand, worum es ging, noch vier oder fünf Jahre den Abnormalen gespielt, nur um Dir recht zu geben. Danach hat er aufgehört, er ist normal geworden, sehr normal, um nicht zu sagen, zu normal. Ich bin froh, daß er so normal geworden ist, aber ich kann Dir versichern, einen ganzen Tag mit ihm zu verbringen, das ist sterbenslangweilig, ich kann mir gar nicht vorstellen, wie seine Frau ihn aushält, sie ist sehr neugierig und phantasievoll, eigentlich müßte sie sich einen Liebhaber suchen, nicht umgekehrt, wie es der Fall ist. Aber ich möchte nicht, daß Du glaubst, ich und Greta seien sofort ein Paar geworden. Sicher, die Diagnose des Genfer Professors hat dazu beigetragen, daß eine Art Einvernehmen, ein gegenseitiges Verständnis entstanden ist. Im übrigen waren wir nie so richtig zusammen, ich meine, wir haben nie in ein und derselben Wohnung gelebt. Wir haben es ein paar Monate lang probiert, aber ich habe es nicht ausgehalten und bin wieder zurück in unsere alte Wohnung gezogen, wo ich zumindest noch immer Deine Anwesenheit spürte. Die arme Greta ist nämlich bei allen Vorzügen, die sie besitzt, ebenfalls unglaublich langweilig, vielleicht weil auch sie so unglaublich normal ist: nie ein Augenblick des Überschwangs, nie eine etwas verrückte Idee, nie eine Intuition, im Gegensatz zu Dir überkommt sie nie ein plötzlicher und etwas ausgefallener Wunsch, dabei sind es doch diese Dinge, die dem Leben Würze verleihen. Nach den ewigen Geschichten ihrer Patienten kommt sie am Abend müde nach Hause, ißt einen Salat und ein Stück Obst und setzt sich vor das Fernsehgerät: Irgendwann begann sie sogar, das Essen auf einem Tablett ins Wohnzimmer zu tragen, um beim Essen fernsehen zu können, sie war fasziniert von einem schmierigen Journalisten, der alle Politiker des Landes interviewte, unglaublich, ich legte mich ins Bett und las. Weißt Du, was ich Dir sage, irgendwann dachte ich, vielleicht ist die Normalität der wahre Wahnsinn, meinst Du nicht?

Es ist wirklich schade, daß Du Dich zu dieser Geste hast hinreißen lassen. Inzwischen sind die Jahre vergangen, viele Jahre, meine Liebe, wirklich viele. Aber wie Du siehst, erinnern wir uns noch immer an Dich, ich erinnere mich. Du bist immer bei mir, das weißt Du, Du begleitest mich in allen Augenblicken meines Lebens. Auch wenn ich nur mehr auf Sparflamme brenne. Aber damals, als meine Kerze noch an beiden Enden brannte, wie die Deine, war es sehr schön, und auch unsere Leidenschaft war sehr groß. So groß, daß die Zellen meines Körpers noch immer damit vollgesogen sind, wie ein Schwamm, der das Salzwasser bewahrt, von dem er sich einst genährt hat. Denn danach, meine Liebe, hat es in meinem Leben nur noch Süßwasser gegeben, und manchmal auch nur süßliches Wasser, und was für einen Sinn hat es, frage ich mich, noch zu leben, ohne den prickelnden Geschmack des Salzes an meinem Gaumen?

Wozu dient eine Harfe mit nur einer Saite?

Si 'sta voce te sceta 'int'a nuttata
mentre t'astrigne 'o sposo tuio vicino,
statte scetata, sie vuò stà scetata,
ma fa' vedè ca duorme, a suonno chino.

Voce 'e notte, neapolitanisches Volkslied
   von E. Nicolardi und E. De Curtis

Mein Liebling,

durch Zufall habe ich erfahren, daß Du noch am Leben bist. Der Gärtner der Sharia Farassa ist ein alter Mann, dessen Großeltern Italiener waren, und da er die Verbindung zur Heimat seiner Vorfahren aufrechterhalten will, hat er eine Tageszeitung abonniert, die ihm jeden Morgen ins Geschäft geliefert wird und die er wahrscheinlich gar nicht liest, am Tag darauf wickelt er den Salat damit ein. Einmal in der Woche gibt es einen Teil mit Lokalnachrichten aus der Provinz, in der wir uns kennengelernt haben und die ich, stell Dir nur vor, nicht vergessen habe: Ich erinnere mich noch so gut an die von Zypressen gesäumten Straßen, über die wir mit dem Fahrrad fuhren, an manche Herbstmorgen, als blauer Dunst aus den niedrigen Eichenwäldchen aufstieg, und an die Bauernhäuser in der Ebene, an den ersten Weiler, wo Deine Familie lebte, und an Dein Lächeln – wie merkwürdig, wenn es einem plötzlich in einer zerknitterten Zeitung wiederbegegnet, zu Hause auf dem Tisch, man wickelt das Gemüse und das Obst aus und sieht, es ist dasselbe Lächeln wie vor vierzig Jahren, als Du zu mir gesagt hast: Auf Wiedersehen, bis morgen.

Wie das Leben so spielt, und was die Dinge lenkt: ein Nichts. Die Abende im August, bei Sonnenuntergang, die Strandkiefern, die in unserer Gegend in allen Farben zu leuchten beginnen, wenn das Licht der untergehenden Sonne auf sie fällt, untertags sind sie dunkelgrün, dann werden sie blond, dann rosa, dann ziegelrot, vielleicht ist deshalb Luxorius zu *Röte* geworden, hin und wieder führen falsche Etymologien zum richtigen Schluß. Ich dachte: Röte. Und ich dachte an die Scham. Ich stieg vom Rad, spürte, daß mein Gesicht glühte, daß es in dasselbe Rot getaucht war wie der Pinienhain. Nur ein paar Schritte entfernt, hinter der Allee, die von einer Mauer mit abgerundeter Kante begrenzt wurde, stand das Haus der Ascoli. Einzig Luciana war noch da, mit dem jüngsten Cousin, ihre Onkel waren nicht zurückgekehrt. Dabei war der Alptraum schon seit drei Jahren vorüber, wir alle wußten, was für ein Ende sie genommen hatten, warum sollten wir noch warten? Und warum war ich nicht mehr hingegangen, um etwas zu ihnen sagen: Guten Abend, eine Silbe nur. Ich weiß, was Du mir zur Antwort gegeben hättest: Und warum wartest du noch immer auf deine Onkel? Du sprichst nie von ihnen, es ist, als hätten sie einen Ausflug unternommen und müßten jeden Augenblick zurückkommen. Deshalb eben, hätte ich Dir geantwortet, deshalb eben, weil alles so absurd, so unerträglich absurd war, daß ich wie alle anderen tat, als ob unsere Verwandten am nächsten Tag zurückkommen würden, am Anfang hatten wir es sogar geschafft, über die Gesetze dieses häßlichen, als Imperator verkleideten Zwergs zu lachen und unsere Witze über ihn zu machen, und wir dachten: Uns passiert schon nichts, das sind vulgäre kleine Monster, die die Brust rausstrecken, wir aber haben Kultur, Tradition und sogar ein bißchen Geld. Aber dann waren im Nu alle weg. Ich dachte: Ich gehe hinein, ich gehe nicht hinein, ich gehe hinein, als ob ich die Blütenblätter einer Margerite abzupfte. Ich ging nicht hinein. In der Zwischenzeit hatte ich ein Dutzend Giubek geraucht, ich trat die Kippen mit der Schuhsohle aus, stieg wieder aufs Rad und fuhr nach Hause, wo niemand auf mich wartete und wo auch ich auf niemanden wartete.

Mein Liebling, verzeih mir, wenn ich Dich nach den vielen Jahren noch immer so nenne wie damals, aber ich wüßte nicht, wie ich Dich sonst ansprechen sollte. Wie wendet man sich an die Geliebte, die »Auf Wiedersehen, bis morgen« sagte und die man verlassen hat, ohne ihr auch nur ein paar Zeilen zu hinterlassen? Denn Du warst die Liebe meines Lebens und auch meine Frau, die wenigen Frauen, die ich danach hatte, waren flüchtige Begegnungen, um das körperliche Verlangen zu stillen, aber wenn ich nachts einzuschlafen versuchte und die Leere neben mir in meinem einsamen Bett umarmte, sagte ich »Mein Liebling« zu Dir, und es ist mir immer als großes Privileg erschienen, daß ich mir vorstellen konnte, Dich in den Armen zu halten. Ich erinnere mich an die erste Nacht, nachdem ich davongelaufen war, in Neapel, in der kleinen Pension, die mein erstes Versteck war, in der Dunkelheit summte ich leise *Voce 'e notte* vor mich hin, als ob meine Stimme Dich erreichen könnte, wenn ich in der Dunkelheit dieses Lied summte, und Dir wünschen könnte, daß Du einen anständigen Bräutigam findest, einen Mann, der Dich gern hat und der Dich nachts umarmt und in dessen Umarmung Du vergißt, was ich Dir angetan habe, daß er ein anständiger Mensch ist, ohne Schuld, ein Unschuldiger, daß er nicht Opfer von irgend jemandem ist, denn ich war in meiner Rolle als Opfer nicht mehr unschuldig, und Dir gegenüber hatte ich die größte Schuld auf mich geladen und die größte Feigheit begangen.

Aber gestern habe ich Dich in der Zeitung des Gemüsehändlers wiedergesehen, und alles, was ich die ganze Zeit über versucht habe zu vergraben, mit der Geduld eines geologischen Zeitalters, ist wie durch ein Wunder wiederaufgetaucht, meine geduldige Arbeit hat sich in nichts aufgelöst, oder, besser gesagt, es war, als ob sich unter meinen Füßen ein Abgrund aus Zeit aufgetan hätte und ich hineingefallen und zu Dir gelangt wäre, denn einem Foto in einer zerknüllten Zeitung mit Flecken vom Salat drauf kann man nichts entgegensetzen, ich habe die feinen Erdkrümel von Deinen Augen gewischt und bin dorthin zurückgekehrt, wo auch Du bist. Schön ist dieses Foto, denn es ist korrekt, es vertuscht nicht die Jahre, die vergangen sind, und auch die Generationen, die diese Jahre verkörpern und darstellen, sind darin enthalten. Es zeigt Dich im Profil, mit einem Blatt Papier in der Hand, das Du offensichtlich gerade liest, aber ich kenne Dich, Du hast immer gewußt, was Du sagen sollst, Deine Gedanken sind so geordnet, daß Du nichts vom Papier ablesen mußt. Neben Dir sitzt Dein Enkel, der Bildunterschrift zufolge heißt er Sebastiano, und er spielt Orgel, was auch zu seinem Namen paßt. Es ist ein hübscher Junge, mit vorstehenden Backenknochen und Lockenkopf, er ähnelt Dir sehr, und ich würde ihn gerne in die

Arme nehmen, denn er erinnert mich an Dich, als Du noch ein Kind warst, und ich wünsche mir, er wäre auch mein Enkel, unser Enkel, der Sohn des Sohnes, der uns nicht geboren wurde. In dem Artikel, der sehr gut geschrieben ist, heißt es, er habe auf der Orgel das Konzert gespielt, das Carl Philipp Emanuel Bach 1762 komponierte, *Solo für Harfe*, und daß das Publikum sehr gerührt war. Wie merkwürdig die Dinge doch sind. Vielleicht habe ich auch deshalb den Mut gefunden, Dir zu schreiben: Weil Dein Enkel das *Solo für Harfe* auf der Orgel gespielt hat, das ich auf meiner Harfe für Dich allein gespielt habe, auf der Wiese vor dem Landhaus, an einem Abend des Jahres 1948, als der Augustmond aufging, der im Zunehmen begriffen war. Und gemeinsam mit Deinem Lächeln widerhallt das Konzert jenes Abends, als der Mond hinter dem Kirschbaum aufging, es zieht in Richtung der niedrigen Hügel und kehrt als Echo zurück, streift uns von hinten und verhallt inmitten der Klänge der Natur, gemeinsam mit der Brise, die die Blätter erzittern läßt. Schau, flüsterst Du ganz leise, ein Gewitter ist im Anzug, ich spüre, daß es aus der Ebene heraufzieht, dämpfe die Akkorde deines Instruments, respektiere die Kraft der Elemente. Und ich lege mein Instrument beiseite, dessen Klänge wir gemeinsam genossen haben, und wir beobachten, wie der Horizont in Flammen aufgeht, und warten darauf, daß das Feuer sich legt und sich beruhigt wie das Blut, das zu schnell durch unseren Körper geflossen und explodiert ist und nun eine Pause braucht. Und in dem Schweigen, das das Foto in der Zeitung mir vermittelt, betrachte ich das Parkett, das vor Dir zu sehen ist. Deine Kinder und Dein Mann sitzen in der ersten Reihe, sie sehen glücklich drein, wie Leute, denen das Schicksal eine gute Mutter und gute Ehefrau hat zukommen lassen, und dem Lächeln nach zu schließen, das auf den Gesichtern der Menschen im Publikum liegt, warst Du auch unserer Gemeinde eine gute Mutter, und deshalb ehren sie Dich heute, weil Du so viel für sie getan hast. Und so habe ich anhand eines Fotos in der Zeitung, die ich vom Gemüsehändler bekommen habe, verstanden, wie Dein Leben verlaufen ist, und möchte Dir nun erzählen, wie meines verlaufen ist. Aber wie? Wie soll man von einem Leben erzählen, das die Merkmale des Todes angenommen hat und sich vor dem Leben versteckt hat? Unmöglich, habe ich mir gesagt, vielleicht kann man nur erzählen, *wo*, und nie, *warum* und *weshalb*. Im übrigen hast du mein *Wie* immer gekannt, es besteht aus Klängen, aus den Tönen, die ich immer wieder meinem Instrument entlockt habe. Und diese Klänge waren mir nur ein paar Abende lang vergönnt, nicht alle Abende, denn es war nicht leicht am Anfang, so wie es ja nie leicht gewesen ist. In jenem Jahr, als ich wegging, glaubte Dein Land, das ich gerne auch für meines gehalten hätte, es würde zu neuem Leben erwachen. Was für eine Erregung doch in der Luft lag! Und was für ein Enthusiasmus! Nach den vielen Jahren durften die Leute wieder wählen, stell Dir vor, und deshalb waren sie enthusiastisch und fühlten sich stark, sie fühlten sich nicht als Überlebende, sondern sie kamen sich vor wie neugeboren, was immer eine schöne Illusion ist. Ich war derweil in Neapel angekommen und hatte mir ein Zimmer in einer kleinen Pension in der Altstadt genommen. Das war mein erstes *Wo*, aber ich möchte es Dir lieber ersparen. Ich möchte Dir allerdings sagen, daß Neapel die schönste Stadt der Welt ist. Nicht so sehr wegen der Stadt an sich, die vielleicht nicht schöner und nicht häßlicher ist als alle anderen, sondern wegen der Menschen, die wirklich ganz wunderbar sind. In der Straße, in der ich wohnte, gab es Obstverkäufer, Fischhändler und Zuhälter. Aber diese Tätigkeiten übten sie nur untertags aus, denn wenn es Abend wurde und das Viertel zur Ruhe kam, die kleinen Händler und Betrüger ihr Tagwerk niederlegten, dann waren sie keine Obstverkäufer, Fischhändler und Zuhälter mehr, sondern überließen sich ganz der Nostalgie, als wären sie in einem früheren Leben andere gewesen oder könnten in einem eventuellen zukünftigen Leben etwas anderes sein als Obstverkäufer, Fischhändler und Zuhälter; sie holten Stühle aus den ebenerdig gelegenen Wohnungen und betrachteten die Gäßchen und ihre schmutzige Geometrie wie einen weiten Horizont, irgend jemand begann eine Melodie zu summen, aber ganz leise, mit geschlossenem Mund, etwa *Voce 'e notte*, und andere stimmten ein, und so entstand eine Art Gebet, das im Chor gesungen wurde, bis sich eine Stimme über die anderen erhob und man zum Beispiel *luntane 'e te quanta melancunia* hörte, aber es war nicht nur ihre eigene Melancholie, sondern diese Melancholie hatten bereits ihre Väter und Großväter verspürt, die nach Amerika ausgewandert waren, und sie verspürten sie anstelle eines anderen, als handelte es sich um ein Erbe, das man nicht ablehnen kann, unter dessen Last man aber um so mehr leidet. Ich begleitete sie auf der Harfe, die ich dann am Abend in den Laden eines Obstverkäufers stellte; er hatte die schönste Stimme, er war fett und häßlich, er schielte sogar, aber vielleicht hatte ihm die Natur zum Ausgleich die Stimme gegeben. Am Samstag zog ich den Frack an und nahm meinen Platz im Orchester des großen Theaters dieser Stadt ein, und während der Dirigent den Taktstock schwang, sah ich ein elegantes Publikum vor mir, die Herren im Smoking, die Damen im Abendkleid, und sie gaben sich der Magie hin, die nur die Musik zu erzeugen vermag und die uns die Scheußlichkeiten dieser Welt vergessen läßt. In diesem wunderschönen Theater mit seinen Stuckarbeiten und den vergoldeten Verzierungen, in dem ich als Harfenist Barucco bekannt war (diesen Namen hatte ich mir ausgesucht, ich bin mir sicher, er gefällt Dir), habe ich kein einziges Solo gespielt. Dennoch hatte ich mein Repertoire, etwa das *Konzert für Harfe* mit *Quartett für Harfe und Klarinetten* von Castelnuovo-Tedesco, das wir bei der Wiedereröffnung des Theaters nach der längst fälligen Restaurierung spielten. Und dann auch das *Quintett für Harfe, Flöte, Klarinette, Saxophon und Gitarre* von Villa-Lobos, das uns, nebenbei gesagt, erst das Gefühl gab, ein richtiges Orchester zu sein. Ich meine, ein im Entstehen begriffenes Orchester, denn jede Woche wechselte die Besetzung, damals hungerten wir noch, und viele hatten kaputte Schuhe, aber wir spielten. Erst vier Jahre später beschloß ich wegzugehen. Nicht weil ich diese Stadt nicht geliebt hätte, sondern weil ich plötzlich die Idee hatte, eine Art ... ich weiß nicht, wie ich es sagen soll ... nun ja, eine Art Bestandsaufnahme zu machen. Eine Bestandsaufnahme wovon, wirst Du fragen? Nun ja, nicht wirklich eine Bestandsaufnahme, eher eine Art Kontrolle, eine absurde Kontrolle, als wollte ich nach dem Sturm nachsehen, ob es noch Spuren im Schnee gab. Ein Flötist hatte mir gesagt, daß das Orchester von Saloniki eine Flöte und eine Harfe suchte, zwei nicht sehr gängige Instrumente. Er hatte Frau und Kinder in Neapel und blieb. Ich ging.

Saloniki ist Neapel sehr ähnlich, keine sehr schöne Stadt, aber wie Neapel voller wunderbarer Menschen. Aber eigentlich ist auch die Stadt schön, nur muß man ihre Schönheiten erst entdecken. Zum Beispiel die Gegend am Hafen, wo die Uferpromenade zu Ende geht und man die innerstädtischen Viertel mit ihren Cafés und Restaurants verläßt und das Ladadika-Viertel betritt, ein Nebeneinander von Fischerhütten, Lagern für Taue und Seile und Ölfässer, und nicht mehr weiß, ob man sich im Mittelmeerraum, auf dem Balkan oder im Orient befindet, denn hier mischen sich Fischer und Hilfsarbeiter, Herumtreiber und Gelegenheitsarbeiter, Moslems treffen auf Phidias. Das Durcheinander ist schön, weil du dich daruntermischen kannst, ohne daß dich jemand sucht, dich fragt, wer du bist und warum du hier bist. Und das tat auch ich, und von nun an nannte ich mich Baruckos. Den Leuten gab ich zu verstehen, ich sei ein Italiener aus Alexandria, der nicht Griechisch konnte, obwohl ich es allmählich lernte.

In Saloniki spielte ich zum erstenmal die Sonate von Hindemith. Der Dirigent hieß Stavros, ein alter Herr mit Holzbein, der den Taktstock hielt, als wolle er damit Spaghetti aufspießen, aber vielleicht verstellte er sich nur, denn er dirigierte ganz vorzüglich; und meine Finger glitten an diesem Abend über die Saiten, als ob sie flögen, mir war, als würde nicht ich, sondern die Harfe von selbst spielen. In gewisser Weise war es ein Erfolg, und ich glaube, Frau Ioanna bewahrt noch heute die Zeitungsausschnitte von damals mit den begeisterten Kritiken auf, immerhin handelte es sich um einen von den Nazis verfolgten Komponisten, der sein Leben im Exil verbracht hatte. Und so bat mich der Maestro in der Woche darauf, nach dem großen Beethovenkonzert das Harfenkonzert von Villa-Lobos zu spielen. Und die Begeisterung war so groß, daß das Publikum sich von den Stühlen erhob, ein nicht endender Applaus, so ist das griechische Publikum nun mal, es läßt sich hinreißen, es wollte mich gar nicht gehen lassen, und der Maestro bat mich, irgendeine Zugabe zu spielen, und ich hatte Casellas Sonate aus dem Jahr 1943 vorbereitet, ein herzzerreißendes Stück, mit dem man Tote auferwecken kann, schade, daß Casella so ein großer Faschist war, seine Kunst ist besser als er, das Konzert fand in der Rotunde der byzantinischen Kirche Aghios Gheorghios statt, einem der außergewöhnlichsten Orte auf dieser Welt, er vermittelt einem ein Gefühl des Heiligen, selbst wenn man nicht an das Heilige glaubt. Aber das Publikum wußte, was das Heilige ist: Der Krieg war erst seit kurzem vorbei, und allzugroß war die Anzahl der Toten. Und ich sah, daß die Menschen in der ersten Reihe, und zwar nicht nur Frauen, sondern auch ältere Leute, weinten, kein Laut drang aus der Stadt herüber, nur die Harfe war zu hören, und sie schien die Überlebenden zu beschützen, und fast ohne es zu bemerken, ging ich von den Akkorden Casellas zu einem alten griechischen Lied über, das *Thaxanarthis* heißt, was soviel wie »Du kommst wieder« bedeutet, und das Publikum begann die Worte zu flüstern, und es klang nicht wie menschliche Stimmen, sondern als ob die Erde und das Meer und die ganze Natur um uns mit uns atmete und im Atmen sänge. Und dann hörte ich auf zu spielen, und auch das Singen hörte auf, wir erhoben uns alle schweigend, die Frauen bekreuzigten sich auf orthodoxe Weise, und wir traten in die Nacht von Saloniki hinaus, und jeder ging nach Hause.

Mein Zuhause in Saloniki war in all diesen Jahren die Pension Petros. Sie befand sich im Ladadika-Viertel, hinter den Öl- und Seillagern, die später in Lager für Tiefkühlfisch und Brennstoff umgewandelt wurden. Kurz nachdem ich dort angekommen war, während meiner ersten Tage in Griechenland, sah ich eine Frau, die die Einschüsse an der Fassade ihres Hauses mit Kalk ausbesserte. Dem Profil nach war sie eine der unsrigen, sie hatte schöne Haare und ein vom Leben gezeichnetes Gesicht. Ich sprach sie auf französisch an, aber sie verstand nicht. Italienisch wollte ich nicht sprechen, und so sagte ich aufgrund einer merkwürdigen Eingebung zu ihr: »*Estó buscando un lugar por dormir*«, und sie antwortete mir auf ladinisch oder sephardisch, wie man es hier nennt, und fragte mich, woher ich käme. Aus dem Nichts, antwortete ich. Dann habe ich ein Zimmer für dich, sagte sie, ich bin Ioanna, ich brauche jemanden, der mir hilft, dieses Haus instand zu setzen, das ich mit meinem Petros gebaut habe.

Von dem Zimmer aus, in dem ich die ganze Zeit gewohnt habe, sieht man das Meer und weiter hinten rechts die Berge der Chalchidike, die bereits Vorboten des Orients sind. Ich habe ganze Nächte an diesem Fenster verbracht, die Berge in der Ferne betrachtet, wo Feuer entfacht wurden, und an eine Wiese vor einem Haus am Rand der Macchia gedacht, an eine Musik, die ich dort spielte. Mein Bett hatte ein metallenes Kopfteil, auf das eine Hirtenszene gemalt war, und die Knöchel des Hirten, der seinen Ziegen auf der Flöte vorspielt, waren mit weißen Stoffbinden umwickelt. An der Wand über dem Bett hing das Bild eines byzantinischen Christus, eine Kopie, die ein naiver Maler im vergangenen Jahrhundert für die Bauern und Fischer aus der Gegend angefertigt hatte. Dem Bett gegenüber stand eine Kommode, in der ich meine Wäsche aufbewahrte, und daneben ein Schrank aus rötlichem Kirschholz, in dem mein Frack hing, und in dem Schrank befand sich ein Spiegel mit sandgelben Flecken, dem ich so gut wie möglich aus dem Weg ging, um mein Spiegelbild nicht sehen zu müssen. Ich spielte nicht nur in Saloniki: Wir machten auch eine Tournee nach Alexandropolis, Athen, Patras und Belgrad, und zwar aus einem Anlaß, der für Europa große Bedeutung hatte, zumindest hieß es so in den Zeitungen. Das Harfenrepertoire war nicht sehr anspruchsvoll: Wir spielten einfache Werke großer Komponisten, oder zumindest waren sie einfach für mich. Nur bei bestimmten Gelegenheiten durfte ich weniger bekannte Werke spielen, etwa die *Sonate liuthée* von Migot oder das *Impromptu* von Fauré, aber nur, weil ich den Dirigenten gebeten hatte, das Programm zu ändern. An besagtem Abend spielten wir, ich erinnere mich sehr gut, im Dionysos-Theater unterhalb des Parthenons, im Publikum saßen französische Touristen, die in zwei weiß-blauen Bussen angekarrt worden waren, sie wollten die griechische Kultur entdecken und bekamen dekadente Musik vorgesetzt, und ich hatte plötzlich die Idee, ihnen etwas wirklich Dekadentes vorzuspielen, nicht diese künstliche Dekadenz, die nichts anderes ist als Kitsch und Kommerz, sondern die sublime Dekadenz eines Migot oder Fauré. Ioanna kam dreimal im Jahr zu mir: an ihrem Geburtstag, am Tag des orthodoxen Osterfests und am Jahrestag ihrer Hochzeit. Sie öffnete die Tür einen Spaltbreit, ohne zu klopfen. Petros, schläfst du, murmelte sie in der Dunkelheit. Nein, antwortete ich, ich stehe hier am Fenster, ich kann nicht schlafen. Und woran denkt mein Petros, fragte sie und schlüpfte ins Bett. An ein Landhaus, antwortete ich, an die Musik an einem Abend, als es ein Sommergewitter gab.

Am Samstag trieb ich mich in der Altstadt herum, las die Namen an den Türklingeln, aber die Namen unseres Volkes waren verschwunden, sogar die, die seit Jahrhunderten griechisch klangen. Hin und wieder, ganz selten, klingelte ich an einer Tür. Wen wollte ich treffen, wirst Du mich fragen. Tja, wen wollte ich treffen: eine alleinstehende Frau, alte Überlebende, Fremde, die sich fragten, was oder wen ich suchte? Und ich frage mich auch selbst: Was suchte ich? Wen suchte ich? Hielt ich mich vielleicht für David, der den Auftrag bekommen hatte, sein Volk zu zählen? Und um was für eine Zählung handelte es sich eigentlich, sofern man sie überhaupt so nennen konnte? Sammelte ich vielleicht Schatten? Aber ja doch, im Grunde habe ich zwanzig Jahre damit zugebracht, Schatten zu zählen, genau das habe ich in Saloniki gemacht. Mir war fast, als würde ich die Töne, die ich am Abend bei den Konzerten spielte, in einem bodenlosen Korb einsammeln. Kann man Töne einsammeln? Nein, das kann man nicht, sie lösen sich in der Luft auf, aus der sie gekommen sind, denn sie bestehen nur aus Luft.

Als ich Saloniki verließ und nach Alexandria ging, bestand Ioanna darauf, mir die Koffer zum Schiff zu tragen. Ich protestierte, denn Männer sollen sich nicht von Frauen bedienen lassen, aber sie hatte, ganz große Dame, ein Taxi bestellt und den Hut mit dem Schleier aufgesetzt. Ich weiß nicht, ob es der Hut war, den sie am Tag ihrer Hochzeit getragen hatte, aber das ist nicht von Bedeutung. Sie sagte zu mir: Chrysostomos, ich habe dich durch einen Schleier hindurch geliebt, und durch einen Schleier hindurch werde ich mich von dir verabschieden. Und dann sagte sie in unserer Sprache: »*Va a la bon hora, el Dios que sé con ti.*« Ich sehe sie noch immer vor mir, wie sie ganz hinten im Hafen steht und mir zuwinkt, bis sie nicht mehr winkt, sondern beide Arme ausstreckt wie jemand, der sich in sein Schicksal dreinfindet, was wir ja beide schon vor geraumer Zeit getan hatten. Chrysostomos hatte ich mich genannt, als ich nach Griechenland gekommen war, und Chrysostomos hieß ich auch weiter auf den Plakaten und den Programmen des Orchesters von Alexandria. Das eigentlich gar kein Orchester war, sondern ein Quartett: eine Harfe, eine Flöte, eine Oboe und ein Violoncello. Aber das kam erst später. Ursprünglich war ich allein dort, weil ich in einer Anzeige in der Zeitung von Saloniki gelesen hatte, daß man im Hôtel Cecil einen Instrumentalisten suchte, der die Gäste zur Zeit des Aperitifs unterhalten sollte. Klassisches Instrument und klassische Musik, hieß es ausdrücklich. Ich hatte ein Telegramm geschickt: Harfensolist, klassisches

Repertoire. Auch der Vertrag wurde telegraphisch geschlossen.

Ende der fünfziger Jahre war Alexandria schon genauso desolat wie heute, aber die sogenannte schöne Welt stieg noch immer in den beiden Luxushotels ab: dem Windsor Palace und dem Hôtel Cecil. Nachdem ich dem Direktor vorgespielt hatte, einem kleinen Franzosen aus Marseille, der so tat, als verstünde er etwas von Musik, einigten wir uns auf ein vernünftiges Honorar, Mahlzeiten inklusive. Man gab mir auch ein Zimmer im Dienstbotentrakt, ein Mansardenzimmer, wie eine Puppenstube eingerichtet, in dem in den fünfziger Jahren der Küchenchef gewohnt hatte, angeblich ein berühmter Mann. Von dort aus hatte man einen wunderschönen Blick, und man zeigte mir voller Stolz die Zimmer von Somerset Maugham und Winston Churchill, aber ich blieb nur eine Woche, bis ich ein Zimmer in einer Pension gefunden hatte, die mir gefiel, und von hier aus schreibe ich Dir. Hotels sind manchmal merkwürdig: Man hat das Gefühl, die berühmten Personen, die hier abgestiegen sind, hätten ihr Unglück zurückgelassen, und wer wie ich beschlossen hat unterzutauchen, zieht ein anonymes Unglück vor, das von anonymen Menschen zurückgelassen worden ist, die in demselben Zimmer gewohnt haben und ihr anonymes Gesicht im fleckigen Spiegel über dem Waschbecken betrachtet haben. Mit einem Wort, die *corniche* Alexandrias hat zwar ihren Reiz, obwohl sie desolat ist, aber ich zog es vor, mich abseits zu halten. Ich suchte mir eine kleine Pension im Sharia-al-Nabi-Viertel, direkt hinter dem Tempel, der von Italienern gebaut worden ist, eines der wenigen guten Dinge, die die Italiener für uns getan haben, auch wenn er in architektonischer Hinsicht nicht viel taugt: ein geschmackloser rosa Marmorbau.

Im Hôtel Cecil spielte ich sieben Jahre lang. Sieben Jahre sind eine lange Zeit, aber es war keine Fron, das Cecil war ja nicht Laban, und ich war kein Hirte, ganz im Gegenteil. Am Abend zog ich den Smoking an (der Frack war nur für außergewöhnliche Anlässe), der dem Hotel gehörte und schon etwas abgenutzt war, und unterhielt drei Stunden lang die Gäste: von halb sechs bis halb neun, während sie Tee tranken oder einen Aperitif nahmen. An allen diesen Abenden spielte ich leichte Musik, die dem Publikum und dem Anlaß entsprach: eine sehr romantische *Sonatine* von Hoffmann, die *Grande étude à l'initiation de la mandoline* von Parish-Alvars und das *Allegro für Harfe* von Ravel, das zwar ein wenig seicht, aber im Grunde wunderschön ist. Es fehlten zwar die sechs Instrumente, die Ravel vorgesehen hat, aber man tut, was man kann, und das Publikum war zufrieden. Aber die Leute waren ohnehin meist abgelenkt, sie kamen her, um sich zu unterhalten, um zu sehen und gesehen zu werden. Hin und wieder, gegen acht, wenn sich oranges Licht auf Alexandria senkt, das sofort in Indigo übergeht, zupfte ich zwischen zwei klassischen Stücken die Akkorde von *Voce 'e notte*, und ich versuchte einen Klang zu erzeugen, der mit den harmonischen Funktionen sowenig wie möglich zu tun hatte, und das erzeugte eine merkwürdige Atmosphäre, einen undefinierbaren Zauber, die Gäste waren wie benommen, vielleicht gerührt, ich sah, daß die Champagnergläser in der Luft innehielten, und die Kellner stellten die Tabletts mit den Bouri-Spießchen auf den Kommoden ab.

Als ich ins Symphonieorchester aufgenommen wurde, beschloß ich, mich unter meinem Namen Chrysostomos einschreiben zu lassen, denn ich hatte das Gefühl, daß er mir am besten entsprach. Und mein Debüt war ein voller Triumph, das sage ich ganz ohne falsche Bescheidenheit. Die ersten Male hatte ich nur ein paar Akkorde zu spielen, mehr ist für Harfenisten in der symphonischen Musik eben nicht vorgesehen, aber dieser Abend gehörte ganz mir, denn auf dem Programm stand Mozarts *Konzert für Harfe, Flöte und Orchester,* eines der schönsten Werke in der ganzen Harfenliteratur, wenn nicht überhaupt in der Musikliteratur. Das Orchester war großartig, die Flöte gut disponiert, aber die schönste Rolle hat Mozart der Harfe zugedacht, und ich ließ mir die Gelegenheit nicht entgehen.

Und so sind die Jahre vergangen. Normalen Menschen fällt das gar nicht auf, aber oft vergehen auch für sie die Jahre, ohne daß es ihnen auffällt. In Erinnerung geblieben ist mir, das kann ich Dir sagen, eine Tournee, die uns nach Abu Simbel führte, denn angeblich war es ein ganz außergewöhnlicher Tag, wir spielten für eine große internationale Organisation, gegründet zur Bereitstellung von Geldmitteln zur Restaurierung der alten Tempel. Tatsächlich waren an diesem Abend viele bedeutende Persönlichkeiten da, sie saßen inmitten der jahrtausendealten Steine. Es war eine wunderschöne Nacht, und am Himmel stand der Mond. Ich durfte spielen, was ich wollte, und so begann ich mit Debussys *Danse sacre et danse profane.* Und dann, nach einer kurzen Pause, spielte ich mein *Solo für Harfe.* Vielleicht ist es gar kein wunderbares Stück, aber für mich hat es eine Bedeutung, die es für andere nicht hat, und deshalb war es wunderbar in dieser Nacht, da draußen in der Wüste. Du mußt wissen, nachts in der Wüste, wenn der Mond scheint, glänzt der Sand wie das Meer, als wäre er aus Silber. Und während ich spielte, dachte ich an unser Haus und an Dich. Und zum erstenmal, seit ich untergetaucht war, verstummte der zwanghafte Gedanke, der Satz, der mich in die Flucht getrieben hat und der mir seit damals nicht mehr aus dem Kopf gegangen ist: Wozu dient eine Harfe mit einer Saite, wenn alle anderen Harfen zerbrochen sind? Ich weiß nicht, warum, warum er aufhörte, mich zu quälen. Wie das Leben so spielt, und was die Dinge lenkt: ein Nichts. Es war Nacht in der Wüste, der Sand funkelte im Mondlicht, ich spielte Harfe, und mir war, als würden mir die Sandkörner, die mich, das Publikum, die Tempel umgaben, antworten. Als ob diese Sandkörner, Millionen und Abermillionen von Sandkörnern, aus einem langen Schlaf erwachten und mir antworteten: Ich schlug sanft einen Akkord in c-Moll an, und sie antworteten mir, ich glitt über einen Akkord in b-Moll, und sie antworteten mir, und die Stimmen lebten an diesem Abend, das ist völlig absurd, aber genau so war es, sie waren aus den Verbrennungsöfen auferstanden, in denen man sie vernichtet hatte.

Danach habe ich keine Reisen mehr unternommen, nicht mehr. Ich bin hiergeblieben, in meiner Pension, in meinem Zimmer. Inzwischen spiele ich nicht mehr im Orchester, ich bin zu alt, nur hin und wieder, ausnahmsweise, wenn ein Harfenist krank geworden ist oder aus irgendeinem Grund nicht aus der Hauptstadt kommen kann, denn heutzutage sind die Harfenisten so kapriziös wie *vedettes*. Es ist ein karg eingerichtetes Zimmer, wie Du Dir leicht vorstellen kannst. Rechts ein Spiegel und daneben ein Bett, in dem viel von der Liebe geträumt worden ist. In der Zeitung, in der ich Dich wiedergefunden habe, steht, daß Du bald in dieses Land eingeladen werden wirst, zwei Schwesterngemeinden, die dummerweise verfeindet sind, wollen Dir, als Sinnbild des Friedens, Ehre erweisen. Das ist schön, es krönt den Traum Deines Lebens, das bestimmt sehr sinnvoll gewesen ist. Ich werde nicht im Publikum sein, und wenn doch, wird es sein, als ob ich nicht da wäre. Der Sinn eines Lebens kann jedoch auch darin bestehen, unsinnigerweise verschwundene Stimmen zu sammeln und vielleicht eines Tages zu glauben, sie gefunden zu haben, eines Tages, wenn man schon gar nicht mehr damit gerechnet hat, eines Abends, wenn man bereits müde und alt ist und im Mondschein spielt und alle die Stimmen einsammelt, die aus dem Sand kommen. Und man denkt, es sei kein Wunder, denn wir brauchen keine Wunder, die überlassen wir gerne den anderen. Und dann, denkt man, war es vielleicht nur eine Illusion, eine erbärmliche Illusion, die dennoch einen Augenblick lang wahr war, solange man gespielt hat. Und nur deshalb hat man gelebt, und man glaubt, daß die Sinnlosigkeit dadurch einen Sinn bekommen hat, meinst Du nicht auch?

Gutherzig, wie du bist

Manche Dinge können wir beeinflussen, manche nicht. Die Meinung können wir beherrschen, das Gefühl, die Feindschaft.

Epiktet

Meine Liebe,

»... ich kann nämlich nicht so weitermachen, vielleicht bist Du Dir dessen nicht bewußt, aber ich habe die Pflicht, auch an mich zu denken und für mein Wohl zu sorgen. Es gab Nächte, in denen ich dachte: Was bin ich eigentlich für ihn? Ein Hafen? Zuflucht? Trost? Und ist es möglich, daß ich wirklich immer an letzter, an allerletzter Stelle komme? Du weißt, ich habe Dich gern (oder vielleicht habe ich Dich gern gehabt), aber versetz Dich einmal in meine Lage, Du kannst Dich ja so gut in die Lage derer versetzen, die leiden, also versetz Dich ausnahmsweise einmal in meine Lage. Sicher, was Du machst, ist sehr edel, das will ich gar nicht bestreiten, wenn es ein Paradies gäbe, hättest Du es verdient, auch wenn Du vielleicht noch weniger daran glaubst als ich. Und ich verstehe, daß das ganze Leid der Welt auf Deinen Schultern lastet, aber schau, Du wirst das Problem nicht lösen, die Menschen auf dieser Erde haben immer gelitten, und sie werden immer leiden, auch wenn es Menschen gibt wie Dich. Aber nehmen wir zum Beispiel Deine letzte Reise nach Abessinien. Du bist Hals über Kopf aufgebrochen,

während ich in Venedig bei meiner Mutter war, bloß weil
Dir die Organisation ein Telegramm aus Paris geschickt
und Dich aufgefordert hat, so bald wie möglich aufzubrechen. Du hast mich vom Flughafen aus angerufen, im
letzten Augenblick, kurz bevor Du an Bord gegangen
bist, ich weiß nicht, ob Dir das überhaupt bewußt ist.
Macht man so was? Du hast zu mir gesagt: Schau dir die
Fotos an, die sie mir aus Paris geschickt haben, dann verstehst du alles, ich habe sie auf der Kommode im Vorzimmer liegenlassen. Und so habe ich mir sofort, sobald ich
aus Venedig zurückgekommen bin (Deinetwegen mußte
ich den Zug um 16.41 Uhr nehmen und um 18.48 Uhr in
Bologna umsteigen, so daß ich um 19.47 Uhr zu Hause
war, Du weißt ja, Venedig ist weit weg, und ich bleibe
gern über Nacht dort, damit ich nicht wie eine Verrückte
hin- und herfahren muß), diese schrecklichen Fotos angesehen. Eine dürre Ebene war darauf zu sehen, ein Boden, so ausgetrocknet, daß er Sprünge hatte, ein Haufen
Menschen unter großen Zeltplanen, Frauen mit Kindern
in den Armen, elende Teufel mit Wasserbauch und verdrehten Augen. Ich kann mir schon vorstellen, wie gut
Du Dich fühlst, wenn Du aus dem Flugzeug steigst, das
Eurer internationalen Organisation gehört, Kisten voller
Lebensmittel auslädst, das Feldlazarett aufbaust, den
Kittel und die sterilen Handschuhe anziehst, die Du aus
Europa mitgenommen hast, und im Licht der Lampen,
die von mobilen Stromerzeugern betrieben werden, den
armen Kindern Deine Heilkünste angedeihen läßt. Natürlich kann ich Dich verstehen. Aber Du mußt auch
mich verstehen. Ich habe die schrecklichen Fotos in den
Papierkorb geworfen und bin zu meiner Mutter zurück-

gefahren. Ich konnte ja nicht zu Hause auf Dich warten wie Penelope, noch dazu in dem psychischen Zustand, in dem ich mich befand. Wie Du weißt, ist Gianni nicht nur zu mir immer freundlich gewesen, sondern auch zu Dir, obwohl er Dich gar nicht kennt, er schätzt Dich als Person, und ich bin mir sicher, daß Du, gutherzig, wie Du bist, verstehen wirst, daß...«

Eigentlich müßtest Du gar nicht weiterreden, wirklich nicht, meine Liebe, Du weißt ja, ich verstehe Dich wie kein anderer, aber ich lasse Dich trotzdem fortfahren, denn wahrscheinlich erleichtert es Dich, wenn Du die Sache in allen Einzelheiten darlegst, und Du hast weniger Schuldgefühle, was ja auch durchaus in meinem Sinn ist. Giannischicchio ist zweifellos ein freundlicher Mensch und auch sehr wohlerzogen, darüber brauchen wir uns gar nicht zu unterhalten: das habe ich von Anfang an verstanden. Und die Tatsache, daß er Dich morgens und abends angerufen hat – komm schon, nimm's nicht so schwer, komm schon, Kopf hoch – und Dir auch sonst noch alles mögliche gesagt hat, um Dich zu trösten und Dein Selbstwertgefühl zu stärken, rührt mich, denn das heißt, daß sich jemand um Dich gekümmert hat, was Du in dieser verdammten Zeit ja auch dringend brauchtest. Ich verstehe Dich sehr gut, wenn Du erzählst, daß Du an jenem Tag beschlossen hast, das Wochenende in unserem alten Haus am Meer zu verbringen, daß Du irgendwann am Straßenrand stehengeblieben bist, den Motor abgestellt hast und Dich plötzlich wie »gelähmt« gefühlt hast. Weißt Du, was passiert ist? Ich kann es Dir erklären. Die Psychiater nennen das »Panik«. Du wurdest schlicht und einfach von Panik ergriffen. Natürlich darf man bei gewissen Formen von

Panik die psychologischen Gründe nicht vernachlässigen: in Deinem Fall zum Beispiel den Umstand, daß Du ziemlich verstört warst. Du hast mir ja erzählt, daß Du ziemlich niedergeschlagen, um nicht zu sagen deprimiert warst angesichts des Gedankens, daß Du allein in dem Haus sein würdest und daß ich so weit weg war, als hätte ich mich in Luft aufgelöst. Wozu mache ich das eigentlich, fragt man sich dann insgeheim, ich meine, wozu verbringe ich das Wochenende in einem Haus, in dem ich einmal so glücklich war mit jemandem, der jetzt nicht mehr da ist, und in dem mich alles, die Möbel, die Dinge, jeder Teller an ihn erinnert? Um das zu verstehen, braucht man gar nicht so gutherzig zu sein, wie ich es Deiner Meingung nach bin: Das würde sogar ein Stein verstehen. Und ich bin auch der erste, der versteht, daß Giannischicchio Dich getröstet hat. Im Grunde bin ich ihm sogar dankbar, weißt Du, und ich verstehe, daß er zu einem Bezugspunkt für Dich geworden ist. Wie Du mir erzählt hast, bist Du also an diesem Tag von Panik ergriffen worden – auch wenn der Ausdruck von mir stammt. Zum Glück war da dieses Café auf der anderen Seite der Straße, in dem man auch Lebensmittel kaufen kann und das von dem Alten mit dem Holzbein geführt wird, der in unserem kleinen Fischerdorf eine Art Institution ist. Du hast also das Auto vor dem Haus abgestellt, wo ein Gedenkstein daran erinnert, daß der lautstarke Dichter hier zur Welt gekommen ist, und Du hast es geschafft, hineinzugehen und Giannischicchio anzurufen. Glaubst Du vielleicht, ich würde nicht verstehen, daß Du Giannischicchio angerufen hast? Wen sonst hättest Du anrufen sollen, vielleicht mich, der ich gerade in Abessinien war – denn an jenem Tag war ich ja wirklich in Abessinien.

Gianni ist ein Mann mit Hausverstand und Erfahrung, und vor allem hat er Dich (uns) gern. Wie Du mir in Deinem Brief erzählt hast, hat er Dir genau das gesagt, was Dir jemand, der Dich gern hat, in so einer Situation sagen konnte: freundschaftliche, beruhigende, liebevolle Worte. Genau das, was Du nötig hattest. Denn man hat es im Leben immer nötig, sich die Worte sagen zu lassen, die man sich sagen lassen will, und Gianni hat Gott sei Dank genau verstanden, welche Worte Du Dir unbedingt sagen lassen wolltest. Und dank seiner Worte hast Du es geschafft, Dich wieder ins Auto zu setzen und zu unserem Haus zu fahren, das nicht mehr als einen Kilometer vom Dorf entfernt ist, Du hast den Olivenhain durchquert (übrigens, haben die geldgierigen neuen Besitzer die Olivenbäume schon gefällt und einen Weinberg aus dem Hang gemacht?) und das Haus betreten. Du hast alle Türen und Fenster aufgerissen, und wie Du schreibst, hattest Du nicht länger das Gefühl, das Haus sei von Gespenstern bewohnt, die Tatsache, daß ich nicht da war, hat Dich nicht mehr in Angst und Schrecken versetzt, Du hast Dir einen Tee gemacht, einen Pullover angezogen und eingesehen, daß das Ganze gar nicht so schrecklich ist, wie Du kurz zuvor noch glaubtest – und daß das Leben weitergeht.

Den Rest, den Du in einem Nebensatz erwähnst, kann ich mir selbst vorstellen. Ich weiß es jedoch zu schätzen, daß Du selbstlos feststellst, es müsse einen Mann schockieren, wenn er nach einer etwas längeren Abwesenheit nach Hause kommt und anstelle seiner Frau einen Brief auf der Kommode vorfindet. Und ich leugne auch nicht, daß es mich schockiert hat, denn während ich mich auf dem Rückflug befand, einem gräßlichen Flug übrigens, stellte ich mir insgeheim vor (sieh mal an, was für ein Dummkopf ich doch bin), daß ich Dich an diesem Tag zum Abendessen zu Esiodo einladen würde, Du weißt schon, in die alte Trattoria, wo man Brotsuppe und Kotelett vom Grill ißt, und ich habe fest damit gerechnet, daß Du mich beim Essen fragen würdest: Wie ist es gelaufen? Wie geht es dir? Hast du sehr gelitten? Und statt dessen fand ich einen Brief vor, in dem stand, gewiß würde ich die Situation verstehen, gutherzig, wie ich bin. Und wie ich bereits erwähnte, habe ich verstanden, auch wenn ich Dir sagen muß, daß Du hinsichtlich meiner gutherzigen Art übertreibst, gar so gutherzig, wie Du immer behauptest, bin ich gar nicht, und außerdem habe ich es immer als etwas herablassend, wenn nicht gar verächtlich empfunden, wenn Du sagtest, ich sei ja so gutherzig.

Wie dem auch sei, also ... den Rest kann ich mir sehr gut vorstellen, Du hättest ihn mir wirklich nicht beschreiben müssen. In der Woche darauf hat Gianni Dir ein Handy gekauft (eines der ersten auf dem Markt!) und zu Dir gesagt: Ruf mich an, wenn Du Probleme hast. Natürlich hat er sich ausbedungen, daß Du alle möglichen Vorsichtsmaßnahmen triffst, wenn Du ihn anrufst, denn ein Mann wie er, in seinem Alter, der seit mehr als dreißig Jahren in zweiter Ehe verheiratet ist, muß natürlich Vorsichtsmaßnahmen treffen, auch das ist verständlich. Aber wie wir wissen, spricht jemand, der behauptet, er sei ein treuer Ehemann, im Grunde von Monotonie. Seien wir doch ehrlich: Seine Ehe ist am Ende. Und Gianni ist trotz seines Alters noch immer ein attraktiver Mann. Und vor allem versteht er es, den Frauen den Hof zu machen. Und er stellt sich dabei nicht so idiotisch an, wie die Männer es normalerweise tun, sondern er kümmert sich auf liebevolle Weise um die Frauen, er interessiert sich wirklich für sie, er will wissen, wie es ihnen geht, wie sie den Tag verbracht, wie sie geschlafen haben. Und eines Tages – auch das ist verständlich, Du hättest es mir gar nicht zu schreiben brauchen – hast Du ihn in unser Haus am Meer eingeladen. Du hast ihn von dem Handy aus, das er Dir geschenkt hat, angerufen und zu ihm gesagt: Giannino, dank dir und deiner Hilfe ist es mir gelungen, in das Haus im Olivenhain zu fahren, und ich möchte dich gern zum Abendessen einladen. Und das hat er sich nicht zweimal sagen lassen.

Weißt Du, in Deinem Brief, der ja durch und durch aufrichtig ist und mein vollstes Verständnis gefunden hat, ist etwas, was nicht paßt. Vielleicht erscheint es Dir seltsam oder als unbedeutendes Detail, aber ich meine die Stelle, wo Du zu mir sagst, Du hättest seine Zuneigung erwidert. Oder, besser gesagt, seine Liebe. Eine Liebe erwidert man, wenn man verliebt ist, meine Teure, und ich habe von Dir erwartet, daß Du mir das mitgeteilt hättest, so aufrichtig, wie wir immer zueinander gewesen sind. Du hättest zu mir sagen können (oder müssen): Weißt du, als du nicht da warst, habe ich mich verliebt. Wie sehr, ist nicht von Bedeutung, denn die Liebe hat viele Grade, genauso wie Fieber: Egal, ob es schweres oder leichtes Fieber ist, es handelt sich um Temperaturanstieg. Aber nein, Du präsentierst mir Deinen Giannischicchio so, als ob es sich um eine kleine Erfrischung handelte. Als ob Du sagen würdest: Du warst nicht da, also habe ich in der Zwischenzeit eine kleine Erfrischung zu mir genommen. Übrigens, in einem anthropologischen Buch habe ich gelesen, daß sich die Frauen an der Küste Kantabriens, einem klassischen Auswanderungsland, wo die Männer in den Häfen als Matrosen anheuerten und lange von zu Hause wegblieben, einen braven Mann suchten, der ihnen Gesellschaft leistete, solange ihre Männer weg waren, damit sie sich nicht traurig und einsam fühlten, und daß man diese Person genauso bezeichnete: als *Erfrischung*. Sie lebten nicht zusammen, sie gründeten auch keine neue Familie, nichts von alldem, sie verkehrten einfach miteinander, bis der echte Gatte der Strohwitwe zurückkehrte. Wer ist der Mann, der mit der da spazierengeht? Der? Ach, das ist die »Erfrischung« von Maria oder Gioacchina. Das war ein gesellschaftlich anerkanntes Verhalten, und niemand regte sich auf. Nun, ich will gar nicht abstreiten, daß Dir Giannischicchio die ersten zwei oder drei Monate als »Erfrischung« gedient hat. Und er scheint seine Sache ja auch gut zu machen: Er ist in zweiter Ehe verheiratet und hatte drei oder vier Freundinnen, und vielleicht hat er in seinem ganzen Leben an nichts anderes gedacht als daran, etwas erhitzte Damen zu erfrischen. Aber Du mußt auch verstehen, daß jemand, der nach sieben Monaten nach Hause zurückkommt und anstelle seiner Frau einen Brief auf der Kommode vorfindet, ein Recht hat zu denken, daß es sich nicht einfach um eine Erfrischung handelt. Vor allem, wenn es in diesem Brief heißt, daß ... Also, hör mir zu, es hat gar keinen Sinn, daß Du diesen so ausführlichen und so logischen Brief zu Ende führst, daß Du zum x-tenmal wiederholst: Gutherzig, wie Du bist, wirst Du wohl verstehen, daß ich mich in meinen einsamen Stunden mit etwas beschäftigen mußte, und im Grunde habe ich es für uns getan, denn die Geschichte mit Gianni ist angesichts seiner familiären Situation und seines Alters ein *amour fou*: im Grunde habe ich mir mit ihm nur die Zeit vertrieben, denn diese absurde Liebe hat keine Zukunft, das sagen sogar meine Freundinnen, die mir bei dieser Geschichte Beistand geleistet haben, obwohl Lore gesagt hat: Aber ja doch, genieße diese Affäre, danach wird man sehen, er ist ein faszinierender Mann, und außerdem ist er ideologisch so gefestigt. Gutherzig, wie ich bin – wie Du sagen würdest –, habe ich verstanden. Ich habe sehr gut verstanden. Ich verstehe, daß zwei Menschen in Eurer Situation eine Reise zu den Wasserfällen von Iguaçu unternehmen. Brasilien ist ein faszinierendes Land, ich kenne es ebenfalls, Du weißt ja, ich habe in Amazonien und im Nordosten gearbeitet, es ist ein unberührtes, riesiges Land, ideal, um sich ein neues Leben aufzubauen, aber auch, um zu reisen, vor allem für eine Person wie Dich, der ich immer von den Reisen erzählt habe, weil Du immer zu Hause geblieben bist. Und als Gianni, ausgerechnet Gianni, der in seinem Leben nie ein Techniker gewesen ist, hielt er sich doch für einen großen erotischen Dichter, als also ausgerechnet Gianni eines Tages vom Nationalen Büro für Entwicklungsländer den Auftrag bekam, in diesem fernen Land ein großes Bauwerk zu errichten, hättest Du dann vielleicht auch ihn gehen lassen sollen, jetzt, wo endlich jemand da war, der Dich auf Reisen mitnahm, und zwar nicht in die Wüste, zu ausgelaugten Menschen und unterernährten Kindern, sondern an einen paradiesischen Ort, in ein erstklassiges Hotel direkt neben der Baustelle, wo er ein wunderbares Gehalt bekam und Du wie eine Prinzessin behandelt wurdest, was Dir noch nie im Leben passiert war? Wenn Dir Gianni eine entwürdigende Situation zugemutet hätte, Dir, die Du immer eine Zigeunerseele hattest, wenn er zum Beispiel zu Dir gesagt hätte: Hör zu, meine Liebe, ich habe eine schöne Wohnung in Venedig, Venedig ist ja eine romantische Stadt, wo wir uns am Wochenende treffen könnten, unsere Rendezvous könnten sehr zärtlich sein, und dazwischen könntest du sogar deine Mutter besuchen, du nimmst einen Zug, du bist ja gleich dort, und ich nehme einen Zug aus Mailand, wir brauchen praktisch gleich lang, aber meine Frau darf auf keinen Fall etwas davon erfahren, du weißt ja, sie ist sogar vier oder fünf Jahre jünger als du, für sie habe ich meine erste Ehe geopfert, und alles in allem habe ich sie gern, ich habe Enkel aus erster Ehe und Kinder aus der zweiten, du wirst verstehen, daß ich in meinem Alter nicht noch einmal alles aufs Spiel setzen möchte. Nun gut, wenn er das zu Dir gesagt hätte, dann hätte ich verstanden, daß Du ihn zum Teufel jagst, stolz, wie Du nun mal bist, hättest Du zweifellos zu ihm gesagt: Giannino, setz dich ins Auto und fahr am Abend über die Bahnhofstraße, dort findest du die Frau, die du suchst. Aber trotz der Situation, in der er sich befand, trotz seiner schönen Frau, die Dir, unter uns gesagt, in nichts nachsteht, trotz seiner Position hat er wegen einem *amour fou* alles aufs Spiel gesetzt, was ich ihm wirklich nie zugetraut hätte. Du hattest ja gar keine andere Wahl, als mit ihm nach Iguaçu zu gehen. Weißt Du, was ich Dir sage, verzeih mir das etwas komische Paradox, aber ich wäre auch mit ihm gegangen. Ach, hätte es doch auch in meinem Leben einen Giannischicchio gegeben!

Aber ich habe ja Giovanna kennengelernt. Die mich auch gern hat. Und ich habe sie ebenfalls gern. Sie ist zwar ein wenig naiv, das gebe ich zu, aber man muß ihr zugute halten, daß sie noch sehr jung ist, im Vergleich zu Dir ist sie ja ein Kind, sie ist in einem Alter, aus dem wir, ich und Du, meine Liebe, schon lange heraus sind, und sie wollte unbedingt ein Kind von mir, und sie hat es auch bekommen, was uns beiden nie gelungen ist. Gewiß hat sie nicht Deine Qualitäten, Deine Impulsivität, Deine Unternehmungslust, und vor allem hat sie nicht Deinen Bohemiengeist. Sie ist vor allem Philologin, womit ich sagen will, daß sie jedes Wort, jede Situation abwägt. Stell Dir vor, als sie zum erstenmal unsere Wohnung betreten hat, da sagte sie sofort: Hier müßte man einen neuen Parkettboden legen. Aber sie ist keine komplizierte Frau, ihre Welt ist hier in den vier Wänden mit den schönen Dingen, die wir mittlerweile besitzen, sie hat keine Ambitionen und keinen Ehrgeiz, ich versichere Dir, ihre größte Befriedigung bestand darin, einen neuen Parkettboden legen zu lassen. Aber wenigstens macht sie kein Theater und bekommt keine Heulkrämpfe, wenn ich für ein paar Monate wegfahre, sie fühlt sich nicht einsam und verlassen, wie so manch andere, die es höchstens eine Woche ohne Mann aushält.

Rein zufällig habe ich erfahren, daß Ihr, Du und Gianni, zurückgekommen seid. Die Talsperre ist fertig, und es war höchste Zeit zurückzukommen, das habe ich, ebenfalls durch Zufall, von dem Arzt erfahren, der Gianni betreut und der, wie Du weißt, ein guter Freund von mir ist. Auch er würde gern als Arzt für die Vereinten Nationen arbeiten, denn er ist gutherzig und hat eine edle

Seele, aber sein Frauchen hält ihn an der kurzen Leine, unter dem Vorwand, sie könne ihre Arbeit nicht aufgeben.

Wundere Dich also nicht, daß ich nach sieben Jahren den Brief abschreibe, den Du damals auf die Kommode gelegt hast, wahrscheinlich erweise ich Dir damit sogar einen Gefallen, denn Du hast mich so Hals über Kopf verlassen, daß Du gewiß nicht die Zeit hattest, eine Rohfassung zu erstellen. Es stimmt, es ist lange her, und es wird Dir seltsam erscheinen, die Abschrift eines Briefes zu erhalten, den du vor sieben Jahren an mich gerichtet hast, aber Du weißt ja, so ist nun mal das Leben, ein ewiger Kreislauf. Und ich habe mir gedacht: Was soll ich nun mit ihrem Brief anfangen, wo ihr Kreislauf sich schließt, zumindest der mit Gianni? Weißt Du, gestern war ich bei Doktor Baudino, meinem lieben Freund, der ein Labor für Tropenkrankheiten hat. Ich wußte, daß Gianni bei seiner Rückkehr fürchtete, sich Amöbenruhr oder etwas in der Art zugezogen zu haben, aber eigentlich war mir die Sache relativ egal. Mein Freund war nicht da, ich glaube, er feierte seine silberne Hochzeit mit den Amöben, denn inzwischen beschäftigt er sich seit mehr als zwanzig Jahren mit Tropenkrankheiten. Es war nur seine Sekretärin da, ein naives braves Mädchen. Sie sagte zu mir: Der Doktor ist nicht da, Sie können ihn erst morgen sprechen. Macht nichts, sagte ich zu ihr, ich nehme einen Augenblick in seinem Büro Platz und werfe einen Blick auf seine Karteikarten, im Grunde sind es ja auch meine.

Giannis Befunde waren leicht zu finden. Es ist ein Sarkom, meine Liebe, ein Sarkom an der Prostata. Ich weiß nicht, ob Du Dir im klaren darüber bist, wahrscheinlich aber nicht, daß ein Sarkom zu den aggressivsten Krebsformen gehört, es metastasiert schnell, und ich glaube, daß es das bei Gianni bereits getan hat. Mein Freund Baudino wird es Dir früher oder später sagen müssen, es hat ja keinen Sinn, Dir vorzumachen, es handle sich um eine Tropenkrankheit, wo es doch etwas ganz anderes ist. Aber wahrscheinlich tut sich der Ärmste schwer, es Dir mitzuteilen, er weiß, daß Du Deine Ehe für Gianni geopfert hast, daß Du alles für ihn aufs Spiel gesetzt hast, daß Du Dich für ihn aufgeopfert hast und daß Du inzwischen auch nicht mehr die Jüngste bist. Und so bin ich, gutherzig, wie ich bin, auf die Idee gekommen, es Dir zu sagen, immerhin bin ich noch immer Dein Freund. Er wird starke Schmerzen haben, wenn sein Körper voller Metastasen ist, er wird winseln wie ein Hund. Und Dir wird angst und bange werden, denn das Gejaule eines Schwerkranken ist das Schlimmste, was es gibt. Und in einem Land wie dem unseren, wo Schmerztherapie absolut verpönt ist, werden sie ihn leiden lassen wie ein Stück Vieh, denn die Ärzte haben Angst, mit dem Gesetz in Konflikt zu geraten, wenn sie eine höhere Dosis Morphium verschreiben als erlaubt. Wende Dich ruhig an mich, wenn es so kommen sollte, und ich glaube, daß es so kommt, ich habe zwei Koffer voller Morphium, mit denen ich um die Welt reise, ich habe absolut kein Problem damit, Dich zu versorgen. Aber sag es mir bitte noch vor Ende Dezember, denn ich und Giovanna planen eine Reise nach Mexiko, und womöglich kehren wir erst im Frühsommer zurück, wir machen die ganze Yucatán-Halbinsel, wer weiß, vielleicht schaffen wir es sogar bis nach Guatemala.

Bücher, die nicht geschrieben, Reisen, die nicht unternommen wurden

Allons! whoever you are come travel with me!
Traveling with me you find what never tires.

                Walt Whitman, *Leaves of Grass*

Na véspera de não partir nunca
Ao menos não há que arrumar malas.

                Fernando Pessoa,
                Poemas de Álvaro de Campos

Mein Liebling,

erinnerst Du dich daran, wie wir nicht nach Samarkand gefahren sind? Wir wählten die beste Jahreszeit, Anfang Herbst, wenn sich die Wälder und die Büsche rund um Samarkand, an der Grenze zum dürren Hügelland, rot und ockergelb färben und das Klima mild ist, wie es in unserem Führer hieß, erinnerst Du Dich an unseren Führer? Wir hatten ihn in einer kleinen Buchhandlung auf der Île Saint-Louis gekauft, sie hieß Ulysse und war auf Reiseliteratur spezialisiert, vor allem auf gebrauchte Reiseführer, in denen die früheren Besitzer, die die Reise bereits unternommen hatten, Zeilen unterstrichen oder Notizen gemacht hatten, die übrigens sehr nützlich waren, wie: »Gasthaus sehr zu empfehlen«, oder: »Straße lieber vermeiden, gefährlich«, oder: »In diesem Laden bekommt man wertvolle Teppiche zu vernünftigen Preisen«, oder: »Aufgepaßt, in diesem Restaurant wird man übers Ohr gehauen.«

Es gibt verschiedene Möglichkeiten, um nach Samarkand zu gelangen, am schnellsten geht es im Flugzeug, aber gewiß ist das auch am langweiligsten. Von Paris,

Rom oder Zürich kann man direkt nach Moskau fliegen, aber hier muß man übernachten, denn es gibt keinen Anschlußflug nach Usbekistan, mit dem man noch am Abend ankommen würde. Wir haben uns lange darüber unterhalten, eines Abends bei Luigi, dem Restaurant in den schmalen Gassen, wo es guten Fisch gab und einen sehr freundlichen homosexuellen Kellner, der uns überaus zuvorkommend bediente. Ich wollte diese Möglichkeit nicht von vornherein ausschließen. Erinnerst Du Dich, daß ich sagte, warum nicht? Stell Dir mal vor, der Blick auf den Roten Platz, nachts, von dem großen Hotel aus, in dem die Aeroflot die Touristen unterbringt, die in Moskau übernachten müssen, es ist Herbst, in Moskau ist es bereits kalt, *la place rouge* ist leer wie im Schlager von Gilbert Bécaud, ich werde Dich Nathalie nennen, wir werden aus einem Taxi steigen, in der Sowjetunion angeblich Staatslimousinen, das habe ich irgendwo gelesen, im Restaurant des Hotels wird man uns Kaviar vom Wolgastör servieren, vielleicht werden die Straßenlampen von leichtem Nebel umhüllt sein, wie in den Erzählungen Puschkins, und es wird schön sein, dessen bin ich mir sicher, wir können auch ins Bolschoitheater gehen, ein Pflichttermin für Moskaubesucher, und vielleicht sehen wir *Schwanensee*.

Aber das war die langweiligste Möglichkeit, deshalb kamen wir überein, sie fallenzulassen. Die Reise auf dem Landweg, in der Eisenbahn, war bei weitem vorzuziehen, und deshalb entschieden wir: Orientexpreß, und dann entweder mit der Transsibirischen Eisenbahn oder über Teheran. Der Orientexpreß fasziniert, wie man weiß, selbst die größten Snobs unter den Intellektuellen, und wir waren Snobs, obwohl wir uns nicht dafür hielten, und deshalb sagten wir uns: mit der Eisenbahn, mit der Eisenbahn! Ach, die Eisenbahn! Weißt Du, daß Georges Nagelmackers mit Frankreich, Bayern, Österreich und Rumänien verhandeln mußte, bevor er die Gleise für seinen Luxusexpreß verlegen durfte, da sich die Länder alle in ihrer nationalen Integrität verletzt fühlten? Die Eröffnung fand 1883 statt, und die Jungfernfahrt wurde in aller Ausführlichkeit von Edmond About beschrieben, einem Journalisten, der auch humoristische Romane schrieb, darunter *Die Nase eines Notars*. Nagelmackers schaffte es nur, weil er von Leopold II. von Belgien unterstützt wurde, der zugleich sein Geschäftspartner war. Vielleicht wird es Dich erstaunen zu hören, daß schon damals manche Lokomotiven mehr als hundertsechzig Kilometer die Stunde fuhren, es waren Buddicom aus Großbritannien mit einem auf Preßluft basierenden Bremssystem. Möchtest Du wissen, worin das Menü vom 4. Januar 1898 bestand? Ich habe mir die Karte besorgt. Halt Dich fest, denn es ist nicht gerade ein kleiner Imbiß: als Vorspeise Austern, Schildkrötensuppe oder Potage de la reine; dann Forelle in Lachssauce à la Chambord, Selle de chevreuil à la duchesse, Waldschnepfe, Parfait de foie gras, Champagnertrüffel, Obst und Dessert. Und dann noch der Schlafwagen, das Quietschen der Räder, das nachts gedämpft durch die Fenster des Abteils drang, während die Eisenbahn durch Länder fuhr und sie liebte, ohne sie zu berühren, ganz im Sinne Chardonnes, der zu seinen Freunden sagte: »*Si vous aimez une femme, n'y touchez pas*«, der Schlafwagen, der uns gestattete, ein Land mit den Fingerspitzen zu berühren, wie jener Dichter geschrieben hatte, der die Bewegung der Harfenspielerin berühren wollte, ohne ihre Hand zu berühren. Ich sagte Dir auswendig Gedichte über Züge auf, und in dem Bistro in der Nähe der Gare d'Austerlitz deklamierte ich Valery Larbaud: »Oh, Orientexpreß, borge mir deine bebende Stimme einer Maultrommel, den leichten und flinken Atem der schlanken Lokomotiven, die mühelos vier gelbe Waggons mit goldenen Buchstaben darauf durch die einsamen Gebirge Serbiens und die Rosengärten Bulgariens ziehen...«

Wo stieg man eigentlich in den Orientexpreß ein? An der Gare de Lyon, natürlich, an der Gare de Lyon! Und was befindet sich auf diesem wunderbaren Bahnhof? Der Train Bleu natürlich, das faszinierendste Restaurant von ganz Paris! Erinnerst Du Dich? Sicher erinnerst Du Dich, Du mußt dich einfach darin erinnern. Der Train Bleu besteht aus drei riesigen Sälen mit kitschigen Fresken an den Wänden, mit Diwanen, die mit rotem Samt bezogen sind, Lüstern aus böhmischem Glas und Kellnern mit Jäckchen und makellos weißer Schürze, die zu dir sagen: »*Bienvenus, Messieurs Dames*«, und dabei dreinsehen, als ginge sie das alles nichts an. Als Vorspeise bestellten wir Austern und Champagner, denn zwei, die nicht mit dem Orientexpreß nach Samarkand fahren, haben wohl das Recht, so eine Vorspeise zu bestellen, nicht wahr? Scheiden tut weh, sagten wir, während wir die Leute betrachteten, die auf dem Bahnsteig standen und sich von den Passagieren verabschieden würden, die sich aus den hellerleuchteten Fenstern der Abteile beugten. Wohin würde der glatzköpfige ältere Herr mit der eleganten Krawatte fahren, der seine Pfeife rauchte und so lässig am Fenster lehnte, als stünde er zu Hause in seinem Wohnzimmer? Und die Dame in seinem Abteil, mit dem karmesinroten Hütchen und dem Pelzkragen, war sie seine Frau oder irgendeine Unbekannte? Und würden sie auf der Reise eine Affäre beginnen? Wer weiß, wer weiß, jetzt begeben wir uns einmal auf die Reise, sagten wir; der Zug fuhr also von Gleis L ab, so stand es zumindest auf dem Schild, auf dem die Abfahrtszeiten der Züge eingetragen waren, und die erste Station würde Venedig sein. Ach, Venedig, wie lange träume ich schon davon, Venedig zu sehen! Den Canal Grande, San Marco, die Ca' d'Oro ... Ja, meine Liebe, einverstanden, allerdings glaube ich nicht, daß Du viel sehen wirst, es tut mir wirklich leid, aber der Zug hält nur nachts am Bahnhof Santa Lucia, Du kannst höchstens die Lagune sehen, über die die Eisenbahn fährt, die Lagune links und das offene Meer rechts, aber denke daran, daß wir eigentlich nach Samarkand unterwegs sind, sonst bekommst Du noch Lust, in allen Städten, durch die die Eisenbahn fährt, auszusteigen, zuerst in Wien, dann in Istanbul, möchtest Du etwa nicht Istanbul sehen? Stell Dir vor, der Bosporus, die Moscheen, die Minarette, der Große Basar!

Mit einem Wort, die Reise, die wir nicht unternahmen, führte eigentlich nach Samarkand. Ich erinnere mich ganz deutlich an diese Reise, so klar und in allen Details, wie man sich nur an Dinge erinnert, die man wirklich in der Phantasie erlebt. Du weißt ja, ich las damals einen französischen Philosophen, der festgestellt hat, daß das Imaginäre genau denselben strengen Gesetzen gehorcht wie die Wirklichkeit. Und das Imaginäre, mein Liebling, hat absolut nichts mit dem Illusorischen zu tun, sondern ist ganz etwas anderes. Samuel Butler war wirklich ein toller Typ, nicht nur wegen seiner phantastischen Romane, sondern vor allem wegen seiner Ansichten. Ich erinnere mich an einen Satz von ihm: »Die Lüge kann ich tolerieren, Ungenauigkeiten aber halte ich nicht aus.« Mein Liebling, angelogen haben wir uns genug in unserem Leben, und wir haben die Lügen des anderen auch immer akzeptiert, weil sie tatsächlich so wahrhaftig waren in unserem begehrenden Imaginären. Aber eine Lüge oder, wenn es Dir so lieber ist, eine vielfache Lüge bezüglich ein und derselben Tatsache war daran schuld, daß wir uns für immer verloren haben, denn es war eine falsche Lüge, eine Illusion eben, und das Illusorische ist notwendigerweise ungenau, es existiert nur im Nebel der Selbsttäuschung. In unseren Träumen haben wir es immer gehalten wie Don Quixote, der mit seinem Imaginären bis zum Äußersten geht, seinem Imaginären, dessen Voraussetzung der Wahnsinn ist, vorausgesetzt, er ist präzise: präzise in der Beschreibung der realen Landschaft, die er in seiner Vorstellung durchquert. Bist Du jemals auf die Idee gekommen, Don Quixote sei ein realistischer Roman? Aber eines Tages warst Du nicht mehr Don Quixote, sondern Madame Bovary samt ihrer Unfähigkeit, die Grenzen dessen zu erkennen, was sie begehrte, den Ort zu erkennen, an dem sie sich befand, das Geld zu zählen, das sie ausgab, die Dummheiten zu verstehen, die sie beging: lauter reale Dinge, die ihr vorkamen wie Luft, und nicht umgekehrt. Was für ein gewaltiger Unterschied! Man kann nicht sagen: »Ich fuhr in eine ferne Stadt«, oder: »Er war ein aufmerksamer Mann, der mir Gesellschaft leistete«, oder: »Ich glaube, es war nicht Liebe, sondern eine Art Zärtlichkeit.« Solche Dinge kann man nicht sagen, mein Liebling, oder zumindest mir hättest Du sie nicht sagen dürfen, denn darin bestand Deine Illusion, Deine armselige pathetische Illusion: Die Stadt hatte einen bestimmten Namen und war gar nicht so weit entfernt, und er war bloß ein Mann in einem gewissen Alter, mit dem Du ins Bett gegangen bist. Er war ein Liebhaber, von dem Du glaubtest, er sei aus Luft, dabei bestand er aus Fleisch und Blut.

Und deshalb rufe ich Dir auch die Reise nach Samarkand in Erinnerung, die wir nicht unternommen haben, denn die war sehr wohl wahr und unser und aus erster Hand und direkt erlebt. Und somit fahre ich mit unserem Spiel fort. Wie der Philosoph sagt, von dem ich Dir eben erzählt habe, greift die Erinnerung das Erlebte auf, sie ist genau, präzise, unerbittlich, produziert aber nichts Neues: Darin besteht ihre Begrenzung. Die Vorstellung hingegen kann nichts aufgreifen, denn sie kann sich an nichts erinnern, und das ist ihre Begrenzung: Aber zum Ausgleich bringt sie etwas Neues hervor, etwas, was es vorher nicht gegeben hat, was es noch nie gegeben hat. Deshalb benutze ich diese beiden Fähigkeiten, die sich gegenseitig unterstützen können, und rufe Dir unsere Reise nach Samarkand in Erinnerung, die wir nicht unternommen, die wir uns jedoch in allen Details vorgestellt haben.

Unsere Reisegefährten waren gleichermaßen eine Enttäuschung und ein Anlaß zu Begeisterung. Der äußerst elegante Herr, der einen so vornehmen Eindruck erweckte, erwies sich als geldgieriger Geschäftemacher, und es gelang uns nicht herauszufinden, was für eine Art von Import–Export er mit der Türkei unterhielt, jedenfalls handelte es sich um dunkle Geschäfte, zumindest Dir kam die Sache anrüchig vor, Du hast mir ein paarmal zugezwinkert, kannst Du Dich erinnern? Und als er in Istanbul ausgestiegen ist, hast Du sogar erleichtert aufgeatmet, denn die Komplimente, die er Dir machte, wurden etwas zu schlüpfrig, immerhin war er bloß eine Reisebekanntschaft, und Du wußtest schon gar nicht mehr, wie Du Dich aus der Affäre ziehen solltest, während ich den Duckmäuser spielte. Die Dame hingegen erwies sich als viel interessanter, als man aufgrund ihres Aussehens hätte vermuten können: Ich meine: ihres tschechowschen Aussehens, das zu ihr paßte, wie Du mir auf dem Gang zugeflüstert hast. Und tatsächlich, noch nie hatte ich eine Person getroffen, die mehr von Tschechow verstand. Sie begann vom Alter des Mädchens aus *Lust zu schlafen* zu sprechen. Kann das physiologische Schlafbedürfnis einen Mord auslösen? Nun ja, hängt davon ab, dozierte die faszinierende Dame sehr fachkundig; haben Sie, meine Herrschaften, sich noch nie mit dem Schlaf beschäftigt, in biologischer Hinsicht, meine ich? Nun, der Wachzustand ist nur begrenzt auszuhalten, ungefähr wie der Schmerz, und diese Grenze ist vom Alter abhängig, so gibt es zum Beispiel ein Alter, in dem das Schlafbedürfnis nicht zu unterdrücken ist, jede andere Empfindung und Notwendigkeit ausschaltet, vor allem bei Personen weiblichen Geschlechts, ich spreche von der frühen Pubertät, und genau aus diesem Grund erstickte die kleine Magd das neugeborene Mädchen, um das sie sich hätte kümmern sollen und das sie mit seinem Weinen nicht schlafen ließ: Weil sie in dieser Nacht oder allenfalls in der Nacht davor zum erstenmal ihre Regel bekommen hatte und völlig zermürbt war.

Ich habe die Geschichte nur oberflächlich und vereinfacht wiedergegeben, denn wie Du Dich wahrscheinlich besser erinnerst als ich, drückte sich die Dame sehr gewählt aus und besaß eine phantastische Gabe, die Dinge darzustellen, und ihre Tschechow-Kenntnisse beschränkten sich gewiß nicht auf pittoreske oder gelehrte Anekdoten wie diese. Erinnerst Du Dich zum Beispiel, was sie über Tschechows letzte Worte sagte? Gewiß erinnerst Du Dich, wir waren beide verblüfft, abgesehen davon hatten wir beide nicht gewußt, daß Tschechow auf dem Totenbett »Ich sterbe« auf deutsch gesagt hatte. Genau, er sprach in einer Sprache, die nicht die seine war. Seltsam, nicht wahr? Er hatte stets auf russisch geliebt, er hatte auf russisch gelitten, auf russisch (wenig) gehaßt, auf russisch (viel) gelächelt, er hatte immer auf russisch gelebt, und er starb auf deutsch. Die unbekannte Dame hatte eine außergewöhnliche Erklärung, warum Tschechow auf deutsch gestorben war, und als sie sich von uns verabschiedete, um an einem unbekannten Bahnhof auszusteigen, hattest Du einen Ausdruck im Gesicht, den ich nie vergessen werde: Staunen, Verblüffung und vielleicht Rührung. Und wie schön und außergewöhnlich war doch der Tag, an dem Du mir entgegengelaufen kamst, ich wartete in unserem alten Café auf Dich, Du bahntest Dir einen Weg durch die Menge, als wärst Du sehr glücklich, Du schwenktest ein Buch und riefst: »Schau mal, wer die alte Dame war!« Das Buch war eben erst erschienen, und die Kritik hatte es noch nicht zur Kenntnis genommen, aber Dir war es nicht entgangen,

Dir entging ja nie etwas, ach, die entzückende alte Dame, die mit ihrer tiefen, wohltuenden Stimme weise Dinge gesagt und unsere Reise zu einem kostbaren Erlebnis gemacht hatte und die im Nichts verschwunden war, ohne ihre Identität preiszugeben. Und wie wir Tschechows letzte Worte in Samarkand mißbraucht haben! Natürlich habe ich damit angefangen, und dann hast Du es mir nachgemacht, obwohl Du am Anfang sagtest: »Das ist blasphemisch, das ist wirklich blasphemisch!« Das erstemal passierte es mir im Siab-Basar, der eine Art Turm von Babel ist: die Gerüche, die Gewürze, die Kopfbedeckungen, die Teppiche, das Geschrei, das Gedränge, Menschen aus aller Herren Länder, aus Turkestan, Europa, Rußland, der Mongolei, Afghanistan, und ich blieb verblüfft stehen und rief: »Ich sterbe!« Und von nun an war »sterben« eine Art Parole, eine Pflicht, fast ein Laster. Wir starben gemeinsam vor dem Mausoleum von Gur-i Mir, das aussieht wie ein Maiskolben aus Keramik auf einem zylindrischen Turm, in den Koransuren eingelassen sind, vor den Onyxplatten im Inneren, dem mit Arabesken und gelben und grünen Fayenceplatten verzierten Grabstein aus Jade. Und erst recht »starben« wir auf dem Registanplatz vor den beiden mit Türmen versehenen Medresen, vor denen die Menschenmenge auf den Knien lag, um zu beten. Als sehr nützlich erwies sich das Fernglas, das wir mitgenommen hatten: Das war Deine Idee gewesen, in praktischen Dingen bist Du unschlagbar. Ohne das Fernglas hätten wir nie die Keramikmosaike gesehen, die den Hof der Ulug-Beg-Moschee schmücken, das Blumenmotiv mit den zwanzig Blütenblättern, das in einen Stern mit zwölf Spitzen eingeschrieben ist, von dem geometrische Motive ausgehen, die in eine Art Labyrinth münden. Ist das Leben vielleicht auch so, hast Du gefragt, beginnt es an einem Punkt, als ob es ein Blütenblatt wäre, und verliert sich dann in alle Richtungen? Was für eine merkwürdige Frage. Anstatt Dir eine Antwort zu geben, führte ich Dich ins Ulug-Beg-Observatorium, um die Sterne zu beobachten, dort befindet sich das riesige Astrolabium, das vielleicht länger als dreißig Meter ist und mit dessen Hilfe man die Position der Sterne und der Planeten bestimmen kann, indem man einfach beobachtet, wie das Licht, das durch eine Öffnung an der Decke zerstreut wird, ins Innere fällt. Ist er spiegelähnlich? habe ich Dich gefragt. Was, hast Du erwidert. Ich meine, ob der Himmel deine Vorstellung des Lebens widerspiegelt, habe ich zu Dir gesagt, aber das war keine Antwort, ich habe auf Deine Frage mit einer Frage geantwortet. Dann, auf einem Markt am Stadtrand, glaubtest Du wegen eines lapislazulifarbenen Bucharateppichs sterben zu müssen, aber es war ein kurzes Sterben, wir haben nicht genug Geld, hast Du gesagt, wir müßten mindestens zwei Mahlzeiten auslassen, und vielleicht finden wir in Buchara einen schöneren, der weniger kostet. Dabei sind wir dann gar nicht nach Buchara gefahren. Wer weiß, warum wir beschlossen haben, nicht hinzufahren, erinnerst Du Dich? Ich mich nicht, ehrlich gesagt. Wir waren erschöpft, das ist sicher, und außerdem war die Reise so intensiv, so reich an Gefühlen und Bildern und Gesichtern und Landschaften, daß wir nicht übertreiben wollten: Wie wenn man ein allzu großes und reichausgestattetes Museum betritt und beschließt, ein paar Säle auszulassen, damit das Schöne nicht das Schöne auslöscht, das man bereits gesehen hat, und die Erinnerung an das, was gewesen ist, zunichte macht, indem es überhandnimmt. Und außerdem rief uns das Leben wieder zur Ordnung, hin und wieder tun sich Risse im Alltag auf, aber sie schließen sich auch gleich wieder.

Erst jetzt, nach so vielen Jahren, hat sich wieder so ein Riß aufgetan. Und so habe ich an die Dinge gedacht, die wir nicht unternommen haben, ich habe eine schwierige, aber notwendige Bilanz gezogen, hin und wieder verursacht einem das ein Gefühl von Leichtigkeit, eine kindische und leicht herzustellende Befriedigung. Und aus demselben Grund und mit derselben kindischen und leicht herzustellenden Befriedigung dachte ich auch an die Bücher, die ich nie geschrieben habe und deren Inhalt ich Dir mit derselben Ausführlichkeit erzählt habe, mit der wir die Reise nach Samarkand nicht unternommen haben. Das letzte Buch, das ich nicht geschrieben habe und dessen Inhalt ich Dir zuletzt erzählte, hieß: *Auf der Suche nach dir* und trug den Untertitel »Ein Mandala«. Der Untertitel bezog sich auf die Art der Suche, ich wollte damit sagen, daß es sich um einen konzentrischen, spiralenförmigen Weg handelt, und die Personen stammten, wie Du weißt, nicht von mir, sondern ich hatte sie einem anderen Roman entliehen. Du weißt ja, ich hielt es beinahe für unerträglich, daß dieser desillusionierte Roman voll fröhlicher Gespenster zu Ende ging, ohne daß die beiden Protagonisten, Sie und Er, wieder zueinander fanden. War es möglich, daß Er, hinter dessen zur Schau gestelltem Sarkasmus sich eigentlich nur eine unheilbare Melancholie versteckte, und Sie, die so großzügig und leidenschaftlich war, einander nicht mehr begegnen sollten, als ob der Autor sich über sie lustig machen und sich an ihrem Leid weiden wollte? Und außerdem, dachte ich, war Sie in Wirklichkeit gar nicht verschwunden, wie der Autor uns weismachen wollte, Sie war durchaus nicht abgetreten; ganz im Gegenteil, meiner Meinung nach war Sie ganz deutlich zu sehen, in der Mitte des Bilds, und man sah Sie nicht, weil Sie allzu deutlich zu sehen war, weil Sie unter einem Detail beziehungsweise unter sich selbst versteckt war wie Poes gestohlener Brief. Und deshalb schickte ich Ihn auf die Suche nach seiner Geliebten, und mit jedem Kreis, wobei die Kreise genau wie bei einem Mandala immer enger wurden, kam er näher ins Zentrum, wo sich der Sinn seines Lebens verbarg, und fand Sie wieder. Ein etwas romantischer, vielleicht sogar allzu romantischer Roman, nicht wahr? Aber das ist nicht der Grund, warum ich ihn nicht schrieb: In Wirklichkeit sollte dieser Roman aus all den Romanen, die ich nicht geschrieben habe, als Meisterwerk herausragen, als Hauptwerk des Schweigens, zu dem ich mich ein Leben lang bekannt habe. Ein kleines Meisterwerk, meine ich, kein monumentaler Roman, an dem Verleger so große Freude haben: So einen Roman hätte ich niemals nicht geschrieben, auf keinen Fall. Mit einem Wort, etwas Kurzes, nicht mehr als zehn Kapitel, ungefähr hundert Seiten: ein goldenes Maß. Ich brauchte genau vier Monate, um ihn nicht zu schreiben, von Mai bis August; um die Wahrheit zu sagen, hätte ich ihn genausogut auch schon früher nicht schreiben können, wenn ich mehr Zeit gehabt hätte, aber leider mußte ich mich damals mit ganz anderen Dingen herumschlagen. Am 10. August war ich fertig. Ich erinnere mich genau, denn die Nacht von San

Lorenzo hat uns immer viel bedeutet, Dir vor allem, weil man sich etwas wünschen darf, während man die Sternschnuppen am Himmel beobachtet. Und außerdem habe ich Dich genau an diesem Abend besucht, daran wirst Du Dich erinnern, ich hatte die vier Monate im Landhaus verbracht, es war so schwül gewesen, daß man glaubte zu ersticken und durch und durch naß zu sein, Du hast mich jeden Tag angerufen und mich gefragt: Warum kommst du nicht? Das weißt du doch, sagte ich immer wieder, ich habe begonnen, einen komplizierten Roman nicht zu schreiben, auch ohne diese verdammte Hitze würde ich sieben Hemden am Tag durchschwitzen, hör zu, er wird schön sein, das kann ich dir versichern, oder zumindest merkwürdig, noch merkwürdiger als ich, ein seltsames Wesen wie ein unbekannter Käfer, der als Fossil auf einem Stein sitzt, sobald wir uns sehen, erzähle ich dir, wovon er handelt.

Ich erzählte es Dir in jener Nacht auf dem Balkon des Hauses am Meer, während wir die Sternschnuppen beobachteten, die am nächtlichen Himmel weiße Streifen hinterließen. Ich erinnere mich sehr gut, was Du zu mir gesagt hast, als ich fertig war, aber ich möchte Dir trotzdem noch einmal ein Kapitel erzählen. Aber diesmal werde ich es nicht zusammenfassen wie in jener Nacht, ich werde es Wort für Wort wiedergeben, als ob ich es abschreiben würde, denn natürlich existiert es so in meiner Erinnerung, die es erfunden hat. Tatsächlich existiert es nirgendwo sonst, sicher. Mit einem Wort: egal wo, Hauptsache nirgendwo. Und Du weißt, was es mich kostet, diesen geheimen Pakt, den ich mit mir selbst geschlossen habe, zu brechen und Worte niederzuschreiben und sichtbar und somit gegenständlich zu machen, die als leichte, geflügelte, ungreifbare Luftwesen existierten und genau wie der Gedanke die Freiheit haben zu sein, eben weil sie nicht sind. Und wie eindeutig sie doch sind, sobald sie auf dem Papier stehen, fast vulgär, und fett, mit der ungerührten Arroganz der Dinge, die sind. Macht nichts, ich werde es Dir trotzdem erzählen: Im Grunde hast auch Du die Risse zwischen den Dingen geliebt, aber dann hast Du Dich für die Fülle entschieden, und vielleicht hast Du gut daran getan, denn das ist eine Möglichkeit, das Heil zu finden oder zumindest das zu akzeptieren, was wir alle sind. *Ah, que la vie est quotidienne!*

Ich werde versuchen, Dir die Beschreibungen und die erzählenden Passagen zu ersparen. Ich habe sie schon im Geiste nicht schreiben wollen, geschweige denn in Wirklichkeit. Nur das Allernotwendigste: Wir sind bei Kapitel acht, und auf der Suche nach Ihr landet Er an einem merkwürdigen Ort in den Schweizer Alpen, in einem Zen-Buddhisten-Kloster oder so etwas Ähnlichem, denn er ahnt, daß Sie sich in etwas verrannt hat, was man heute als New Age bezeichnen würde, was aber damals, vor vielen Jahren, als ich die Geschichte nicht geschrieben habe, noch nicht diesen Beigeschmack hatte. Und hier ißt Er zu Abend und übernachtet, auch Er als Pilger, der etwas sucht, was ja auch der Wahrheit entspricht. Und während des Abendessens beginnt Er sich mit einer Dame zu unterhalten, die an seinem Tisch sitzt. Es ist eine nicht mehr ganz junge Frau, eine Französin, das Ambiente ist östlich angehaucht, wie Du Dich erinnern wirst, mit indischer Musik, die wie Raga klingt, und indischen Speisen, die so ähnlich wie Gusthaba schmecken, und Gemüseteigtaschen. Aber ich erspare Dir die Details, weil ich sie für störend halte. Und die Dame sagt irgendwann einen merkwürdigen Satz: Sie befände sich hier, weil sie die Grenzen verloren habe. Und jetzt muß ich Anführungszeichen setzen, Du kannst Dir gar nicht vorstellen, wie unangenehm mir das ist.

»Hier gibt es Regeln, das stimmt, aber Regeln sind nützlich, wenn man die Grenzen verloren hat, und außerdem gibt es auch noch ein praktischeres Motiv: Im Grunde ist das ein Zufluchtsort.«

»Wie ist es, wenn man die Grenzen verloren hat? Ich verstehe nicht.«

»Sie werden verstehen, wenn wir weiterreden, aber zuerst sollten wir das Abendessen wählen, wenn Sie gestatten, erkläre ich Ihnen, was es heute abend gibt.«

(*Ceteris omissis*... die Musik wechselte, mittlerweile hörte man Trommeln. *Ceteris omissis*...)

»Entschuldigen Sie, aber ich würde wirklich gerne wissen, was es bedeutet, wenn man die Grenzen verliert.«

»Es bedeutet, daß das Universum keine Grenzen hat, und deshalb bin ich hier, weil auch ich die Grenzen verloren habe.«

»Und was heißt das?«

»Wissen Sie, wie viele Sterne sich in unserer Galaxie befinden?«

»Keine Ahnung.«

»Ungefähr vierhundert Milliarden. Aber in dem uns bekannten Universum gibt es Hunderte Milliarden Galaxien, das Universum hat keine Grenzen.«

(Die Frau zündete sich eine indische Zigarette an, eine

der aromatischen, die aus einem einzigen Tabakblatt gedreht sind ... *Ceteris omissis* ...)

»Vor vielen Jahren hatte ich einen Sohn, und das Leben hat ihn mir genommen. Ich nannte ihn Denis, die Natur hat ihn sehr stiefmütterlich behandelt, aber er hatte eine bestimmte Form von Intelligenz. Und ich verstand ihn.«

(Ceteris omissis...)

»Ich habe ihn geliebt, wie man nur einen Sohn lieben kann. Wissen Sie, wie man einen Sohn liebt? Viel mehr als sich selbst: So liebt man einen Sohn.«

(Ceteris omissis...)

»Er hatte eine bestimmte Form von Intelligenz, und ich habe mich damit beschäftigt. So hatten wir zum Beispiel eine Sprache erfunden, eine Sprache, wie man sie in einer Schule, wie sie mein Denis besuchte, nicht lernt, die nur eine Mutter mit ihrem Sohn erfinden kann: Wir klopften zum Beispiel mit einem Löffel auf ein Glas, verstehen Sie mich? Mit einem Löffel auf ein Glas klopfen, kling, kling.«

»Das müssen Sie mir genauer erklären, bitte.«

»Man muß die Frequenz und die Intensität der Botschaft studieren, und bei Frequenzen und Intensitäten kenne ich mich aus, das war Teil meines Berufs, als ich mich am Observatorium von Paris mit Sternen beschäftigte, aber ich ließ mich gar nicht so sehr davon leiten, sondern vielmehr von meinem Mutterinstinkt, denn einen Sohn liebt man mehr als sich selbst.«

(Ceteris omissis...)

»Unsere Geheimsprache funktionierte perfekt, wir hatten eine Sprache erlernt, die die anderen nicht verstanden, er wußte, wie er Mama, ich hab dich gern sagen sollte, und ich wußte, wie ich Du bist mein Augapfel erwidern konnte, aber wir unterhielten uns auch über anderes, Alltägliches, über seine Bedürfnisse, aber auch über kompliziertere Dinge, ob ich traurig war, ob ich fröhlich war, ob er fröhlich war, denn Menschen, die von der Natur sehr stiefmütterlich behandelt worden sind, wissen genausogut oder sogar noch besser als wir, was Glück und Unglück sind, was Melancholie und Fröhlichkeit, all das, was wir empfinden und was uns ganz normal erscheint.«

(Ceteris omissis...)

»Aber manchmal meint es das Leben nicht nur nicht gut mit uns, sondern es spielt uns regelrecht übel mit, was hätten Sie gemacht?«

»Ich weiß nicht. Ich weiß es wirklich nicht. Was haben Sie gemacht?«

»Als er gestorben ist, bin ich tagelang durch Paris gelaufen, ich betrachtete die Auslagen, die gutgekleideten Menschen, die spazierengingen, auf den Bänken im Park oder an Tischen im Café saßen, ich dachte darüber nach, auf welche Weise wir das Leben auf dem Planeten Erde organisiert hatten, und die Nächte verbrachte ich im Observatorium, aber die Teleskope reichten mir nicht mehr. Ich wollte die großen interstellaren Räume beobachten, ich war wie ein winziges Pünktchen, das die Grenzen des Universums studieren will, das war alles, was mich interessierte, als ob mir das ein wenig Frieden hätte verschaffen können. Was hätten Sie an meiner Stelle gemacht?«

(Ceteris omissis...)

»In Chile, in den Anden, befindet sich das höchstgelegene Observatorium der Welt, es ist gleichzeitig eines der am besten ausgestatteten, sie suchten einen Astrophysiker, ich schickte meinen Lebenslauf hin, sie nahmen mich, und ich fuhr...«

»Sprechen Sie bitte weiter.«

»Ich ließ mich ans Radioteleskop setzen, um die außergalaktischen Nebel zu studieren, wissen Sie, was der Andromedanebel ist?«

»Natürlich nicht.«

»Ein Spiralnebel, der der Milchstraße sehr ähnlich ist, aber er ist so geneigt, daß die Arme der Spirale nicht zur Gänze sichtbar sind. Anfang des Jahrhunderts wußte man noch nicht, ob er sich außerhalb der Milchstraße befand, erst 1923 erkannte ein Wissenschaftler, der die Konstellation des Dreiecks untersuchte, daß hier die Grenzen unseres Systems, die Grenzen des Universums liegen.«

(Ceteris omissis...)

»Das Radioteleskop verwendet man, um Radiofrequenzstrahlung mit modulierten Botschaften zu empfangen, die von intelligenten Wesen stammen könnten, und wir unsererseits senden ebenfalls Signale aus...«

(Ceteris omissis...)

»Ach, Sie können sich ja gar nicht vorstellen, was es heißt, sich auf einem der höchsten Berge der Welt zu befinden, während es draußen stürmt und schneit, und Botschaften in Richtung des Andromedanebels zu schikken... Und eines Nachts, als wieder einmal ein Sturm tobte und sich an der Glaskuppel des Observatoriums Eis bildete, hatte ich eine Idee, eine absurde Idee, ich weiß gar nicht, warum ich Ihnen davon erzähle...«

»Ich bitte Sie, ich bitte Sie wirklich.«

»Wie ich bereits sagte, es war eine verrückte Idee.«

»Ich bitte Sie.«

»Also, ich sandte modulierte Botschaften aus, und in dieser Nacht versuchte ich mich an eine Modulation zu erinnern, und dann entschied ich mich für einen Code, einen Code, den nur ich kannte, ich übersetzte ihn in die mathematische Modulation und schickte ihn los... Verrückt, wie ich bereits sagte.«

»Ich bitte Sie.«

»Ich weiß nicht, ob Sie sich dessen bewußt sind, aber wenn man eine Botschaft in Richtung Andromedanebel schickt, sind dazu, in Lichtjahren gerechnet, hundert Kalenderjahre nötig, und wiederum ein Jahrhundert ist nötig, um eventuell eine Antwort zu bekommen. Es ist absurd, Sie werden mich für verrückt halten.«

»Nein, durchaus nicht, ich glaube, im Universum ist alles möglich, sprechen Sie bitte weiter.«

»Die Eiskristalle kondensierten auf dem Glasdach, es war Nacht, ich saß vor dem Teleskop wie jemand, der etwas Absurdes gemacht hat, und in diesem Augenblick kam die Antwort vom Andromedanebel, es war eine modulierte Botschaft, ich gab sie in den Decoder ein und erkannte sie sofort, dieselbe Frequenz, dieselbe Intensität: In mathematischen Begriffen ausgedrückt, handelte es sich um eine Botschaft, die ich fünfzehn Jahre lang gehört hatte, um die Botschaft meines Denis. Halten Sie mich für verrückt?«

»Nein, aber vielleicht ist das Universum verrückt.«

»Was hätten Sie getan?«

»Ich weiß es nicht, ehrlich gesagt, ich weiß es wirklich nicht.«

»In einem heiligen indischen Text habe ich gelesen, die Himmelsrichtungen könnten unendlich sein oder auch gar nicht existieren, wie auf einem Kreis, ein Gedanke, der mich völlig durcheinanderbrachte, denn einem Astronomen darf man die Himmelsrichtungen nicht wegnehmen. Und deshalb bin ich hier, weil es unmöglich ist zu glauben, man könne die Grenzen des Universums erreichen, denn das Universum hat keine Grenzen.«

Du weißt, mein Liebling, ich hätte Dir das alles nicht geschrieben, wenn es nicht schon so spät wäre, beziehungsweise wenn ich mich nicht schon auf der Rückseite des Sommers befände, im Licht der Dezembersonne. Aber die Seiten dieses Romans, den ich nicht geschrieben habe, riefen mir die Reise in Erinnerung, die wir nicht unternommen haben, vielleicht weil es darin um Sterne geht und so viele Sterne am Himmel stehen, daß es gar nichts ausmachen würde, wenn der eine oder andere herunterfiele, und an jenem 24. September vor so vielen Jahren versuchten wir, ihre Lage am Himmel zu verstehen, denn auf der Reise nach Samarkand, die wir nicht unternommen haben, verbrachten wir eine ganze Nacht im Observatorium von Ulug Beg. Was für eine dumme Idee, die Sterne zu beobachten, was? Auf den Boden sollte man schauen, auf den Boden, denn das Leben zwingt uns immer, den Kopf zu senken.

In letzter Zeit habe ich begonnen, ein bißchen Usbekisch zu lernen. Aber nur so zum Spaß, wie man eine Sprache aus dem Reiseführer lernt, und weil ich außerdem irgendwo gelesen habe, daß man von einem gewissen Alter an Sprachen lernen sollte, um Alzheimer vorzubeugen. Kannst Du Dich erinnern, wie komisch uns diese Sprache vorkam, als wir sie damals hörten? »Auf Wiedersehen«, was soviel wie adieu heißt, ist ein komisches Wort, das beinahe spanisch klingt, es heißt *alvido*. Aber die komischste Formulierung ist vielleicht *men olamdan ko'z yaemapman*. Das ist allerdings eine sehr gewählte Formulierung. Die einfachere, umgangssprachlichere lautete *men ko'z o'ljapman*. Weißt Du, was das heißt?

Es ist ein Verb. Es heißt »ich sterbe«, mein lieber Liebling.

Die Rolle hat ausgedient

Meine holde Ophelia,

es kommt immer der Moment, in dem einem klar wird, daß die Illusion, die Tage seien eine endlose Abfolge, beziehungsweise ihre Musik, zu Ende geht. Wenn es eine Illusion war, ist es so, als ob im Augenblick des Morgengrauens die Umrisse der Wirklichkeit, die eben noch verschwommen waren, von den Strahlen der aufgehenden Sonne getroffen werden und ganz deutlich hervortreten, scharf wie Klingen, unbarmherzig. Wenn es Musik war, ist es, als ob die Klänge eines Orchesters nach dem Allegro, dem Scherzoso, dem Adagio und dem Allegro maestoso plötzlich feierlich werden und langsam verklingen: Das Licht geht aus, und das Konzert ist zu Ende.

Heute, als ich unser kleines Theater verließ, habe ich gesehen, wie am Himmel von London plötzlich ein ungewöhnliches oranges Licht leuchtete, das gar nicht zu den hiesigen Sonnenuntergängen paßt, obwohl es der müde September, der bereits das Herbstäquinoktium ankündigt, durchaus rechtfertigen würde. Es ist ein in allen Farben schillerndes Licht, das von Orange in Violett und Indigoblau übergeht, wie in manchen Städten des Südens, die am Wasser liegen und aus Marmor bestehen – ein Licht, das Turner in Venedig suchte. Hier gibt es jedoch nur grauen Stein, die langsam dahinfließende Themse ist das einzige Gewässer weit und breit, und ich spaziere an ihrem Ufer entlang. Ich bin nicht sehr weit gekommen, ich bin am Geländer in der Nähe der Haltestelle Embankment stehengeblieben und dachte nach, ich ließ meinen Gedanken freien Lauf, und derweil floß auch die Themse wie meine Gedanken in meinem Sinn, sie schien mir eine alte Geschichte zu erzählen, eine Geschichte, so alt wie unsere, die wir seit Jahren spielen müssen. Seit wie vielen, habe ich mich gefragt. Seit zu vielen, wenn ich es recht bedenke, seit zu vielen, zwanzig waren es zu Beginn des Jahres, und jetzt sind es fast schon einundzwanzig, mein holder Prinz, würdest Du mir melancholisch aus Deiner Garderobe antworten. Meine holde Ophelia, seit mehr als zwanzig Jahren gehst Du ins Wasser, seit zwanzig Jahren sehe ich Dich ertrinken und weiß, daß ich schuld bin an Deinem Tod.

Ich sah zu, wie der Fluß langsam dahinfloß, und dachte an die Jahre, die verflossen sind, an das hellodernde Feuer der Begeisterung und daran, daß man es sich in der Gewohnheit gemütlich einrichtet, die eine Art Faulbett ist, sobald die bequeme Illusion, die Tage seien eine endlose Abfolge, zu der bequemen Illusion geworden ist, der morgige Tag könne sich vom heutigen unterscheiden. Nein: Der morgige Tag kann gar nicht anders sein, kleine Ophelia, auch morgen werde ich wirres Zeug stammeln, daß ich Dich liebe und auch nicht mehr liebe, daß ich die Ratten aus meinem Palast verjagen werde, daß ich Deinen Bruder auslachen und Deinen Vater mit dem Schwert durchbohren werde, York, dieser Trottel, wird mit ausgestrecktem Arm vor mir stehen und mir eine Melone hinhalten, und Du wirst aus Liebeskummer ins Wasser gehen. Und in diesem Augenblick, während das Licht ins Bläuliche wechselt und die Schauspieler auf der Bühne innehalten, um jene erwartungsvolle Pause zu erzeugen, die das Publikum gefangennehmen soll, ertönt *Yesterday, all my troubles seemed so far away* aus den Lautsprechern. Und wie immer überlassen wir es der Stimme der Beatles, eine jahrhundertealte Tragödie mit neuem Leben zu erfüllen.

Damals hat unser Soundtrack seine Wirkung jedoch nicht verfehlt, nicht wahr, kleine Ophelia? Er war etwas Neuartiges, und das Publikum, die Presse und die Leute waren beeindruckt, daß Schauspieler in einem kleinen Kellertheater in Soho der alten Tragödie neues Leben einhauchten, indem sie in Röhrenhosen auf der Bühne standen und Musik der Beatles spielten. Ich fuhr in meinem Mini Morris vor dem Theater vor, stieg vor unseren Fans aus, lief um das Auto herum und öffnete Dir die Tür, als ob Du wirklich ein adeliges Fräulein wärst, das einen Hamlet verdient hätte, und forderte Dich mit einer gewaltigen Verbeugung auf auszusteigen, ich zog in tiefer Ehrfurcht den Hut, auf den ich mir eine Feder gesteckt hatte. Ach, ferne Ophelia, das war das Ende der sechziger Jahre, wir fühlten uns so jung, wie wir wirklich waren, London war ein einziges Fest, und auch das Leben. Der genialste Einfall bestand jedoch vielleicht darin, daß wir Rosenkranz und Güldenstern von zwei großen Marionetten aus dem 18. Jahrhundert spielen ließen. Zwei mechanischen Puppen aus Holz und Metall, die aus einer

Zeit stammten, in der man glaubte, man könne einen Roboter bauen, der dem Menschen in jeder Hinsicht ähnelte, und sie bewegten ihre traurigen Gesichter, auf denen wir zwei Clownstränen befestigt hatten, und die Stimmen hinter den Kulissen, die ihre Rollen sprachen, erzeugten ein außerordentliches Gefühl der Unwirklichkeit. Schaut, liebe Zuschauer, das sind die wahren Schauspieler, mechanische Puppen mit einem Kassettenrecorder im hölzernen Bauch, sie haben keine Eingeweide, kein Herz, keine Seele, sie bestehen nur aus Holzspänen und einem Magnetband, das ihre Gefühle vortäuscht. Spielt mir was vor, sage ich zu ihnen, Rosenkranz kniet sich hin, und seine Metallgelenke knirschen unheimlich im Saal. Güldenstern krümmt sich, als ob er Bauchschmerzen hätte. Er hält einen Brief in der Hand und reicht ihn Rosenkranz, der ebenfalls einen Brief in der Hand hält, den er dem König eines fernen Landes reicht. Sire, sagt Rosenkranz, mit diesem Brief müssen wir den Prinzen von Dänemark betrügen, ich bitte Sie, ihn anzunehmen, denn so will es mein Freund Güldenstern. Sire, sagt Güldenstern, mit diesem Brief müssen wir den Prinzen von Dänemark betrügen, ich bitte Sie, ihn anzunehmen, denn so will es mein Freund Rosenkranz. Sire, sagen Rosenkranz und Güldenstern im Chor, als Pfand für unseren Verrat nehmen Sie bitte unsere Clownstränen an. Ich springe auf, ich halte das Ganze nicht mehr aus, diese beiden dummen Holzpuppen drücken auf meine Tränendrüsen, sie versuchen mich dort zu erwischen, wo ich am schwächsten und feigsten bin, sie erpressen mich, glauben sie vielleicht, ich würde ihnen in die Falle gehen? Ha! So leicht läßt sich der kecke Prinz von Dänemark nicht herumkriegen. Er zieht das Schwert, richtet es auf sie, fordert sie heraus, bedroht sie. Schurken, Schmierenkomödianten, dabei seid ihr nicht mal Schmierenkomödianten, sondern nur Puppen, dachtet ihr vielleicht, ihr könntet die große Seele eines mutigen Prinzen bewegen? In diesem Augenblick legt sich der Kopf von einem der beiden schief, aufgrund eines Mechanismus im Inneren der Puppe, mit dessen Hilfe man den Kopf drehen kann, und nun ist die Clownsträne gut zu sehen, die ihm die Wange hinabläuft, und der Beleuchter durchbohrt diese Träne mit dem Scheinwerfer wie mit der Spitze eines Messers, den gläsernen Tropfen, der irgendwann der Ohrring einer Dame niederen Ranges war und den wir auf dem Flohmarkt gekauft haben, um ihn auf die Wange des künstlichen Schauspielers zu kleben. Und wie glänzt doch diese Träne, die noch künstlicher ist als alles andere, damit das Publikum echte Tränen weinen kann, dank der Illusion, die wir ihm jeden Abend zum Preis einer Eintrittskarte verkaufen. Aber der Prinz von Dänemark läßt es nicht zu, daß das Publikum wegen eines anderen Schauspielers weint: Er setzt dem Gefährten des Schwindlers, der so tut, als würde er weinen, die Schwertspitze an den Hals und fragt: Weint er? Was ist ihm Hekuba? Verstört, wirklich verstört ist dieser junge Prinz, dem die Geister keine Ruhe lassen, und unruhig sind seine Nächte, denn er weiß, daß die ruchlose Königin mit ihrem Geliebten im Bett liegt und sich über seinen verstorbenen Vater lustig macht. Er nimmt den Kopf in die Hände, wendet sich an den Mond, wird von der schwärzesten Melancholie heimgesucht, seine Seele ist schwarz vor Ruß. Arme kleine Ophelia, bildest Du Dir ein, Du könntest seine Schmerzen mit Deinem Liebesgeflüster lindern?

So vergehen die Jahre, und wir werden älter, gemeinsam mit der Rolle, die uns auferlegt worden ist, auch wenn wir sie uns selbst ausgesucht haben. Die Artikel in den Zeitungen erwähnen uns immer seltener, bis wir eines Tages von der Presse völlig ignoriert werden. Die jungen begeisterten Leute, die früher im Publikum saßen, nehmen mittlerweile selbst junge Leute mit: ihre Kinder, für die wir bereits Geschichte sind und denen wir jetzt, Ende des Jahrhunderts, vorspielen, wie eine Avantgardetruppe aus den sechziger Jahren in den sechziger Jahren Shakespeare spielte. Und in dieser Hinsicht ist auch Dein Tod bereits Geschichte, meine kleine Ophelia, Dein Selbstmord wegen eines verrückten Prinzen, Deine untröstliche Verzweiflung und daß Du in einem Minirock von Mary Quant in einem Plastiksee schwimmst.

Ohne darauf zu achten, war ich zum Russell Square gelangt, dann betrat ich Covent Garden und löste eine Eintrittskarte für das Theatre Museum. Und so ging ich durch die Säle, endlich wie jemand, der betrachtet und nicht betrachtet wird. Etwas länger habe ich mich in den Sälen aufgehalten, wo *maquettes* an den Wänden hängen, die die Entwicklung des Theaters von Shakespeare bis heute darstellen, und dann in den Sälen, wo die Plakate, die Programmzettel und die Kostüme der berühmtesten Inszenierungen jener Stücke ausgestellt sind, die auch wir mehr als zwanzig Jahre gespielt haben. Und ich sah mit Staunen, in das sich auch ein wenig Angst mischte, daß alles am Theater altert, nur der Geist des Theaters nicht. Die uralte, unveränderliche Tragödie des skurrilen

Prinzen von Dänemark und seiner unglücklichen Geliebten ist in jeder Epoche gleich geblieben, aber wie häßlich und altmodisch waren doch inzwischen die Gesichter und Kostüme der Schauspieler und die Bühnenbilder! Alles war verstaubt und unzeitgemäß, denn selbst wenn man einfach versuchte, das Alte zu kopieren, spiegelte sich die Zeit in den Kostümen und den Gesichtern der Schauspieler wider. Und ich dachte, in nicht allzu langer Zeit würden auch wir hier hängen, inmitten dieser Plakate und Kostüme: ich mit meinen langen, bereits etwas spärlichen Haaren im Beatles-Look und Du, meine arme Ophelia, die ich Abend für Abend gezwungen habe, im Minirock Selbstmord zu begehen. Und tatsächlich ist mir ein Schauer über den Rücken gelaufen, ich bekam eine Art Anfall: Die Säle waren leer, ich habe mir einen ausgesucht, wo ein vergilbtes Plakat hing, auf dem eine berühmte Schauspielerin aus den dreißiger Jahren zu sehen war, die mich mit traurigem, trübem Blick anschaute: Ich weiß nicht, welcher Teufel mich geritten hat, ich bin vor ihr niedergekniet und habe zu ihr gesagt: *Pray, love, remember*, und ich habe ihr von Stiefmütterchen erzählt und davon, daß die Zunge merkwürdige Klänge hervorbringen kann, sie schnellt hervor wie die einer Schlange, sie legt sich quer, und dann habe ich zu ihr gesagt: Geh ins Kloster: Warum wolltest du Sünder zur Welt bringen? Ich bin selbst leidlich tugendhaft, dennoch könnt' ich mich solcher Dinge anklagen, daß es besser wäre, meine Mutter hätte mich nicht geboren. Ich bin sehr stolz, rachsüchtig, ehrgeizig; mir stehn mehr Vergehungen zu Dienst, als ich Gedanken habe, sie zu heben, Einbildungskraft, ihnen Gestalt zu geben, oder Zeit, sie auszuführen. Wozu sollen solche Gesellen wie ich zwischen Himmel und Erde herumkriechen? Und ich umarmte die Luft vor mir, als ob der Geist Ophelias, an den ich mich wandte, wirklich dagewesen wäre, und mir war, als ob ich Dir zum erstenmal in unserem Leben meine Liebe hätte gestehen können, meine ewige, unermeßliche Liebe, die jedoch krank ist, denn dem Prinzen geht es nicht gut, liebe, holde Ophelia, an ihm zehrt eine unbekannte Krankheit, die seine Seele austrocknet und gleichzeitig seinen Körper mit bösartigen, galleartigen Säften füllt, ach, aber wer ist der überhaupt, der ich so viele Jahr lang gewesen bin und den ich immer noch nicht kenne? Wer ist dieses von Zweifeln und Schlaflosigkeit geplagte Wesen, das auf Geister wartet und an die Ewigkeit glaubt? Und warum hat dieses törichte und verquälte Wesen zugelassen, daß Du, liebe Ophelia, Dich Abend für Abend in einer Plastikwanne ertränkst, nur mit einem Minirock von Mary Quant bekleidet? Hätte ich Dir denn nicht ein Wort sagen können? War der Text, an den ich mich hielt, wirklich so zwingend und unabänderlich?

Nein, er war es nicht. Ich habe mich vor Dir zu Boden geworfen und Dir vor der vergilbten Fotografie dieser Schauspielerin endlich die Worte sagen können, die ich in all diesen Jahren nicht über die Lippen gebracht habe. Es sind armselige Worte, denn ich bin nicht der große Theaterschriftsteller, der uns gezwungen hat zu sein, was wir sind, ich hatte eine häßliche Kindheit, die nach Armut und Stadtrand schmeckt, ich bin ein armseliger Schauspieler, der nicht über sehr viele Tonlagen verfügt. Aber ich habe zu Dir gesagt: Hör zu, meine holde Ophelia, ich wollte dir eigentlich nicht so weh tun, ich wäre dir ge-

genüber lieber aufrichtig und normal und steuerpflichtig
gewesen, wie alle Männer, die nach Hause kommen und
Steuern zahlen und die wissen, daß ihnen eine Pension
zusteht, weil sie ihr Leben lang brav gearbeitet haben, die
Steuerkarten der anderen archiviert, in irgendeinem öffentlichen Amt Papiere gestempelt oder die Fahrkarten
der Passagiere in einem der Züge entwertet haben, die
durch unser Land fahren. Und ich habe Dir ein Gedicht
geschrieben, verzeih die armseligen Verse, sie sind einem
Gedicht nachempfunden, an das ich mich nur in groben
Umrissen erinnere:

> *Oh, ihr Kosmetika des Himmels,*
> *heilt meine Geliebte!*
> *Sie hat grüne Augen*
> *und weint wegen meiner Schwärze.*
> *Ich trage einen schwarzen Mantel,*
> *schwarz ist meine Seele, heißt es, aber ich liebe dich,*
>   *holde Ophelia,*
> *meine Seele ist blütenweiß,*
> *weißer noch als dein Minirock.*

Ach, holde Ophelia, die Du meine lästige Anwesenheit
ein ganzes Leben lang ertragen hast, ich möchte, daß Du
zu mir sagst – wie zu einem der Männer, von denen ich
eben gesprochen habe, den anständigen Männern, die in
den wohlverdienten Ruhestand treten –: Richard, unser
Enkel ist da, er ist drüben in seinem Zimmer, ich hole ihn
gleich, damit du mit ihm spielen kannst. Und obwohl wir
keine Enkel haben, da wir ja auch keine Kinder haben
und Du Dich umgebracht hast, bevor es soweit kommen

konnte, wirst du leichtfüßig ins Gästezimmer gehen, nicht in einem Minirock von Mary Quant, sondern in einem anständigen Morgenrock und den mit falschem Atlas gefütterten Pantoffeln, und wirst mit einem Kind an der Hand ins Wohnzimmer zurückkommen und sagen, Francis, sag Opa guten Abend, er ist eben von der Arbeit gekommen und wird jetzt mit dir spielen. Ach, ich wußte ja, daß der kleine Francis an diesem Wochenende unser Gast wäre, so dumm, wie Du glaubst, bin ich nun wieder auch nicht, meine kleine Ophelia, darum schaut einmal alle her, was Opa für eine Überraschung mitgebracht hat! Und so öffne ich mit gespielter Gleichgültigkeit das Paket, das ich unter dem Arm trage, und hole eine Miniatureisenbahn heraus, über die der kleine Francis entzückt sein wird. Es gehören auch Berge und Tunnels dazu, durch die die Eisenbahn fahren muß, ein See aus Stanniolpapier, zwei Bahnübergänge und ein Dorf, das genauso aussieht wie das, in dem wir wohnen, denn in unserem Alter ist es schön, auf dem Land zu leben, nicht wahr Ophelia? Du weißt ja, als Du mich gebeten hast, aus London wegzuziehen, habe ich mich ein wenig gesträubt, ich dachte, ich würde trübsinnig werden, wenn ich inmitten von Wiesen und Schafherden leben sollte und das Pub im Ort die einzige Zerstreuung wäre. Und was für eine Überraschung für den kleinen Francis, der sich seit letztem Jahr so ein Spielzeug gewünscht hat. Zu teuer, hattest Du letzte Weihnachten zu mir gesagt, aber jetzt habe ich, entschuldige, wirklich etwas Verrücktes gemacht, Du weißt ja, die Abfindung von der Pensionsversicherung gestattet mir, in finanzieller Hinsicht etwas über die Stränge zu schlagen und unserem wunderbaren Enkel eine Freude zu bereiten, und ich bin froh zu sehen, daß endlich auch Du einverstanden bist, daß Du sogar glücklich bist, und Du freust dich, daß Du sofort mit Deinem Enkel spielen kannst, das hast Du Dir schon seit geraumer Zeit gewünscht, nicht wahr, aber Deine Sparsamkeit hat es nicht zugelassen, und so sind wir alle drei außer uns vor Freude, auch Du und ich sehen mit großen Kinderaugen der mechanischen Eisenbahn zu, wie sie im Kreis fährt, um Berge, Täler und Dörfer herum, und man braucht nur einen kleinen Knopf zu drücken, damit die Bahnschranke zugeht und die Eisenbahn ihren Triumphzug fortsetzen kann.

Und in diesem Augenblick ist ein Wächter an der Tür aufgetaucht und hat mich verdutzt angesehen. Was tun Sie da, fragte er mich in forschendem Tonfall. Ich rezitiere den Monolog Hamlets an Ophelia, lieber Herr, antwortete ich. Das ist kein Ort für Reden, antwortete der Wächter ruppig, gehen Sie doch in den Hyde Park, dort kann jeder sagen, was er will. Und wie hätte ich ihm klarmachen sollen, daß das der Monolog Hamlets war, *mein* Monolog, den ich wirklich vor Dir hätte halten sollen, meine holde Ophelia, anstatt Dir die wirren Worte zuzuflüstern, mit denen ich Dich Abend für Abend in den Selbstmord getrieben habe.

Als ich hinausging, war es bereits Nacht. Im Park leuchteten die spärlichen Lichter Londons. Dahinter ahnte man die Häuser der Stadt, das Leben. Erst gestern habe ich erfahren, daß Du unsere kleine Truppe verlassen wirst. Du bist der beste Komödiant von uns allen, zumindest bist Du die einzige Schauspielerin, an die sich die Presse noch erinnert, während wir alle völlig in Vergessenheit geraten sind. Aber ich glaube, nicht aus diesem Grund hast Du beschlossen, ein anderes Stück zu spielen. Nicht weil Du gut bist, sondern weil Du erschöpft bist: Weil Du meine wirren Worte satt hast, weil Du es satt hast, Abend für Abend zu sterben. Und vielleicht sehnst auch Du Dich nach Liebe, nach einer Liebe, die ich Dir nie habe geben können. Du kennst die Gefahren, in die Du Dich mit Deiner neuen Liebe begibst, aber Du ziehst sie meinem unfruchtbaren Wahnsinn vor. Du wirst Dich von Don Giovanni verführen lassen, denn Deine Rolle besteht darin, verführt zu werden, und seine, zu verführen. Aber was für eine Abwechslung, Du hast ja auch nicht mehr soviel Zeit, was für eine Veränderung, was für ein frischer Wind! Ich mag Don Giovanni nicht, ich wäre auch nicht gut in dieser Rolle. Und selbst wenn es auf den ersten Blick nicht so aussieht, ist er eine viel tragischere Figur als ich. Auch wenn er noch so wohlerzogen und offensichtlich heiter und höflich ist und so großen Wert auf Umgangsformen legt, ist er viel verrückter als ich, weil er nämlich so banal ist, vielleicht ist er sogar ein alter Trottel, der glaubt, die ganze Welt sei eine Frau, mit der er schlafen könne. Er ist fast impotent, und um sich aufzugeilen, muß er seine armseligen Verführungskünste anwenden. Ich werde dulden, daß er sie an Dir anwendet und daß er seine Rolle spielt, wie der Text es verlangt, denn ich könnte nie er sein. Aber ich möchte Dich nicht verlieren, kleine Ophelia, ich kann Dich nicht verlieren, deshalb habe auch ich die Truppe verlassen und um eine Rolle in der neuen Inszenierung gebeten, die uns Konkurrenz macht. Ich habe hinzugefügt, daß ich jede Rolle spiele, selbst die kleinste, unbedeutendste, ich verkleide mich sogar als Frau, nur um auf derselben Bühne zu stehen wie Du. Ich könnte zu Dir sagen, als wärst Du Mathurine: Laßt sie glauben, was sie will. Oder als wärst Du Charlotte: Laßt sie doch in ihrem Glauben. Oder als wärst Du wieder Mathurine: Jedes Antlitz ist häßlich, verglichen mit dem Ihren. Oder als ob Du wieder Charlotte wärst: Die anderen sind nicht zu ertragen, wenn man einmal eine Frau wie Euch kennengelernt hat. Nein, das paßt nicht, das paßt zu Deinem Dongiovanni, der Dich zu der Seinen gemacht hat im Haus des Uguccion della Faggiola, in seinem Bett eines unheilvollen Liebhabers. Diese Rolle steht mir nicht zu, ich kann nicht Dein Verführer sein, mir steht vielmehr die Rolle des Zuschauers zu, aber nicht von einem Stuhl im Publikum aus, sondern ich sehe Dich vielmehr an mit einem Gesicht, das im Lauf der Zeit und durch den Überdruß, Dich so lange gequält zu haben, versteinert ist. Und ich werde zu Dir sagen, aber ganz leise, mit sanfter Stimme: Nicht nährt sich von der Speise Sterblicher, wer sich von himmlischer ernährt. Andere Sorgen, schwerer als diese, anderes Verlangen führten mich herab.

Nein, nichts von alledem, ich werde der Geist sein, die verschleierte Dame, die den Geist spielt, und mit feierlicher Stimme, die tiefe Mißbilligung zum Ausdruck bringt, werde ich sagen: Don Giovanni hat nur noch einen Augenblick, damit Gott sich seiner erbarmt, und wenn er nicht sofort bereut, fährt er zur Hölle. Und da wird Dein Dongiovanni, dieser aufgeblasene Gockel, antworten: Wer wagt es, diese Worte zu sprechen? Ich glaube, diese Stimme zu erkennen. Ein Geist, Herr, wird da Sganarelle, dieser einfältige Tropf, einwerfen, ich erkenne ihn am Schritt. Und da wird Dein Dongiovanni sich noch mehr in die Brust werfen als gewohnt und brüllen: Egal, ob Gespenst, Phantasma oder Teufel, ich möchte sehen, wer es ist! Und nun, meine holde Ophelia, die Du der Reihe nach zu Elvira, Charlotte, Mathurine geworden bist, kann Dein Hamlet, der endlich zu dem Geist geworden ist, von dem er sich ein Leben lang hat quälen lassen, seine wahre Rolle spielen, und wie der Text es verlangt, wird er den schwarzen Schleier heben, der seine Gestalt verhüllt, und die unerbittliche und unbarmherzige Vergänglichkeit darstellen, die mit der Sense das Leben der Menschen beschneidet. Und Dein Dongiovanni wird vor Schreck leichenblaß werden, aber ich werde keine Sense halten, sondern die Feder meines Hamlethutes, und ich werde zu singen beginnen, als würde ich mit der Feder in die Luft schreiben: »*Querida, não quero despedida, eu fui feito pra Você, foi tão bom te conhecer na vida, não tem outra saida*, meine liebe Ophelia, ich kann Dir nicht Lebewohl sagen, denn ich wurde für Dich geschaffen, es war so schön, daß es Dich in meinem Leben gegeben hat, es gibt keinen Ausweg«, wie es in dem Schlager *Feito pra Você* des Grupo Raça heißt, den ich gerade auswendig lerne, weißt Du, ich habe begonnen, ein wenig Brasilianisch zu lernen, das ist wirklich eine phantastische Sprache, sie ist viel liebevoller als unsere, wenn Shakespeare Brasilianer gewesen wäre, hätte ich nie die Worte sprechen müssen, die ich ein Leben lang zu Dir gesagt habe, und außerdem sind die Mitglieder des Grupo Raça ein Mischmasch aus allen möglichen Rassen, wie die Brasilianer nun mal sind, sie erscheinen mir aktueller als die Beatles, deren Zeit vorbei ist, ihre und unsere, und Du wirst mir hinter den Kulissen antworten: *»Foi un rio que passou na minha vida,* ein Fluß ist durch mein Leben geflossen«, ein Satz, der angesichts des Endes, zu dem ich Dich immer gezwungen habe, seine Wirkung nicht verfehlt, und in diesem Augenblick wird Don Giovanni steif wie eine Leiche, es muß nicht einmal der Komtur auftreten, damit er in der Hölle verschwindet, die er sich verdient hat, dieser ältliche Dongiovanni aus der Vorstadt, denn er wird zu Stein geworden sein beziehungsweise zu Salz, eine Salzstatue, und Du, meine holde Ophelia, wirst endlich im Kostüm der Ophelia auf die Bühne treten und mich anschreien: Mein holder Prinz, ich habe mich gar nicht umgebracht, ich habe bloß ein bißchen Luft geschnappt am Teich, ein Abendspaziergang tut mir gut, er gibt mir den Sinn für die Realität zurück, es freut mich, daß du gute Laune hast. Und während die Sambamusik immer lauter wird und der Vorhang sich langsam senkt, werden wir uns mitten auf der Bühne umarmen, Du wirst sehen, wie begeistert das Publikum ist, es wird außer sich sein, es wird klatschen und mit den Füßen trampeln, wie 1968, als wir das Stück zum erstenmal spielten, nicht wahr, kleine Ophelia?

Ein merkwürdiges Leben

*Erkennst du mich, Luft, du, voll noch
einst meiniger Orte?*

Rainer Maria Rilke, *Sonette an Orpheus*

Mein Liebling,

was für ein merkwürdiges Leben, wenn man mitten in der Nacht im Dunkeln aufwacht, einen Hahn krähen hört und glaubt, man befände sich auf dem Bauernhof, wo man seine Kindheit verbracht hat. Man starrt mit weit aufgerissenen Augen in die Finsternis und wartet, daß es Tag wird, während die eigene Kindheit neben dem Bett steht, beinahe könnte man sie an der Hand nehmen, aber ja doch, nimm deine Kindheit an der Hand, sagst du dir, los, faß dir ein Herz, auch wenn es so lange her ist, auch wenn sie unter dem Schutt des Lebens begraben ist, sie ist in greifbarer Nähe, sie steht zur Verfügung, los, nimm sie an der Hand, nur zu. Du streckst die Hand in der Dunkelheit aus und spürst sie, deine Kindheit. Sie hat die Gestalt eines kleinen Mädchens, eines kleinen Mädchens, mit dem du Hand in Hand deine Kindheit durchquerst. Aber ach, es ist nicht die Kindheit, die du in Barcelona verbracht hast, in einem bürgerlichen Haushalt voller antiker Möbel und Porträts deiner nationalistischen Vorfahren, anständiger Leute also: Bankiers, Geldsäcke mit schrecklich männlichem Schnurrbart, so männlich, wie er eben sein muß, wenn man ein guter Bürger sein will, der sich um seine Frau kümmert, die Familie, die Heimat, das Geld, und ein wenig auch um die Geliebte, denn die Geliebte kommt ganz zuletzt, als sei sie ein Dienstmädchen; nein, diese Kindheit ist es nicht, verschwinde, Kindheit, die du dich als echte ausgibst, bloß weil du die offizielle bist, du sollst wissen, das Leben ist nicht offiziell, es ist immer und auf jeden Fall woanders, die wahre Kindheit sucht man sich als Erwachsener aus oder als Greis, also nimmst du deine falsche, sehr wahre Kindheit an der Hand, und sie ist ein kleines Mädchen mit Holzpantoffeln an den Füßen, es springt über den Sand, und vor dir liegt ein unendlich weites blaues Meer, es ist Sommer, und das Mädchen hüpft und sagt: So machen es die Marionetten, und dann fährt es fort: Ringel, Ringelreihen, denn wir spielen ein Spiel, möchtest du mit mir spielen, Enrique? Spielen wir Ringelreihen zu zweit. Ach, sagt das Kind Enrique, das zuviel Sonne abbekommen hat und dem man zwei Fingerbreit Creme auf die geröteten Backen geschmiert hat, kommst du vielleicht aus dem Colón-Viertel? Wie dumm du doch bist, Enrique, strohdumm, die Welt besteht nicht nur aus Colón, der die Neue Welt entdeckt hat, die Welt ist die Welt, darin gibt es zwar ein Colón-Viertel, aber auch eine Piazza Ciro Menotti, einen Boulevard Jourdan, eine Clot Fair, aber schau, kleiner dummer Enrique, vor allem gibt es diese Granja, eine schönes altes Bauernhaus, meinetwegen auch ein Hotel, oder wie immer du es nennen möchtest, unsere Eltern gingen in den Club, um Tee zu trinken und Canasta zu spielen, und wir verbrachten den Nachmittag auf diesem dummen Bauernhof, der Capannina, und vielleicht spielen unsere Papas auch Billard, ein Spiel, das dem Leben nachempfunden ist, denn der Weg, den die Kugeln nehmen müssen, ist voller rechter, stumpfer und spitzer Winkel, wir aber drehen uns im Kreis, Ringelreihen ist ein Hohn auf alle Kanten, nicht wahr, kleiner Enrique? Ja, das stimmt, flüsterst du in der Dunkelheit deiner Freundin aus Kindertagen zu, und du hoffst, daß sie auch deine Banknachbarin, deine Bettgefährtin, deine Lebensgefährtin wird, was sie jedoch wahrscheinlich nie sein wird, aber das ist dem kleinen Enrique im Augenblick völlig egal, er ist jetzt glücklich, er hat seiner wahren Kindheit die Hand gegeben, und gemeinsam tanzen sie Ringelreihen um die »Mezzarancia«, einen mit Porphyrsteinen gepflasterten Halbkreis auf der endlos langen Uferpromenade, die zum Strand hin leicht ansteigt und auch im Hinblick auf die restliche Uferpromenade ein wenig erhöht ist und von wo aus man einen unvergleichlichen Blick auf das Meer hat. Und heute gehen wir nicht an den Strand, nein, denn es weht der Libeccio, und er wird drei Tage anhalten, ein heißer Wind, der Sturm über das Meer bringt und den Körper unruhig werden läßt, aber Enrique und seine Kindheit sind nicht nervös, sie spielen Ringelreihen und singen ein Liedchen.

Na ausência e na distância, singt eine Stimme auf der Straße, und gleich darauf schreit sie: *laranjas, laranjas!* Es ist an der Zeit, von der Kindheit zu den Kategorien der Gegenwart zurückzukehren, die Morgenröte lugt durch das Fenster herein, und die Straßenhändlerin singt ein Lied von Cesária Évora, das sie auswendig gelernt hat: Afrika, das von Portugal mit Waffen und Schiffen erobert wurde, dem von Portugal der christliche Glaube, die Sprache des Abendlandes und die Sklaverei auferlegt wurde, kehrt jetzt wie eine Art Nemesis zurück, kehrt zurück mit seinem bunten Kreolisch, das eine Orangenverkäuferin in Porto gelernt hat, vielleicht ohne zu wissen, daß Afrika sich in ihr widerspiegelt, und sie trällert: *Mansinho, lua cheia*, und sie versucht, die Aussprache von Cesária nachzuahmen, aber sie geht nicht barfuß wie Cesária, sie trägt halbhohe Gummistiefel, damit sie auf dem nassen Gehsteig nicht ausrutscht, an diesem Winterabend in der Ribeira in Porto. Sie singt von Afrika. Afrika, ach Afrika, das ich nie kennengelernt habe, Afrika, du Mutter, Afrika, du Bauch, Afrika, das mein Europa jahrhundertelang vergewaltigt hat, riesiges, armes, krankes Afrika, das trotz allem fröhlich ist, obwohl ein Krebsgeschwür an dir nagt, Afrika, was sagst du *nha desventura, nha crecheu*, wie sagt man Liebe in deiner Sprache, die wir zerstört haben und die jetzt von einer einfachen Frau aus Porto gesungen wird, *crecheu crecheu crecheu, nha desventura*, Afrika, das noch immer von ein paar verdammten Banditen vergewaltigt wird, Afrika, wo der Mond riesig und rot ist, wie es in exotischen Büchern heißt, Afrika, trotz deiner Abwesenheit und trotz der Entfernung, die mich von dir trennt, Afrika, wo viele aufgrund ihrer Unfreiheit die Sprache schreiben, die ich aufgrund meiner Freiheit schreibe, weil sie päpstlicher sind als der Papst, als ob die Bidonvilles in Luanda, die Minenfelder der Mörder ihre Real Academia, ihr Port Royal wären, ach, das Afrika des Nomaden Kapuściński, des großartigen Luandino, ach Afrika, Land, das in diesem Augenblick unter dem Fenster dieser kleinen Pension in der Ribeira in Porto vorbeigeht, in Form eines Lieds, das eine Orangenverkäuferin zu singen versucht, Afrika, führe mich bitte nach Hause, in das Zuhause, das ich mir wünsche, sofern ich überhaupt noch ein Zuhause habe; so, jetzt ist es taghell, die Wintersonne wirft einen Strahl auf die Decke, die zerknüllt ganz hinten auf dem Bett liegt, es ist Zeit aufzustehen, Zeit auszugehen, es ist Zeit, darüber nachzudenken, wer du nicht bist, sagst du dir insgeheim, es ist wirklich Zeit, darüber nachzudenken, wer du nicht bist.

Meine Liebe, das dachte ich, während ich mich anzog, das grelle winterliche Licht, das von der Mündung her kam, erhellte nun auf brutale Weise das Zimmer und fiel auf die Bilder der armen Hirtenkinder von Fátima, denen der naive Maler einen Ausdruck ins Gesicht gemalt hat, als wären sie Arme im Geiste, denen dem beunruhigenden Ausspruch Christi zufolge das Himmelreich offensteht. Du ziehst dich an und weißt, es ist Zeit, die Reise zu beenden, deren Zweck dir unbekannt war und der sich dir nun offenbart, in einer Deutlichkeit, die noch brutaler ist als das grelle Tageslicht, den du nun zu besitzen, dir angeeignet zu haben scheinst, und du hättest gern, daß diese Gewißheit von Mozarts *Konzert für Klavier und Orchester in C-Dur* untermalt würde, denn du hörst die Musik, aber du hättest gern, daß das Allegro vivace mit der Serkin-Kadenz von den magischen Fingern der Maria João Pires gespielt wird, und du wünschst dir das Allegro vivace, weil dein Leben – gib es zu, Enrique –, weil dein Leben ein Allegro vivace geworden ist, seit du gestern abend vor dem Einschlafen das geheimnisvolle Buch gelesen hast, das du zufällig in der Schublade des Nachttischchens gefunden hast. Und das Buch dieses

Autors, der bereits alles von dir wußte, der deinen Weg, deine Reiseroute kannte, hat dich auf den Gedanken gebracht, daß du vielleicht deiner Zukunft nachgefahren bist, und gleichzeitig hat es dir den Sinn für das zurückgegeben, was du verloren hast; es ist, als ob deine vertikale Reise, die auf ein unbarmherziges und unbewußtes Ziel zuführt, sich in die Horizontale gedreht hätte: Wie wahr! Wie wahr! Du bist beweglich, und die Zeit geht durch dich hindurch, und deine Zukunft sucht dich, findet dich, lebt dich; hat dich bereits gelebt.

In einer Schublade in einer Pension in einer unbekannten Stadt ein Buch zu finden, das vom eigenen Leben erzählt, klingt wie ein literarisches Klischee, nicht wahr, mein Liebling...? könntest Du zu mir sagen, aber was schreibst du? Ich könnte Dir erwidern: Wer schreibt mich? Genau: Wer schreibt mich, und wovon erzähle ich Dir eigentlich? Ich erzähle Dir von dem, was geschehen ist, von dem, was ich in meiner Rück-Zukunft sein soll, von dem umgekehrten, komplementären und notwendigen Weg, der in einem Buch beschrieben wird, das ich zufällig in einer Schublade in einer Pension in Porto gefunden habe. Das für mich eine unbekannte Stadt war, bis ich gestern abend, als ich das Zimmer in dieser Pension in Besitz nahm (ein Zimmer auf der Hinterseite des Hauses mit vergilbten Tapeten an den Wänden) und ganz eindeutig begriff, daß ich in umgekehrter Richtung einen Weg beschritt, den ein unbekannter Schriftsteller für mich festgelegt hatte. *Mar azul, assim mansinho*, ich habe das Buch gelesen, meine Liebe, und es handelte von meinem Weg: ein Kopfsprung in ein blaues, ruhiges Meer, in dessen blauer Ruhe ich aufging. Dieses Buch hatte meine Erinnerungen übernommen, als ob es sie besser kennte als ich, die Erinnerungen an meine Jugend, als ich Mohnblumen pflückte am Rand einer Straße, die durch eine Ebene mit Weizenfeldern führte. Die Erinnerungen an die Bücher, die ich gelesen habe, die Menschen, die ich kennengelernt habe, sogar an eine Reise, die ich auf einen Archipel unternommen habe, den es vielleicht gar nicht mehr gibt, verträumt und vergeßlich, wie ich bin, wenn still ruht der Mond und in der Ferne sich unverhüllt die Berge zeigen und ein Traum dich noch nicht an die erinnert, denen du heute gefielst, sondern an die, denen du noch begegnen wirst, denn es ist mein Gestern, ich bin schon einmal hiergewesen, das Buch wußte es, es handelte von der Zeit, die ich noch erleben mußte. Darin stand: »Ich erinnere mich, wie ich auf meiner Reise auf die Azoren Peter's Bar in Horta betrat, ein Café in der Nähe des Yachtclubs, das von Walfängern besucht wurde; ein Mittelding zwischen Taverne, Vereinslokal, Nachrichtenagentur und Postamt. Mittlerweile war das Peter's ein Ort, wohin man prekäre und abenteuerliche Botschaften schickte, die sonst keine Adresse gehabt hätten. Am Schwarzen Brett an der Wand von Peter's hängen Aufrufe, Telegramme, Briefe, die alle darauf warten, daß jemand sie abholt. Hier ausgestellt fand ich eine geheimnisvolle Abfolge von Nachrichten, Botschaften und Stimmen, die alle eng miteinander verbunden zu sein schienen, als ob sie in einer imaginären Karawane erfundener Erinnerungen reisten, Stimmen, die von irgendwoher geweht wurden, ohne daß man hätte sagen können, von wo.«

Dieses Buch wußte wirklich alles, auch daß ich im freien Fall ins tiefste Nichts fallen würde. Was es jedoch nicht wußte, war, daß es keine Hin-, sondern eine Rückreise war. *O mar, mar azul,* singt die Orangenverkäuferin, *piquinino mar,* und so bin ich auf die Straße hinuntergegangen, mein Liebling, das helle Tageslicht und die Wintersonne gemahnten an einen fernen Sommer, und ich mußte mir in Erinnerung rufen, wem Du gestern so gefallen hast, als ob Du ihm noch immer gefallen müßtest, und ich fragte mich nach dem Grund dieser meiner Reise, die in dem geheimnisvollen Buch, das in einer Lade in meinem Zimmer lag, beschrieben war, allerdings nur in einer Richtung. Und warum also mußtest Du dem Geist Don Giovannis oder James Stewarts oder wessen auch immer gefallen, und warum mußte Dir dieser alte, nach Kölnischwasser duftende Trottel gefallen, und warum hast Du zugelassen, daß Du Leporello, diesem irrlichternden Perversen, gefielst, und warum hast Du zugelassen, daß dieser Perverse Dir gefiel, und ich habe Orangen gekauft und sie gegessen, während ich zum Meer ging, *o mar, mar azul, mar piquinino,* ich bin über die Straßen der Riberia gegangen, ich habe mich für die Kausalität der Straßen entschieden, denn die Straßen sind ein idealer Ort für die Kausalität, die das Leben bietet, und habe die Schiffe betrachtet, die in der langsamen Strömung des Flusses dahintrieben.

Schließlich habe ich die Mündung erreicht und fand mich am Strand wieder. Ich habe ins Meer gepißt und mir dabei den Wind zunutze gemacht, der von hinten kam. Ein Herr ist vorbeigegangen, als Akademiemitglied verkleidet, mit Dreispitz, fast hätte ich ihn für Marinetti gehalten, er hat mir einen Blick zugeworfen, der mir mißbilligend zu sein schien, und ich habe zu ihm gesagt: Re-

gen Sie sich nicht auf, Herr Akademiemitglied, ich füge
dem Ozean einen Tropfen Wasser hinzu, Sie sollten auch
ins Meer pissen, Sie werden sehen, es tut Ihnen gut, aber
passen Sie auf, daß Sie sich nicht auf die Schuhe pissen, Akademiemitgliedern passiert das zuweilen. Großes
Meer, das Meer ist wirklich riesengroß, mein Liebling,
mar azul, aber es gab noch keine *lua cheia*, am Horizont
war ein violetter Streifen zu sehen, der ins Orange überging, vielleicht stand ein Sturm bevor, ich begriff tatsächlich, daß ich den Weg, den das geheimnisvolle Buch für
mich festgelegt hatte, in umgekehrter Richtung beschritt,
auf dem Meer waren Segelschiffe zu sehen, und dadurch
wurde es wirklich ganz klein, ich bin in die Stadt zurückgekehrt, ich bin ganz langsam gegangen. Ich bin über die
Straße an der Peripherie zurückgegangen, ich suchte die
Rua Fereira Borges, aber niemand schien sie zu kennen,
irgendwann war mir, als ob mein Onkel Federico Mayol
einen Platz überquerte, in dem feinen Nieselregen, der
inzwischen fiel. Ich suchte die Post und schickte das Telegramm ab, das ich unbedingt an Deinen Komtur und
an Deinen Leporello schicken mußte: Mein aufrichtigstes
Beileid, schrieb ich ihnen, ich bin mir sicher, sie wird
Ihnen sehr fehlen. Und in diesem Augenblick verstand
ich, daß ich wirklich nach Hause zurückkehren konnte,
ich konnte sogar mein Gepäck in der Pension lassen, es ist
ohnehin nichts darin außer vier Hemden und zwei Büchern, die ich immer wieder gelesen habe: Eines handelt
von den Geistern, denen ein mexikanischer Schriftsteller
in einer Nacht voller Träume begegnete, den Gespenstern des Herrn Páramo, das andere ist das Evangelium
dieses Optimisten Johannes, den ich so sehr geliebt habe

und der so sehr an das Wort glaubte, denn am Anfang war das Wort, und das Wort war das Leben und das Leben war das Licht der Menschen. Und ich habe mich zu Fuß auf den Weg nach Hause gemacht, meinem Zuhause. Die Catalogna ist nicht allzuweit entfernt, im Grunde kann man auch zu Fuß gehen. Aber Du, mein Liebling, wirst Du wieder dasein? Wirst Du wie ich die Rückreise gemacht haben und wird alles aufs neue von vorn beginnen?

Der Abend vor Christi Himmelfahrt

Mein süßes leidendes Mädchen,

an Deinem Leid bin ich schuld, weil ich Dich verlassen habe. Aber es war nicht meine Schuld, das weißt Du, abgesehen davon, daß es keinen Sinn hat, von Schuld zu sprechen, außerdem hast Du das Wort »Schuld« nie hören wollen. Du hast recht, es ist ein unerträgliches Wort. Sagen wir, es geschah wegen der Leghorn-Hühner, nennen wir sie so, wie wir sie in unserer alten Geheimsprache bezeichnet haben, eine Organverpflanzung mit allem Drum und Dran ist keine Kleinigkeit, das weiß man ja. Aber sprechen wir nicht mehr darüber, in Ordnung?

Hör zu, auch gestern nacht, der schönsten Nacht, die ich in all den Jahren erlebt habe, der süßesten, hellsten, längsten, habe ich, als ich Dich aufs neue in den Armen hielt, gedacht: Ich darf nicht mehr daran denken, wir dürfen nicht mehr daran denken, es ist passiert, so ist nun mal das Leben.

Und derweil hörte ich die Glocken in dem Dorf inmitten der Olivenbäume läuten, in dem Dorf, das man vom Fenster des kleinen Hotels aus sieht, in dem wir schließlich gelandet sind, nachdem wir den ganzen Nachmittag in den Feldern herumgelaufen sind. Zuerst das Gasthaus Zur Sprechenden Grille. Wir haben uns gesagt: Nicht einmal im Traum, Sprechende Grillen gab es genug in unserem Leben. Erinnerst Du Dich zum Beispiel an Rino? Weißt Du, daß mir gestern nacht Rino eingefallen ist? Genau, Rino, der wie Clelio der Filipino aus grauer Vorzeit aufgetaucht ist. In welchem Jahr war das, erinnerst Du Dich? Siebenundsiebzig, achtundsiebzig? Nun, ungefähr zu dieser Zeit. Rino, der Klugscheißer, der sagte, die Welt sei paradox, aber nichts sei paradoxer als die Verbindung von Leben und Tod. Wenn ich mich recht erinnere, gefiel er Dir nicht schlecht, Du hieltest ihn für einen interessanten Mann, er schrieb höchst komplizierte Essays, die in einer universitätsnahen Zeitschrift erschienen, die niemand las. Er zitierte gern Edgar Allan Poe: »Die Vision macht die Ekstase heiterer«, ob es nun paßte oder nicht. Meiner Meinung nach spritzte er, damals spritzten alle, wer nicht spritzte, spritzte andere mit Revolverkugeln voll, wer einen vollspritzt, erzieht hundert, wenn man so sagen kann. Dann stellte sich heraus, daß die Zeitschrift alles andere als universitätsnah war, sie diente bloß als Tarnung für eine Gruppe von Extremisten, die offenbar von Imelda Marcos finanziert wurden, stell Dir mal vor, die, die Schuhe zum Privatvergnügen sammelte und Schlingen für ihre Mitbürger. Kurz und gut, Du hast mit Rino, diesem Klugscheißer, durchaus ein wenig geflirtet, wenn auch nur auf intellektueller Ebene, denn als sie ihn aus Präventivgründen einlochten, wie es bei uns üblich ist, habt ihr einen intensiven Briefwechsel begonnen, in dem es nur so wimmelte vor Nietzsche- und Shakespearezitaten, ganz im Ernst. Aber ich habe keine Ahnung, warum ich Dir von diesen Dingen erzähle, vielleicht weil ich gestern nacht darüber nachgedacht habe, wie viele Sprechende Grillen wir bis zum heutigen Tag haben schlucken müssen. Aber jetzt ist endlich Schluß damit.

Grillen habe ich auch gestern nacht jede Menge gehört, aber sie hatten einen ganz anderen Klang. Sie kündigten den kommenden Sommer an, den ich gern mit Dir verbringen möchte. Die Grillen der Grillenfeste, die wir als Kinder feierten, die in der Nacht auf einem Salatblatt in einem kleinen Käfig in der Küche starben, aber das gestern waren freie, zufriedene Grillen, das erkannte man an ihrem Zirpen, sie schienen zu sagen: »Morgen ist der 1. Juni, Himmelfahrtsfest.« Aber was für ein Fest ist das überhaupt, Himmelfahrt, wer fährt wohin auf? Bei mir zu Hause gab es keine katholischen Feste, wie Du weißt, bei Dir zu Hause wahrscheinlich schon, denn ich erinnere mich an ein Foto von Deiner Hochzeit, auf dem Du in einem weißen Kleid und mit einem Schleier auf dem Kopf vor einem Priester kniest. Aber obwohl wir einen anderen Glauben hatten, war das Himmelfahrtsfest schön für uns Kinder, denn die Frauen im Dorf machten Süßspeisen aus gebackenem Teig, die mit Staubzucker bestreut wurden, und eine Nachbarin brachte sie mir und meinem Bruder nach Hause, und ich und Ferruccio aßen sie wirklich für unser Leben gern, und unsere Mutter versteckte sie und verriet nur uns das Geheimnis, sonst hätte unser Vater sie weggeworfen, aus Angst, die Nachbarin wolle uns bekehren.

Wie immer habe ich den Faden verloren. Wahrscheinlich fällt es mir schwer weiterzuerzählen, aber wenn ich schon einmal abschweife, und da ich Dir eben von Rino erzählt habe, möchte ich Dir mitteilen (aber vielleicht weißt Du es ohnehin schon), daß er ein großes Tier in einem wichtigen Verlag geworden ist, er ist jetzt einer von denen, die wir zu unserer Zeit als »Ausbeuter« bezeichnet haben. Rino hat wirklich alles probiert, er ist ein Hansdampf in allen Gassen. Jetzt gehört er endlich zu den Mächtigen, und vielleicht hat er seinen Seelenfrieden gefunden. Es ist erstaunlich, was für ein gutes Gedächtnis manche Menschen haben: Letzten Monat hat er mir einen Brief geschrieben, einen eleganten Brief auf Briefpapier mit Briefkopf. Und weißt Du, woran er sich erinnerte, aber ganz genau, als ob er es in seinem Hirn abgespeichert hätte? Er erinnerte sich an die Texte, die ich euch an jenem Abend nach dem Vortrag des alten anarchistischen Philosophen vorgelesen hatte, als wir alle bei ihm zu Hause gelandet waren und ich meine Notizen dabeihatte und sie euch vorlas, erinnerst Du Dich? Es waren Gedanken zu Künstlern, die Drogen genommen hatten, der Entwurf eines Buches, das ich *Die künstliche Phantasie* nennen wollte, erinnerst Du Dich? Also, wirklich außergewöhnlich ist, daß Rino in seinem Brief ganz genau auflistete, welche er *nicht* haben wollte. »Coleridge und De Quincey interessieren mich nicht«, schrieb er, »daß sie opiumsüchtig waren, weiß sowieso jeder, und dasselbe gilt auch für Gautier, Baudelaire, Rimbaud, Artaud und Michaux. Mich interessieren vor allem die Kapitel über Savonarola, der *In te Domine speravi* unter dem Einfluß von Laudanum verfaßt hat, Du hast ja so gut beschrieben, auf welche Weise er das Laudanum zu sich genommen hat, vermischt mit Raute, Myrrhe und Honig, und welch mystischen Erfahrungen es bei ihm auslöste. Außerdem interessiert mich Barbey d'Aurevilly, denn Du hast geschrieben, daß er Äther mit Kölnischwasser vermischte. Und dann möchte ich noch das Kapitel über Nietzsche, der ohne Morphium niemals den *Zarathustra* geschrieben hätte, und das über Stevenson, der ohne Morphium Mr. Hyde nicht kennengelernt hätte; und dann Yeats, diesen Mystiker mit Hang zur Folklore, der gemeinsam mit Ernst Down, der ebenfalls ein großer Aufschneider war, als einer der ersten auf der Welt Meskalin ausprobierte, und ohne Meskalin gute Nacht, *Secret Rose*. Und dann möchte ich noch das Kapitel über Ball, diesen Irren vom Cabaret Voltaire, ohne den Dada gaga gewesen wäre, über ihn und Heroin, das gerade in jenen Jahren erfunden wurde; und über Trakl und Kokain, Adamov und Morphium, über Jünger und LSD und vor allem über Drieu, den armen Faschisten Drieu La Rochelle, über ihn und seine Spritzen, seinen leeren Koffer und seinen Selbstmord.«

Ich habe den Brief Wort für Wort abgeschrieben, er liegt hier vor mir. Und er schließt mit den Worten: »So ein Büchlein, als würde Borges für die Liberalisierung von Rauschgift kämpfen, wäre der Bestseller des Jahres.« Hurra! Ich habe mit einem Zauberwort geantwortet: lieber nicht.

Du mußt wissen, mein liebes leidendes Mädchen, »lieber nicht« war in den letzten Jahren mein Lieblingszitat. Du weißt, ich habe viel hergegeben auf den Reisen, die mich in ferne Länder geführt haben, aber fast immer nur an Menschen, die nichts verlangt haben, weil sie von der Welt und den anderen ohnehin nichts erwarteten. Ich erinnere mich, wie ich in manchen Ländern Lateinamerikas manche Wege begangen habe, auf denen man in armselige Dörfer gelangte, wo man unter Umständen einen barfüßigen Greis in einem zerfetzten Hemd traf, der mit seiner Schaufel einen unfruchtbaren Boden umgrub, und er blickte dich so heiter und beiläufig an, als wollte er dir nur guten Abend sagen. Dann, ja, dann gab ich alles, was ich hatte, mein gesamtes Hab und Gut, denn in solchen Momenten muß man alles geben.

Meine süße, liebste Frau, um nicht zu sagen innigst geliebte Frau: denn das hat die Tatsache, daß wir uns wiederbegegnet sind, bewirkt: innigst geliebte, nicht liebste Frau. Innigst geliebte Frau, genau das habe ich in den letzten Jahren versucht zu verdrängen. Während ich schreibe, werde ich von Bildern und Worten belagert, wie wenn man in einem Traum gefangen ist: Deine Schultern, die ich im Halbdunkel umarme, die Worte, die Du mir ins Ohr flüsterst, die Art und Weise, wie Du mich bei unseren nächtlichen Gesprächen überrumpelst, wie wir gleichzeitig und hintereinander in anhaltendes Lachen ausbrechen, wegen Deiner Albernheiten, die mir so gefallen, und sogar die Art und Weise, wie Du mich am Nacken packst und zärtlich schüttelst, mit einer Geste gespielten Vorwurfs (Dummerchen!). Und diese Bilder, die ich Dir beschreibe, innigst geliebte Frau, entspringen der Trauer und dem Bedauern, denn niemand kann mir die Zeit zurückgeben, die ich habe verstreichen lassen, niemand kann uns das zurückgeben, was wir verloren haben, nur weil ich nicht die Kraft hatte, es nicht zu verlieren. Aber vielleicht finden wir die verlorene Zeit wieder, mein süßer Liebling, ich weiß, daß wir sie wiederfinden, ich weiß, wir werden sie wiederfinden, denn ich brauchte nur zu sehen, wie wir waren, als wir noch jung und kräftig und leidenschaftlich waren, um zu begreifen, daß man die verlorene Zeit manchmal in nur wenigen Stunden wiederfinden kann, in jenen Stunden, in denen Du manchmal dreimal hintereinander geschrien hast vor Lust und ich Dich dann im Morgengrauen im Halbschlaf fest von hinten umarmte und Du die Situation ausgenutzt hast, um Dir und mir Lust zu verschaffen.

Heute bin ich mir sicher, daß diese Lust andauern wird. Der einzige Wermutstropfen besteht darin, daß wir morgen, am Himmelfahrtsfest Anfang Juni, die beinahe reifen Kornähren nicht gemeinsam sehen werden, die man von meinem Fenster aus sieht. Aber ich verstehe, daß Du Dir auch nicht einen Tag Zeit lassen kannst, wenn Du die Dokumente besorgen willst, von denen Du mir erzählt hast. Du hast mir erzählt, bei diesen Papieren gehe es um ein wichtiges Stück Geschichte für dieses Land, das so oft ohne Geschichte ist, und ich denke, das Staatsarchiv, aber vor allem unsere Mitbürger werden Dir dafür dankbar sein. Ich erwarte Dich also am Abend des 2. Juni, der für mich im Grunde auch mehr Bedeutung hat, denn das ist der Staatsfeiertag. Und die blonden Ähren werden gewiß nicht viel gelber sein als am Tag davor. Es ist, als ob für mich die Zeit stehengeblieben wäre, weißt Du?

Meine hellen Augen,
meine honigfarbenen Haare

*Buon topo d'altra parte, e da qualunque
filosofale ipocrisia lontano,
e schietto insomma e veritier, quantunque
ne' maneggi nutrito, e cortigiano;
popolar per affetto, e da chiunque
trattabil sempre e, se dir lice, umano;
poco d'oro, e d'onor molto curante,
e generoso, e della patria amante.*

Giacomo Leopardi, *Paralipomeni*

Meine hellen Augen, meine honigfarbenen Haare,

Du weißt, wie sehr und seit wann ich Dich begehre: seit dem Tag, an dem ich Dich zum erstenmal gesehen habe. Aber damals, vor einer halben Ewigkeit, warst Du eine ganz junge Frau, um nicht zu sagen ein frisch erblühtes junges Mädchen. Gewiß, Du warst keine Jungfrau mehr, und ich war kein perverser alter Lüstling, wir waren keine Figuren eines skandalösen Romans, uns hatte nicht der russische Schriftsteller erfunden, der nirgendwo zu Hause war, auch nicht bei sich selbst. Aber unsere Geschichte könnte trotzdem so beginnen, denn genau wie in diesem Roman ist auch bei unserer Geschichte die Zeit von elementarer Bedeutung: die Zeit, die aus nichts besteht, so wie auch die Dinge aus nichts bestehen, aus einem *petit rien*, das daran erinnert, was die Dinge bewirkt – ein Nichts zuweilen.

Dir zu sagen, ich hätte Dich von dem Tag an begehrt, als ich Dich zum erstenmal gesehen habe, das ist ein Gemeinplatz, aber es ist wirklich so. Aber damals, vor einer halben Ewigkeit, warst Du eben eine ganz junge Frau, ein eben erblühtes Mädchen, das bereit war, sich allen zu öffnen, die es pflückten, und ich war ein würdevoller Herr, der Dein Vater hätte sein können, und wir befanden uns an einem Ort, wo Familien ihren Urlaub verbringen. Und gemeinsam mit unseren Familien haben wir uns dort Winter für Winter getroffen, für gewöhnlich im Februar, und für Dich waren es wirkliche Ferien, für mich hingegen nur sieben spärliche Tage, die sogenannte weiße Woche, die mir das Provinzblatt gewährte, bei dem ich meinen Lebensunterhalt verdiente. Mein Honorar war nicht gerade außerordentlich, aber ich genoß hohes Ansehen, das moralische und intellektuelle Prestige von jemandem, der auf der richtigen Seite für die Freiheit gekämpft hat und darüber ein von der Kritik hochgelobtes Buch geschrieben hat, was mir in den Augen von euch allen, die ihr junge Linke aus linken Familien wart, eine Art Heiligenschein verlieh, als wäre ich ein romantischer Held. Und außerdem habt ihr mich bewundert, weil ich ein hervorragender Schifahrer war, die steilsten Abfahrten meisterte und mich von keinem Wetter abschrecken ließ. Ich, der Fünfzigjährige, der immer so elegant und geheimnisvoll wirkte, war kühner als ihr mit euren zwanzig Jahren; sobald eine Schneeflocke fiel, wart ihr nicht mehr zu bewegen, das Zimmer zu verlassen. Nur Du hast es gewagt, mir bei meinen tollkühnen Abfahrten die Stirn zu bieten: Du fuhrst Schi wie eine Weltmeisterin, und nichts machte Dir angst. Ich erinnere mich, wie Du mir eines Morgens aus reinem Trotz auf die Piste gefolgt bist, obwohl Deine Freundinnen und Dein Freund Dir davon abgeraten hatten, aus Angst vor dem Schneesturm waren sie im Hotel geblieben und spielten Poker. Es stimmt, das Hotel war sehr elegant, obwohl es auf den ersten Blick so schlicht wirkte: nicht mehr als zehn Zimmer, kostbare Holztäfelungen, knarrende Parkettböden, handgewebte Teppiche: es als Pension zu bezeichnen war reiner Snobismus, auf den wir jedoch insgeheim stolz waren. An besagten Morgen erinnere ich mich nicht so sehr, weil wir eine leichtsinnige Abfahrt unternahmen (das war schon mehrere Male vorgekommen), sondern weil wir wie Teenager zu lachen begannen, als Du mir keuchend nachgefahren kamst, mit glühenden Backen und Schnee auf der Windjacke und in Deiner hautengen Schihose, die Deine langen Beine zur Geltung brachte, und Du umarmtest den Stamm der Tanne, neben der ich stand, um anzuhalten: Wir lachten, weil wir einerseits erleichtert waren, die Sache überstanden zu haben, in Wirklichkeit aber, weil Du ja tatsächlich noch ein Teenager warst. Und wir warfen uns einen Blick zu wie zwei Klassenkameraden, die jemandem einen Streich gespielt haben, wie zwei Komplizen. Und mit diesem Blick begann alles, und ich dachte: Das Mädchen gehört mir. Denn diese Komplizenschaft ging gar nicht so sehr von mir aus, sondern von Dir, von Deinem Blick. Ein Mann in einem gewissen Alter versteht, wenn ihn ein Mädchen so ansieht, und ich verstand. Ich verstand, daß in diesem Blick Begehren lag, ein wenig Verschmitztheit, eine insgeheime Aufforderung und ein Angebot. Und ich dachte, wenn ich gewollt hätte, ich hätte Dich gleich hier nehmen können, im Pulverschnee, am Rande des Waldes.

Dann vergingen die Jahre. Ich erinnere mich daran, wie ich Dich drei Jahre später wiedersah, Du warst eine schöne junge Ehefrau mit dem ersten Kind im Bauch, und Dein gutaussehender Ehemann, ein wohlerzogener junger Mann, war sehr um Dich und das ungeborene Kind besorgt, er fürchtete, Deine Liebe zum Sport könne die Schwangerschaft gefährden: Also gingen wir zu viert auf dem hartgefrorenen Schnee des Weges spazieren, und meine damalige Frau (es war noch die erste, erinnerst Du Dich?) gab Dir gute Ratschläge in puncto Lebensstil: Ruhe, aber auch nicht zuviel, gesunde Ernährung, leichte Turnübungen am Morgen und ähnliche Nebensächlichkeiten. Frauen in einem gewissen Alter geben gern Ratschläge zu diesem Thema, Du hörtest brav zu, und ich und Dein Mann unterhielten uns über etwas anderes.

Das nächstemal sah ich Dich, als Du bereits eine junge Mutter warst, mit einem Kleinkind an der Hand und schon wieder schwanger. Du warst besonders sexy, weißt Du das? In diesem Winter konntest Du natürlich nicht Schi laufen, hin und wieder machtest Du einen Spaziergang ins Dorf, ansonsten bliebst Du in der Nähe des Kamins und spieltest mit Deinem Kind, das gerade laufen lernte. Ich erinnere mich, daß Du es mit einer Art Brustgeschirr hieltest und ihm Mut machtest, Du sagtest »mein Kleiner« zu ihm, mit sanfter Stimme. In dieser Woche habe ich mehr als einmal davon geträumt, mit Dir zu schlafen, ich nahm Dich von hinten, und mit den Armen umschlang ich Deinen schwangeren Bauch.

Ein Winter verging nach dem anderen, Deine Kinder wurden groß, unsere Familien (ich meine ich und Deine Eltern) schlossen immer innigere Freundschaft, ich wurde alt und auch meine Frau, aber bei den Abfahrten merkte man mir das nicht an. Ich habe den Eindruck, daß Dein Interesse für mich neu erwachte, als ich mit meiner zweiten Frau kam, die damals noch nicht meine Frau war, sondern erst meine »Verlobte«, wie es seinerzeit in der besseren Gesellschaft hieß. Vielleicht hatte die neue Liebe mich verjüngt, wer weiß, ich hatte mir die Haare kurz schneiden lassen, fast einen Bürstenschnitt, und an der Stirn ein Büschel stehenlassen. Ich hatte einen neuen Roman veröffentlicht, für den ich einen Preis erhalten hatte und von der Kritik in manchen linken Zeitschriften sehr gelobt worden war. Beim Abendessen sprachen wir darüber. Ich erinnere mich gut an Deine Einwände: Damals warst Du noch nicht die Literatin, die Du später geworden bist, auch Du warst damals im Journalismus tätig: In einem Wochenmagazin erzähltest Du von Reisen, die Du nicht unternommen hattest, und besprachst Bücher, die Du nicht gelesen hattest. In Francesca war ich über beide Ohren verliebt, *ça va sans dire*, es war nicht zu übersehen. Auch Du konntest es nicht übersehen. Dennoch gab es einen Vorfall, der sich trotzdem und abseits von alldem ereignete, etwas Nebensächliches, das passierte, weil es passieren mußte, auf ganz selbstverständliche Weise, so wie der Mond aufgeht oder wie es schneit. Niemand war im Hotel, erinnerst Du Dich? Alle waren zu der Vernissage von diesem Trottel aus Mailand gegangen, der mit der linken Hand malte und mit der rechten an der Börse spekulierte. Ich kam gerade vom Schilaufen zurück, die Abfahrt hatte mich zu sehr erschöpft, bei meiner Rückkehr hatte ich mich sofort aufs Bett fallen lassen und war erst wieder aufgewacht, als es schon fast Zeit zum Abendessen war und alle bereits ausgeflogen waren. Du allerdings nicht, Du warst wegen der Kinder dageblieben. Ich verließ mein Zimmer und ging hinunter, Du standest vor dem großen Glasfenster, von dem man auf das Tal blickt, Du drehtest mir den Rücken zu und warst wie versunken in den Anblick der Lichter des Dorfs in der Ferne. Es war stärker als ich, ich schlich mich auf Zehenspitzen an, strich Dir über die Haare, Deine honigfarbenen Haare, und sagte zu Dir: Träumende Frau. Und da drehtest Du Dich um und küßtest mich auf den Mund. Und dann legtest Du den Zeigefinger auf die Lippen, die mich eben geküßt hatten, und sagtest: Psst. Sag nichts, John, ich bitte dich, das ist nicht der richtige Augenblick, sag nichts. Und ich sagte nichts.

Als Er in deinem Leben auftauchte, begriff ich sofort, daß nun der Mann gekommen war, auf den Du immer gewartet hattest, der Mann, in den Du Dich verliebtest wie in keinen zuvor, so warst Du weder in Deinen Ehemann verliebt gewesen, das ist gewiß, noch in die zwei, drei gelegentlichen Liebhaber, denen Du zufällig begegnet warst. Du wirst Dich fragen, warum ich das wußte. Ich könnte Dir sagen, daß ich die Frauen kenne, aber das weißt Du ja, und daß ich ein bestimmtes Licht in ihren Augen erkenne, wenn sie verliebt sind, und daß ich einen verträumten Blick erkenne und ein Lächeln, das fehl am Platz ist und niemandem gilt, außer dem Menschen, an den man gerade denkt; und dann erkenne ich es noch an anderen Dingen, doch das sind Details, aber Details sind immer sehr wichtig. Und außerdem kannte ich Mailand in dieser Zeit sehr gut und auch die Kreise, in denen Du verkehrtest: die intellektuellen Salons, die Feministinnen, die Leute, die von der Revolution träumten, auf den Straßen Parolen schrien und dann am Abend zu Hause gute Musik hörten. Er nicht, er war nicht von der Sorte. Und vor allem schrieb er nicht. Ich glaube, er sagte sogar, mit dem Schreiben zerstöre man die Ideen, und es sei immer besser, mit den Menschen zu sprechen, und Bücher solle man allenfalls im Geiste schreiben.

Daß Du unsterblich in ihn verliebt warst, begriff ich eines Abends im Hotel, als wir Wildbret in Blaubeersoße aßen, wie es in der Gegend üblich ist, und Du sagtest: Ich kenne eine Erzählung, sie heißt *Wachteln à la Clémentine*, ein Freund hat sie mir erzählt, es ist eine Erzählung, die von einer Erzählung handelt, oder besser gesagt von einer hypothetischen Theateraufführung, und sie beginnt so: Ein Theater in Paris, in der Rue Saint-Lazare, auf der Bühne ist ein blauer Salon mit orientalischem Flair zu sehen, mit leichten Vorhängen aus weißem Musselin an den Fenstern, und wenn man die Vorhänge von den vier Fenstern wegzieht, kann man vier verschiedene Theaterstücke sehen, die eigentlich nur ein wenig voneinander abweichen, denn alle vier Stücke handeln vom selben Leben, vom Leben eines Mannes und einer Frau.

Und was hätte so einer in Mailand tun sollen, ein Typ, den niemand kannte und der sich Geschichten ausdachte, ohne sie zu veröffentlichen, wo doch alle so versessen darauf waren, ihre Bücher zu veröffentlichen, und der von Wachteln à la Clémentine und von vier Fenstern sprach, von denen aus man ein und dasselbe Leben betrachten konnte wie aus vier verschiedenen Himmelsrichtungen: aus dem Norden, der Vergangenheit, aus dem Westen, einen Standpunkt, den Clementine in diesem Augenblick für sich gewählt hatte, dem Osten, den er nie kennenlernen sollte, und schließlich dem Süden, der sein Schicksal war und wo er vielleicht den Tod finden würde. Ein südlicher Tod, das waren Deine Worte. Erinnerst

Du Dich? Es schneite stark an diesem Tag, vielleicht war es Neujahrstag, aber ja doch, es war ein Neujahrstag vor vielen Jahren, wie vielen? Neunzehn, zwanzig, wir befanden uns zu Beginn der sogenannten großartigen achtziger Jahre, und am Abend davor hatten wir gemeinsam gefeiert, die ganze Familie, sogar Deine Buben, die schon groß waren, junge Männer mit Orangenlimonade im Champagnerglas, damit sie anstoßen konnten: Alles Gute, alles Gute für neunzehnhunderteinundachtzig! Ja, es war neunzehnhunderteinundachtzig, ich erinnere mich sehr gut, Silvester. Und während wir uns zuprosteten und lachten und scherzten, sagtest Du: Ich habe jemanden kennengelernt, der wunderschöne Sachen schreibt und überhaupt keinen Wert darauf legt, sie zu veröffentlichen, nach Mailand kommt er aus Prinzip nicht, und seine Leidenschaft gilt Leghorn-Hühnern, er hält vier davon, weil sie jeden Tag ein Ei legen, trinken wir auf ihn? Und wir tranken auf ihn. Ein Trottel aus unserer Runde, ein Typ, der aus der Studentenbewegung kam und immer Rollkragenpullover trug, sagte herablassend: Aber ja doch, trinken wir auf diesen armen Deppen, es stehen ihm schwere Jahre bevor. Und alle lachten, denn es war ja wirklich zum Lachen, wie wir da in dieser von Atemluft und vom Champagner erwärmten Hütte auf einen armen Deppen tranken, der Leghorn-Hühner hielt: Wir waren Linke, wir waren »wachsam«, wie es damals hieß, und in vierzehn Tagen würden wir uns wieder in Wachsamkeit üben, indem wir in einer unserer Buchhandlungen das neueste Werk des Intellektuellen mit den Rollkragenpullis feierten: *Revolution und / oder Verführung*. Und ich dachte: Sieh mal an, sie hat sich verliebt.

Wie Du weißt, meine hellen Augen, meine honigfarbenen Haare, habe ich einen sechsten Sinn. Ich habe ihn immer gehabt, und er hat mich durchs Leben geleitet. Ich habe mir gedacht: *Farewell my lovely*, du bist in Richtung der Leghorn-Hühner unterwegs, ich werde dich nie mehr erwischen. Aber das Leben hält immer große Überraschungen bereit: Man muß nur geduldig warten, bis sie eintreffen. Und Geduld habe ich immer gehabt, wie Du siehst. Die Jahre vergingen, sie vergingen mehr für mich als für Dich. Ich dachte jeden Tag an Dich, die wenigen Tage im Jahr, an denen ich Dich in dem Berghotel sehen konnte, das ich inzwischen nicht mehr ertrug, waren beinahe eine Qual für mich. Und Du warst inzwischen glücklich. Denn die Menschen können glücklich sein in ihrem Inzwischen. Aber Dein Inzwischen war zu kurz, wirklich zu kurz, glaube mir. Ich hatte inzwischen noch ein paar Bücher veröffentlicht, und ich erinnere mich an den Tag, an dem ich Dir ein Buch mit folgender Widmung schenkte: »Für Dich, von Deinem alten Komplizen«. Eines Tages gestand ich Dir, daß ich trotz der Bücher, die ich geschrieben habe und mit denen ich Dir den Hof gemacht und in die ich Dir komplizenhafte oder läppische Widmungen geschrieben habe, kein Schriftsteller war. Schriftsteller sein ist nämlich eine Sache der Ontologie, fügte ich hinzu, man ist es, oder man ist es nicht, es reicht nicht, ein paar Bücher geschrieben zu haben, um es zu sein. Und Du stimmtest mir zu, ach ja, gewiß, ich hatte gewiß recht, Du sprachst so aufgeblasen wie jemand, der viel von Literatur versteht. Du kleine Törin. Ich hatte Dir eine Falle gestellt: Ich bin *tatsächlich* ein Schriftsteller, das beweist schon der Brief, den Du gerade

liest, und ich kann mir gut vorstellen, wie überrascht Du
bist. Es gibt immer etwas, das man im nachhinein entdecken kann, allein deshalb lohnt es sich, das Leben zu
Ende zu leben. Aber auch ich habe etwas im nachhinein
entdeckt: Und zwar, daß Du eine unlogische Person bist
oder, besser gesagt, daß Du eine ganz eigene Logik besitzt, wie damals, als wir unser Gespräch über das Schreiben beendeten und Du sagtest, mir gefällt das Büschel,
das du auf der Stirn hast, als ob das etwas mit dem Buch
zu tun hätte, das ich Dir als Dein alter Komplize gewidmet hatte. Aber warum war ich eigentlich Dein alter
Komplize? Mein Mädchen mit den hellen Augen und den
honigfarbenen Haaren, das weißt Du besser als ich: Einfach, weil wir Lust hatten, miteinander ins Bett zu gehen.
Du genauso wie ich, nur konntest Du es nicht tun, weil
Du den Burschen im Kopf hattest, der Leghorn-Hühner
züchtete.

Soll ich Dir etwas sagen? Nun, ich gestehe Dir, als ich
den Roman *Untreue* schrieb, den ich Dir mit der besagten Widmung schenkte, dachte ich nur an Dich, und ich
dachte an Dich, weil ich eine Frau hatte, mit der ich
»glücklich verheiratet« war, und weil ich das Bedürfnis
hatte, meine langweilige Ehe mit Hilfe einer Person zu
beleben, die wirklich notwendig und besonders war, und
Du warst wirklich notwendig und besonders, denn ich
fühlte, daß Du mich wirklich mit allen Sinnen hättest lieben können, mit der Hingabe, die ich mir wünschte, aber
Du hättest mit mir geschlafen und dabei an den Menschen gedacht, in den Du verliebt warst. Nur so hättest
Du große Erfüllung verspürt bei der Liebe, die Du Dir
immer groß und vollständig vorgestellt hast. Aber das

wolltest Du damals nicht verstehen. Und darüber vergingen die Jahre. Auf schmerzhafte und schwierige Weise für mich, denn ein Mann altert, auch wenn er kein Fett ansetzt, nicht den geringsten Bauch hat, ein Haarbüschel an der Stirn trägt und ein jungenhaftes Äußeres bewahrt. Weißt Du, wo er altert? Im Schwanz, verzeih den ordinären Ausdruck, aber ich weiß ja, daß Du ihn verzeihst, denn obwohl Du in der Öffentlichkeit keine ordinären Ausdrücke duldest, mißfallen sie Dir nicht, wenn man allein ist.

Und so vergingen die Tage, bis der Tag kam, an dem Dein kühner Anselmo nicht mehr nach Hause kam, möglicherweise hatte er sich einen Helm aufgesetzt, um sich nicht allzu weh zu tun, und war zu neuen Ufern aufgebrochen, vielleicht mit Hühnern einer anderen Rasse. Also: Es passierte also damals, und es war so, erinnerst Du Dich?... wie der Dichter sagen würde. Wäsche war zum Trocknen aufgehängt, genau wie in dem Gedicht. Folgen wir dem Gedicht, wie ich es tat, obwohl Du mich gerufen hattest. Und auf dem mit Gras bewachsenen Platz, an dessen Rand Kirsch- und Pfirsichbäume standen, hing Weißwäsche an einer Schnur, die von einem Ast zum anderen gespannt war, und trocknete im Wind, der vom Meer her wehte und den September milde stimmte. Du hattest mich unter dem Vorwand angerufen (denn es war wirklich ein Vorwand), daß ich der städtischen Bibliothek ein Exemplar meines Buches mit Widmung schenken sollte, sie würden stolz darauf sein, sagtest Du, es war eine linke Gemeinde, und es wimmelte hier von ehemaligen Partisanen. Um so besser. Auf dem Weg dorthin unterhielten wir uns. Ich schreibe auch, sagtest Du zu mir, besser gesagt, ich habe etwas geschrieben. Was? Gedichte oder, besser gesagt, *poèmes en prose*, ein paar Kleinigkeiten. Warum liest du mir nicht eines vor? Wenn du unbedingt möchtest, aber ich schäme mich ein wenig, und außerdem lese ich sehr schlecht. Wir setzten uns auf die Liegestühle unter dem Kirschbaum, Du wußtest nicht, wie Du anfangen solltest, hin und wieder spürt man Unbehagen, vor allem wenn man weiß, wie etwas ausgeht, und wir wußten beide, wie es ausgehen würde. Welches soll ich vorlesen? Wie du willst. Ich könnte eines vorlesen, das von Baudelaire beeinflußt ist, es spielt in einem kleinen Hotel in den Bergen und hat den Vorteil, kurz und bündig zu sein. Das klingt gut, es erinnert mich an etwas, wie heißt es? Es hat keinen Titel, ich muß erst einen finden. Ja, das wäre nicht schlecht, man könnte das ganze Buch danach benennen, Bücher brauchen einen passenden Titel. Aber aus diesen Gedichtlein wird nie ein Buch, sagtest Du. Aber ja doch, sagte ich aufmunternd, das weißt du besser als ich, ich werde mich darum kümmern, lies bitte.

Als Du mit dem Lesen fertig warst, schautest Du in Richtung Horizont und hattest Tränen in den Augen. Der Abend senkte sich herab, und in der Ebene, die zum Meer hin führt, gingen die ersten Lichter an. Warum nennst du es nicht *Das Leghorn-Huhn*, schlug ich vor, und dann fügte ich hinzu: Ich sollte mir ein Hotel suchen, ich bin nicht mehr in dem Alter, in dem man nachts Auto fährt, und außerdem ist die Fahrt ziemlich lang. Bleib zum Schlafen bei mir, sagtest Du, vielleicht schrecke ich dann in der Nacht nicht hoch, wie es mir seit Monaten passiert. Ich bin alt, sagte ich zu Dir. Du lächeltest spitzbübisch. Ach, es ist nicht, was du denkst, fügte ich hinzu, ich bin noch genausogut wie vor vielen Jahren, als ich dich zum erstenmal begehrt habe, aber schau, damals... Was damals? Ich meine, eine zwanzigjährige Frau kann mit einem Fünfzigjährigen ins Bett gehen, aber dann... dann ist es anders, merkwürdig, ja genau, vielleicht ist es nur merkwürdig, etwas merkwürdiger.

Meine hellen Augen, meine honigfarbenen Haare, die Augenblicke der Liebe, die ich mit Dir in diesen fünf Jahren erlebt habe, waren unvergleichlich, wenn auch selten, von Pausen unterbrochen, die mir endlos lang erschienen, und besonderen Wochenenden vorbehalten, Begegnungen, denen wir den Anstrich der Zufälligkeit gaben, und nie zuvor in meinem Leben hatte ich bei der körperlichen Liebe derartige Lust verspürt. Dennoch hatte ich selbst in den Augenblicken höchster Leidenschaft immer den Eindruck, daß etwas fehlte, daß wir nie jene totale Ekstase erreichten; sie war zwar ganz nah, in greifbarer Nähe, konnte jedoch nie zur Gänze erreicht werden. Es fehlte ein *petit rien*, von dem ich nicht wußte, was es war, und Du auch nicht: Vielleicht lag es an dem Bewußtsein, daß unsere Liebe allzu geheim und somit allzu frei und leicht zu haben war, was ihr den Beigeschmack von Arglist und Sündhaftigkeit nahm, der einer ungewöhnlichen Geschichte wie der unseren einen geheimen Kitzel, eine Würze hätte verleihen können, wodurch sie noch außergewöhnlicher und leidenschaftlicher hätte werden können. Deshalb lud ich Dich, nachdem wir uns die ersten Male in Mailand getroffen hatten, in mein Landhaus ein, wenn meine Frau nicht da war: Denn das war der eigentliche Familiensitz, hier war ich glücklich verheiratet (aber was heißt das eigentlich, »glücklich verheiratet«?), in diesem Haus führte ich ein perfektes Familienleben, in diesem Bett, in diesem großen alten Bett, in dem ich mit Dir schlief, hatten meine Frau und meine Schwiegertochter entbunden, dieses große Bett hatte eine lange Geschichte, es hatte viel erlebt.

Das Bett. Wie dumm ist es doch zu denken, ein bestimmtes Bett könnte der Liebe mehr Würze verleihen. Aber das habe ich erst gestern festgestellt, mein Mädchen mit den honigfarbenen Haaren, wie Du siehst, lernt man immer wieder dazu, sogar in meinem Alter. Denn die vergangene Nacht, diese unvergleichlich sternklare und windstille Nacht, die sich der katholische Kalender für eines der schönsten Feste ausgesucht hat, war auch für mich eine Himmelfahrt, wenn auch im profanen Sinn des Wortes, denn ich schwebte im siebten Himmel, wo die Lust total und absolut ist. Wir hatten unser Rendezvous schon seit geraumer Zeit vereinbart, und zu einem Rendezvous bist Du immer erschienen. Außerdem hatte meine Frau vor, ihr erstes Wochenende in den Bergen zu verbringen, und so eine Gelegenheit konnten wir uns nicht entgehen lassen. Aber irgend etwas beunruhigte Dich, das ging aus Deinem Anruf hervor: Ich muß dir etwas sagen, etwas Wichtiges und Endgültiges, ich komme nur deshalb, aber nur deshalb, verstehst du? Nicht wegen dem, was du denkst.

Aber nein, Du warst nicht nur gekommen, um mir etwas Wichtiges und Endgültiges zu sagen. Du warst gekommen, um mich noch oder zumindest noch einmal zu lieben. Das habe ich begriffen, als wir auf der Veranda zu Abend aßen, ich hatte die Leckerbissen vorbereitet, nach denen Du so verrückt bist: foie gras auf Blattsalat, kaltes Huhn mit Majonnaise, Deinen Lieblingschampagner. Und Du sahst mich im Halbdunkel an, wie Du mich noch nie in diesen fünf Jahren angesehen hast, Du hattest Tränen in den Augen, und in Deinen Pupillen zuckte die Flamme der Kerze. Und ich verstand, daß diese verspätete Liebe, die Du für mich empfandest, für Dich etwas Quälendes hatte und daß sie zu Ende war, denn die andere Liebe war größer und unsere unmöglich. Aber auch, daß der Schmerz, den Du dabei empfandest, wenn Du mir Schmerz zufügtest, die Liebe zu mir gleichzeitig kostbarer und intensiver machte und daß Du Dich ihr hingeben konntest wie in einem Anfall von Selbstvergessenheit und Kapitulation. Und so mußtest Du mir nicht einmal »das Wichtige« sagen, weshalb Du angeblich gekommen warst. Wir brauchten nur ins Bett zu gehen, in das große Bett, in dem wir uns so oft geliebt hatten, und ich verstand, ohne daß Du es mir hättest sagen müssen, daß er zurückgekommen war. Denn nach mehr als fünf Jahren hast Du gestern nacht zum erstenmal mein Glied in den Mund genommen. Und während Du mir gabst, was Du mir noch nie gegeben hattest, fiel mir ein Gedicht ein, das mir lebhaft in Erinnerung geblieben ist, ein Gedicht, in dem es heißt, daß mir alles, was ich bisher war und was mir verwehrt blieb, nun großzügig gewährt wurde, und Dein Geschenk war nicht das Geschenk einer im Dunkeln hockenden Sklavin, sondern einer Königin, und es wurde zu meinem Eigentum, es zirkulierte in meinem Blut, und meine Kindheit und die Zeit, die mir noch blieb, erblühten gemeinsam, weil Du mein Glied in den Mund genommen hattest. Und dann hat Dich die

Leidenschaft übermannt wie nie zuvor, und als ich in Dich eingedrungen bin, hat ein Augenblick genügt, ein winziger Augenblick, um Dir jenen Schrei zu entlocken, in den sich Lust und Befreiung und großartige Verzweiflung mischten und den ich noch nie so laut aus Deinem Mund gehört hatte, und ach, endlich hattest auch Du Dein *petit rien* erreicht, das ein Surrogat des Absoluten ist.

Und jetzt, wo er zurückgekehrt ist, meine hellen Augen, meine honigfarbenen Haare, jetzt, wo er wieder Dir gehört und der Schatten nicht mehr auf Dir liegt, den er mit seinem Weggehen auf Dich geworfen hatte, jetzt, wo Du Dich von dem dummen Schmerz befreit hast, den ich mit meiner Zuneigung und mit meiner Aufmerksamkeit in diesen fünf Jahren umsonst zu lindern versucht habe und Du im Gegenteil Mitleid mit ihm empfindest, weil Du ihn betrogen hast, und gleichzeitig Mitleid mit mir empfindest, weil Du weißt, welchen Schmerz Du mir zufügst, wenn Du mich verläßt, jetzt endlich kann unsere Liebe ganz und absolut sein, trotz meines Alters, das im Grunde gar nicht so wichtig ist, denn Du hast nichts gegen alte Männer, wenn sie Dich lieben können, so wie ich Dich lieben kann. Und außerdem bin ich gar nicht mehr alt, ich bin wieder jung. Wirklich, ich bin so jung wie vor dreißig Jahren, als ich Dich in diesen lange zurückliegenden Winterferien begehrte und es mir verwehrt war, Dich zu besitzen.

Te voglio, te cerco, te chiammo,
 te veco, te sento, te sonno

Liebe,

er kam an diesem Abend von weit her und war müde. Müde vom Schlafen, denn er hatte lange geschlafen. Aber wie lange? Ach, sehr lange. Er kam sich vor wie ein häßliches Dornröschen im Wald. In einem dichten Wald, und mitten auf dem Weg lag ein Stein. Und es war ihm nicht gelungen, über ihn zu steigen, und deshalb war er als Dornröschen im Wald geblieben. Und er war tatsächlich sehr häßlich und fühlte sich auch so, wie er seine Kutsche lenkte, die von zwei Pferden gezogen wurde, während alle auf der dunklen Straße an ihm vorbeiflitzten und ihn überholten. Mehrere Male hatte er die Versuchung gespürt, in einem Wirtshaus einzukehren. Die Lichter in der Ferne auf den Hängen der Hügel versprachen ruhige Dörfer, ein schmackhaftes Abendmahl, ein bequemes Bett. Es war heiß, denn der Mai hatte bereits begonnen. Er sagte zu sich: In meinem Alter so eine Reise, ich bin fast so alt wie Cicero, als er *De senectute* schrieb, und er versuchte vergebens, die beiden Pferde zu lenken, die bergauf zu nah an den Straßenrand gerieten, und dann noch diese lächerliche Bauchbinde, die er unter

dem Vorwand trug, Rückenschmerzen zu haben, unter
der er jedoch in Wirklichkeit ein kleines Bäuchlein versteckte, das man schon allzu deutlich sah. Er dachte:
Ich kehre um. Und dann dachte er: Ich rufe sie an. Er war
auf einem Rastplatz stehengeblieben, wo holländische
Lastwagenfahrer mit dem Kopf auf dem Lenkrad schliefen, hier gab es eine Imbißbude mit Neonlicht und einem
Münztelefon, und man konnte ein heißes Fladenbrot
essen.

Er beschloß, sie anzurufen. Er dachte: Ein Mann in
meinem Alter kann nicht einfach bei einer Dame auftauchen, ohne sich vorher anzukündigen, um diese Uhrzeit,
nachdem er so lange im Wald geschlafen hat. Und so
steckte er Münzen in das öffentliche Telefon dieser Imbißbude, während die holländischen Lastwagenfahrer
über ihre Witze lachten, und er stellte mit Erleichterung
fest, daß ihr Telefon besetzt war. Wenn es besetzt war,
hieß das, daß sie zu Hause war und sich noch nicht niedergelegt hatte. Und so fragte er das Mädchen an der
Kasse: Wie viele Kilometer sind es noch bis nach Aleppo?
Die nächstgelegene Stadt war zwar nicht Aleppo, aber für
ihn hatte sie denselben Duft wie in seiner Erinnerung an
Tausendundeine Nacht die mythische Stadt Aleppo, aber
er fragte es in seiner Sprache, die für das Mädchen an der
Kasse völlig unverständlich war, und sie verstand nur das
Wort Kilometer und antwortete, indem sie ihm die fünf
Finger ihrer Hand zeigte. Fünf Kilometer also noch. Er
dachte: Ich bin am Ziel, es lohnt sich, es zu versuchen. Er
bestieg wieder seine Kutsche, die ihm jetzt vorkam wie
ein Schlitten, weil sie so schnell die Hänge der Hügel hinabglitt, und seine einzige Sorge bestand darin, ein häß-

liches Dornröschen mit Bauchansatz zu sein, das im Wald eingeschlafen war, denn obwohl auch sie nicht mehr jung war (wenn auch immer noch viel jünger als er), hatte sie sich möglicherweise einen Freund ohne auch nur eine Spur von Bauch gesucht, einen von der Sorte, die nicht im Wald einschlafen, weil sie Tennis spielen. Und das verursachte ihm einen Stich in die Leber, die nicht in bestem Zustand war. Er fragte sich: Spürte Iwan Iljitsch zum erstenmal einen Stich in die rechte oder in die linke Seite? Egal, er hatte sich jedenfalls sehr verändert, seit er so lange im Wald geschlafen hatte, nicht so sehr in physischer Hinsicht, sondern was sein Wesen anbelangte. Das begriff er aufgrund des Vokabulars, das er im Geiste verwendete, während er seinen Schlitten bergab steuerte und zusehen mußte, wie er von rücksichtslosen Fahrern überholt wurde, die sich nicht darum kümmerten, ob sie ihren Nächsten in Gefahr brachten. Früher hätte er anderen Fahrern niemals, nicht einmal flüsternd, derart ordinäre Worte nachgerufen, die vielleicht noch ordinärer waren als jene, die die beiden holländischen Lastwagenfahrer auf holländisch benutzten. Und wenn er früher an sie gedacht hatte, oder daran gedacht hatte, wie er mit ihr schlief, oder wenn er an ihr Geschlecht dachte, hätte er es nie gewagt, derartig rohe Ausdrücke zu verwenden, wie er sie jetzt im Geiste verwendete, er hätte sie nicht einmal dann verwendet, wenn er von den Furien der Leidenschaft geritten wurde. Denn die Eleganz des Herzens triumphierte über die Hitze des Körpers, und das Tierische, das manchmal das Wesen der Männer ausmacht, wurde von einer zarten Romantik im Zaum gehalten, die verschleiert, korrigiert und freundlich stimmt. Wenn er sie zum Beispiel sah, wie sie im Morgenrock durch die Wohnung ging, so wie er sie sich im Augenblick vorstellte, hätte er mit den Worten eines französischen Dichters zu ihr gesagt: Im grünen Morgenrock erinnerst du mich an Melusine, du gehst mit kleinen Schritten, als würdest du tanzen. Das hätte er früher zu ihr gesagt. Heute hingegen würde er zu ihr sagen (oder er dachte zumindest, daß er zu ihr sagen würde): Dein Arsch ist ein Wunder, er lächelt immer, er ist nie tragisch.

Aber war das eine Art, jemanden zu begrüßen? Und wenn nun ein Mann bei ihr war? Es war durchaus möglich, daß ein Mann bei ihr war, ihr Mann. Und wenn sie zum Beispiel an der Tür zu ihm sagen würde: Sprich bitte leise, drüben schläft jemand. Oder noch schlimmer: Ich wäre Ihnen dankbar, wenn Sie nicht so laut sprechen würden, Alfredo schläft drüben. Denn es wäre durchaus möglich gewesen, daß sie ihn siezte, nachdem er so viele Jahre geschlafen hatte, und daß drüben ein Alfredo war, hin und wieder gibt es Männer im Leben, die Alfredo heißen und die im Zimmer nebenan schlafen und die nur dazu da sind, um zu lieben, liebe mich, Alfredo.

Er bog auf eine hellerleuchtete Allee ein. Aleppo, Aleppo, du Stadt meiner Träume, dachte er, du empfängst mich funkelnd vor Licht, als ob ich ein Cäsar wäre, der im Triumphzug heimkehrt. Er kurbelte das Fenster herunter und ließ die kühle Nachtluft herein. Sie duftete nach Linden und vielleicht auch nach Vanille, so wie Aleppo duften mußte. Vielleicht stammte der Duft aber auch von der Keksfabrik, die man zur Linken sah und an der sich ein großes Schild mit Leuchtschrift befand: Biscou-Biscuit. Schön, wirklich ein schöner Name: Biscou-

Biscuit. Er hätte es zum Beispiel so machen können: Klopfen, anstatt an der Klingel zu läuten, das war eleganter, wenn er um diese Uhrzeit Sturm läutete, würden wahrscheinlich alle aus dem Bett fallen, und wenn sie öffnete, würde er zu ihr sagen: Hallo, Biscou-Biscuit. Die Ampel am Ende der Allee begann gelb zu blinken, für gewöhnlich tun das Ampeln erst nach Mitternacht, also war es bereits Mitternacht. Was würdest du zu jemandem sagen, der wer weiß wie lange im Wald geschlafen hat und nun nach Mitternacht bei dir auftaucht und dich Biscou-Biscuit nennt, fragte er sich. Ich würde ihm die Tür vor der Nase zuschlagen, gab er sich zur Antwort, und ihm dabei irgendein kleines Wort an den Kopf werfen, aber leise, höflich. Biscou-Biscuit, das fehlte gerade noch! Plötzlich sah er am Ende der Allee, die durch anonyme Wohnblocks führte, ein paar Platanen. Und plötzlich sah er die Anlage dieser Stadt am Meer ganz genau vor sich, wie auf einem Foto, diese Stadt, die er so gut kannte und die er glaubte vergessen zu haben. Da, die Allee führte auf eine Strandpromenade, wo am Rand des Kiesstrandes alte Tamarisken standen; weiter hinten befand sich der kleine Hafen und noch weiter hinten der historische Ortskern mit seinem Gewirr gepflasterter Gassen, der früher ein Fischerdorf gewesen war. Und inmitten dieses Gewirrs von Straßen befand sich ein kleiner Platz mit einer weißen Kirche und zwei Palmen daneben, die Kirche mit den zwei Palmen, und neben der Kirche befand sich ein Laubengang, wo die Fischer früher ihre Netze geflickt hatten, wobei sie auf winzigen blauen Stühlchen saßen, die aussahen wie Kinderstühle; und oberhalb der Laube standen alte Häuser, und in dem Haus links, dem mit dem schmiedeeisernen Balkon, war sie. Und inzwischen war sie ins Bett gegangen, davon war er überzeugt, sie war sicher ins Bett gegangen. Vor zwanzig Minuten war das Telefon noch besetzt gewesen, also war sie wach gewesen, aber was macht eine Dame allein um Viertel nach zwölf? Sie geht ins Bett. Um so wahrscheinlicher, wenn es einen Alfredo gibt.

Der historische Stadtkern war für den Verkehr gesperrt, aber um diese Uhrzeit würde ihn bestimmt kein Polizist aufhalten, die Ferien hatten noch nicht begonnen. Er parkte unter einer der Palmen, auf einem Behindertenparkplatz, logisch, daß Behinderte in den Stadtkern fahren durften. Das ist genau der richtige Platz für mich, der kommt mir sehr zupaß. Was für ein altmodischer Ausdruck, zupaß kommen, von wo war der aufgetaucht? Vielleicht aus seiner Jugend, als die jungen Leute so redeten: Das kommt mir sehr zupaß, ganz unbestreitbar. Das Fenster mit dem Balkon davor war finster. Verdammtes Fenster, verdammtes Fenster, warum bist du finster? Los, hübsches Fensterchen, los, sei lieb, werde hell, sie ist nur einen Augenblick ins Schlafzimmer gegangen und hat das Licht ausgemacht, aber jetzt kommt sie zurück, werde hell, sie hat die Brille im Wohnzimmer vergessen, sie liest immer vor dem Einschlafen, aber ohne Brille sieht sie nicht in der Nähe, sie war immer schon weitsichtig, sogar schon in ihrer Jugend, und wenn sie nicht ein paar Seiten liest, schläft sie nicht ein, das weiß ich besser als du, werde hell, stell dich nicht an.

Er setzte sich auf die Steinbank vor der Kirche. Klingeln oder nicht klingeln, das ist die Frage. Oder besser gesagt: hinaufgehen oder nicht hinaufgehen, denn das

Haustor war offen, wie übrigens immer, denn durch das Haustor gelangte man zu drei Wohnungen, und niemand machte sich die Mühe, es abzuschließen. Er überlegte, ob er sich eine Zigarette anzünden sollte, um Zeit zum Nachdenken zu haben. Aber wenn du dir eine Zigarette anzündest, bist du geliefert, mein Lieber, denn das ist die letzte Gelegenheit, sonst schläft sie wirklich ein. Die Brille lag ohnehin auf dem Nachtkästchen, und wie viele Seiten liest man, während man eine Zigarette raucht? Nicht mehr als zwei oder drei, und nach zwei oder drei Seiten schläft sie mit dem Buch auf der Brust ein, und früher hast du ihr manchmal das Buch weggenommen, während du dich ganz leise neben ihr niedergelegt hast, um sie nicht aufzuwecken. Also, geh schon, bitte, nimm dir ein Herz und geh. Tja: Und wenn Alfredo aufmacht? Entschuldige, versuch dir das einmal vorzustellen, Alfredo, womöglich in der Unterhose, und er sagt schläfrig und verärgert zu dir: Pardon, aber wer sind Sie? Was sagst du dann zu ihm: Biscou-Biscuit? Alfredo knallt dir eine, daß du die Treppe hinunterfliegst.

Er stand auf und trat die Zigarette mit dem Schuh aus. Merkwürdig, ihm war, als ob die Schritte, die auf dem Pflaster widerhallten, die eines anderen wären. Sie waren leicht, als würde ihm jemand folgen. Wer folgte ihm? Ach, ganz einfach: Es war der von früher, der ihm folgte, derselbe, der nicht mehr derselbe war. Und auch die Hände, dachte er, auch die Hände verändern sich, wie sehr sich doch meine Hände verändert haben. Hatten sie sich verändert? Und wie sie sich verändert hatten, als ob das Fleisch, das an den Fingerspitzen sitzt, und die weiche Wölbung auf der Unterseite des Daumens auf seinen

Bauch gewandert wären und seine Hände zu den knöchernen Händen eines Skeletts geworden wären. Mit ein paar Altersflecken darauf. Die man im Augenblick nicht sah, weil es dunkel war, aber oben, wenn er hinaufgegangen war, im Licht, da würde man sie sehr gut sehen, viel zu gut. »Hinaufgehen«, das war leicht gesagt. Und wenn es wirklich einen Alfredo gab? Er ging ganz langsam die Treppe hinauf und zählte bei jeder Stufe bis sieben. Sieben wie die ägyptischen Plagen, sieben Jahre lang war Jakob bei Laban Hirte gewesen, die sieben fetten und die sieben mageren Jahre, die sieben Todsünden, Siebenmeilenstiefel, eine Katze hat sieben Leben, ein Buch mit sieben Siegeln, von fünf bis sieben ist die Stunde der Liebenden. Aber jetzt war es halb eins. Warum stand ihr Name nicht mehr an der Klingel? Vielleicht wohnte sie nicht mehr hier. Aber natürlich wohnte sie noch hier, ihr Name hatte einfach auf einem mit Maschine beschrifteten Pappschildchen gestanden, das durch die Mauerfeuchtigkeit beschädigt worden war, und sie hatte es weggeworfen. Los, klingle endlich.

Sie war weder im Morgenrock noch im Nachthemd. Sie war elegant gekleidet, es kam ihm vor, als sei sie gerade von einem Fest oder einem Abendessen gekommen, er sah sie durch den Türspalt, weiter ging die Tür nicht auf, weil sie vom Riegel des Sicherheitsschlosses festgehalten wurde. Sie fragte einfach: Was machst du hier um diese Zeit? Was für ein Dummkopf er doch war, das war die einzige Frage, auf die er nicht vorbereitet war, die einfachste, die man einem Freund stellt, den man seit einer Woche nicht gesehen hat. Sieben Tage, sieben Tage waren vergangen, er hatte sich verrechnet. Es fiel ihm ganz spontan ein. *Te voglio, te cerco, te chiammo, te veco, te sento, te sonno*, sagte er leise, ohne zu singen. Was sagst du da, fragte sie. *Cchiù luntana me staie, cchiù vicina te sento*, fuhr er fort. Sie schob den Riegel des Sicherheitsschlosses zurück und öffnete die Tür. Komm herein, sagte sie, ich wollte gerade zu Bett gehen, hast du schon zu Abend gegessen? Er sagte ja, eigentlich nein, eigentlich schon, Fladenbrot mit Schinken, aber ich bin satt, am Abend versuche ich mich zurückzuhalten. Ich gebe dir ein Stück Torte, sagte sie, ich hole es aus der Küche, nimm inzwischen Platz, ich hatte heute abend Gäste, und dafür habe ich deine Lieblingstorte gebacken. Gâteau de la Reine, sagte er, du hast Gâteau de la Reine gemacht, ich weiß gar nicht, wann ich das zuletzt gegessen habe. Sie kam mit einem Tablett herein. Weil du blöd bist, sagte sie, ich weiß sehr gut, seit wann du sie nicht mehr gegessen hast, und du weißt es nicht, weil du blöd bist. Sie goß ihm ein Gläschen Porto ein. Ich habe einen neuen Parkettboden verlegen lassen, sagte sie, gefällt es dir? Schön, sagte er, rauchen wir eine Zigarette? Ich habe aufgehört, sagte sie, tut mir leid, aber rauch nur, ich gehe ins Bett, ich bin ein wenig müde. Kann ich mitkommen? fragte er.

Wo beginnt die Geographie einer Frau? Sie beginnt bei den Haaren, gab er sich selbst zur Antwort. Weißt du, daß die Geographie einer Frau bei den Haaren beginnt, flüsterte er ihr ins Ohr. Sie lag auf der Seite und wandte ihm den Rücken zu. Und dann geht es weiter mit dem Nacken und dem Rücken, sagte er, bis zu dem Punkt, wo die Wirbelsäule aufhört, das ist das Einzugsgebiet der Geographie einer Frau, denn dort, nach dem Steißbein, befindet sich ein kleiner Hügel aus Fettgewebe, oder ein kleiner Muskel, der aussieht wie eine Hühnerbrust, und hier beginnt die Sperrzone, aber zuerst verspüre ich das Bedürfnis, dir über die Haare zu streichen und dir dann ganz leicht den Nacken zu kraulen, ich bin vor allem gekommen, dir den Nacken zu kraulen, mir ist, als hätten meine Hände ohne deinen Körper den Tastsinn verloren, sie sind häßlich und dünn geworden und voller Flecken. Du weißt, daß ich kitzlig bin, kitzle mich bitte nicht. Dann massiere ich dich, sagte er, ich streichle dir die Schultern, als ob ich dich ganz leicht massieren würde, nur mit den Fingerspitzen. Wenn du das machst, schlafe ich ein, sagte sie, es entspannt mich, tut mir leid. Schlaf nur, sagte er, ich wecke dich dann auf, möchtest du, daß ich dir ganz leise ein Lied vorsinge? Komponierst du noch immer, fragte sie mit einer Stimme, die bereits in den Schlaf abglitt. Hin und wieder, antwortete er, ab und zu, aber im Augenblick sammle ich mehr, was ich in den letzten Jahren komponiert habe. Wie geht das Lied, dessen Text du aufgesagt hast, als du hereingekommen bist, fragte sie. Was für ein Lied, fragte er. Das neapolitanische, los, tu nicht so.

Er fuhr fort, sie mit der rechten Hand zu streicheln, und als er mit der linken über sie drüber griff und ihre Brüste berührte, schlief sie bereits. Er spürte die kleinen Falten im Ausschnitt: die Haut, die runzelig wurde. Aber ihre Brüste waren noch fest und warm, und der Hof rund um die Brustwarzen war groß und hatte viele kleine Pünktchen, wie Samenkörner, die unter der Erde darauf warten aufzugehen. Er dachte, wie schön doch die Geographie einer Frau sei, und einfach, sofern man sie kennt und sie liebt, und er dachte, daß die Männer dumm sind, weil sie hin und wieder glauben, sie vergessen zu haben, und deshalb sind sie dumm, und während er das dachte, spürte er, daß auch sein Körper in dem Rhythmus des Körpers zu atmen begann, den er umarmte, und er dachte: Du mußt bei Bewußtsein bleiben, warte, schlaf nicht ausgerechnet jetzt ein.

Als er die Augen aufschlug, begann es zu dämmern. Im Mai dämmert es früh. Im Schlaf hatte sie sich zugedeckt. Oder vielleicht hatte er sie zugedeckt, ohne es zu bemerken. Er zog die Decke weg und streichelte ihre Hinterbacken. Zuerst sanft und dann fester, indem er sie an sich drückte. Sie bewegte sich im Schlaf und gab einen kleinen tonlosen Laut von sich. Dein Arsch ist ein Wunder, sagte er, er lächelt immer, er ist nie tragisch. Sie wachte auf. Was sagst du, fragte sie. Er wiederholte es, und dann sagte er: Das ist ein Gedicht. Du Trottel, sagte sie. Mit der linken Hand suchte er ihr Geschlecht. Sie preßte die Beine zusammen. Sag mir noch einmal die Verse auf, die du mir heute nacht aufgesagt hast, sagte sie, ich war schon eingeschlafen. Welche, fragte er. Die neapolitanischen, sagte sie, es war ein Lied, glaube ich. Ich erinnere mich nicht, sagte er. Aber ja doch, das Lied, in dem es heißt, ich will dich, sagte sie. Also gut, sagte er, es lautet so:

Sex contains all, bodies, delicacies, results,
  promulgations,
Meanings, proofs, purities, the maternal mistery,
  the seminal milk,
All hopes, benefactions, bestowals, all the passions,
  loves, beauties, delights of the heart,

*All the governments, judges, gods, follow'd persons of
 the earth,
These are contain'd in sex as parts of itself and
 justifications of itself.*

Das sagte er, und dabei streichelte er mit der Hand ihren Schamhügel. Schwindler, sagte sie, das ist Whitman. Ich will dich, sagte er. Tritt ein, sagte sie. Ich mach es so, sagte er, von hinten. Nein, sagte sie, leg dich auf mich, ich will, daß du mich von vorne fickst. So einen Ausdruck hätte ich von dir nicht erwartet, sagte er. Es ist ein ganz natürlicher Ausdruck, ein Ausdruck aus dem Bereich der natürlichen Liebe. Und sie umarmte ihn.

Ich würde gerne noch ein wenig schlafen, sagte er, es ist noch nicht einmal Morgen. Du hast fast die ganze Nacht geschlafen, sagte sie, ich habe dich gehört, glaubst du, daß du leichter einschläfst, wenn ich dich umarme? Das weißt du doch, sagte er. Möchtest du, daß ich dir etwas ins Ohr flüstere, fragte sie, früher hast du mich immer gebeten zu sprechen, du schliefst dann leichter ein. Wie du willst, sagte er. Ich kenne ein neapolitanisches Lied, sagte sie, du weißt, daß ich nicht den Ton halten kann, aber ich kann versuchen, es dir vorzusingen, es beginnt mit *te voglio* und endet mit *te sonno*.

Sag mir: Wäre es so, wenn es wäre?

Ein Brief, der noch zu schreiben ist

*A Letter is a joy of Earth –
It is denied the Gods.*

Emily Dickinson, *Briefe*

Meine liebe Frau,

ich würde Dir wirklich gern irgendwann einen Brief schreiben, einen totalen Brief, einen wahrhaftigen und totalen Brief, ich denke darüber nach, und ich denke, wie er lautete, wenn ich ihn Dir schriebe: Er wäre in einfachen und eingängigen Worten gehalten, die schon etwas abgenutzt wären vom häufigen Gebrauch und fast unschuldig, in denen jedoch die vergangene Leidenschaft noch nachhallen würde. Und durch die dunklen Lava- und Tonschichten hindurch, die das Leben auf allem abgelagert hat, würde er Dir sagen, daß ich noch immer ich bin und daß ich noch immer Träume hege, abgesehen davon, daß ich im Morgengrauen aufwache und daß hin und wieder meine Hand zittert, wenn ich die Feder und den Pinsel halte. Und daß auch das Haus unverändert ist. Das alte Holz hat noch immer den gleichen Geruch und läßt sich vom Holzwurm zerfressen, und wenn im Sommer Licht auf das Verandafenster fällt, werfen die Blätter der sich am Gitter emporrankenden Weinrebe chinesische Schattenspiele auf die Wand gegenüber, und es ist schön, sich in diesem Augenblick im Korbstuhl auszustrecken, während draußen, auf dem Land ringsherum, Mittagsruhe herrscht und die Zikaden keine Sekunde schweigen, und zweifellos sind es dieselben Zikaden, das heißt, es sind andere und dennoch gleichen sie denen von immer. Und daß Ende Februar die japanische Magnolie blüht, noch bevor die Blätter ausgetrieben haben, und daß sie aussieht wie eine in der Luft hängende merkwürdige kandierte Vase, wie ewig. Und weiter hinten im Garten tut es ihr die Mimose gleich, die Du so sehr geliebt hast. Und auch die Kinder werden größer, genau wie damals. Caterina hält noch immer ihre Diät ein, wenn auch etwas widerwillig, sie war ja wirklich etwas rundlich geworden, aber in ihrem Alter ist man sich seiner Würde schon durchaus bewußt, wie damals ist sie schon kokett, und als Erwachsene wird sie eine faszinierende Frau sein. Nino ist im Gegenteil ganz dünn und tut sich schwer in der Schule, aber nur, weil er sich nicht anstrengt, denn seine Intelligenz läßt bereits ahnen, was er geworden ist. Und dann würde ich Dir noch sagen, daß die Abende lang sind, sehr lang, fast endlos, und träge, aber daß mein Herz genauso reagiert wie früher und daß es manchmal bei einer Musik, einem Ton oder einer Stimme unten auf der Straße wie verrückt zu schlagen beginnt, es kommt mir vor wie ein Pferd im Galopp. Aber wenn die Nacht mich aufweckt, stehe ich wie immer auf und gehe ins Eßzimmer, um das Klopfen zur Ruhe zu bringen, ich zünde eine gelbe Kerze an, denn Gelb ist schön im Halbdunkel, und lese »Die Nacht ist mild und klar, es weht kein Wind«, und diese Worte beruhigen mich, obwohl der Wind draußen an den Ästen rüttelt, und da sage ich mir: So weit von deinem Zweige, du armes schwaches Blatt, wohin nur?

Das frage ich mich, und ich versuche, wieder einzuschlafen, und wenn es mir nicht gelingt, schüre ich die Glut im Kamin, damit sie noch ein wenig leuchtet, und um einzuschlafen, denke ich daran, daß ich Dir schreiben würde, ich hätte nicht gewußt, daß die Zeit nicht wartet, ich wußte es wirklich nicht, man denkt nie, daß die Zeit aus Tropfen besteht, und ein Tropfen zuviel genügt, damit die Flüssigkeit sich auf den Boden ergießt und sich wie ein Fleck ausbreitet und versickert. Und ich würde Dir sagen, daß ich liebe, daß ich noch immer liebe, obwohl meine Sinne müde zu sein scheinen, was sie auch wirklich sind, und daß die Zeit, die früher so schnell und ungeduldig war, nun an manchen Nachmittagen sehr, sehr langsam vergeht, vor allem, wenn es Winter wird, nach der Tagundnachtgleiche, wenn der Abend plötzlich einbricht und im Dorf die Lichter angehen, obwohl man noch gar nicht damit gerechnet hat. Und ich würde Dir auch sagen, daß ich die Worte für meinen Stein vorbereitet habe, es sind nur ganz wenige, denn zwischen meinem Geburtstag und dem Tag, der mein Todestag sein wird, gehören alle meine Tage mir, und ich war so klug, das dem kleinen Mann zu überlassen, der von Berufs wegen und aus Berufung diese barmherzigen Taten vollbringt. Und dann würde ich Dir sagen, daß ich damals, als ich Dich sah, während Du mir die Landschaft zeigtest, und mir Deine Gestalt, die sich vor dem Horizont abzeichnete, als das Schönste erschien, was die Welt hervorgebracht hat, plötzlich Lust hatte, Deine gelehrten Ausführungen zu unterbrechen und Dich mit dem Feuer der Leidenschaft zu umarmen. Und dann würde ich Dir noch von bestimmten Nächten erzählen, in denen wir uns unterhalten haben, von dem Haus am Meer, von bestimmten Augenblicken in Rom, vom Aniene und von anderen Flüssen, die wir gemeinsam betrachtet haben, wobei wir uns gedacht haben, daß sie ganz allein dahinfließen, ohne zu bemerken, daß wir mit ihnen fließen. Und ich würde Dir ebenfalls sagen, daß ich auf Dich warte, obwohl man nicht auf jemanden wartet, der nicht zurückkehren kann, denn um wieder das zu sein, was man war, müßte sein, was war, und das ist unmöglich. Aber ich würde zu Dir sagen: Schau, alles, was inzwischen gewesen ist und von dem man glaubt, daß es so schwierig zu durchbohren ist, wie wenn man auf Granit stößt, nun gut, all das ist nichts, wenn Du den Brief liest, den ich eines Tages schreiben werde, wird es kein unüberwindbares Hindernis sein, Du wirst schon sehen, ich schreibe Dir einen Brief, den ich immer im Kopf hatte, der mich die ganze Zeit über begleitet hat, einen Brief, den ich Dir schulde und den ich wirklich schreiben werde, dessen kannst Du sicher sein, ich verspreche es Dir.

Es wird immer später

*El candil se está apagando
La alcuza no tiene aceite ...
No te digo que te vayas
Ni te digo que te quedes.*

      Zigeunerlied aus Andalusien

Avec le fil de jours pour unique voyage.

      Jacques Brel, *Le Plat Pays*

Sehr geehrte Herren,

dies ist zwar nur ein Rundschreiben, aber unsere Agentur möchte es so persönlich gestalten wie nur möglich, nicht so sehr in der Hoffnung auf eine weiterführende Beziehung mit Ihnen, die, wie Sie verstehen werden, gar nicht möglich ist, sondern um jene Form von Herzlichkeit und Höflichkeit aufrechtzuerhalten, die bisher unsere Beziehung bestimmt hat.

Wie Ihnen bekannt sein wird, kann unsere Agentur auf eine langjährige Erfahrung zurückgreifen, sie hat Menschen in den Wechselfällen des Lebens beigestanden; die meisten sind gar nicht an die Öffentlichkeit gedrungen, über manche werden vielleicht auch Sie Bescheid wissen, da Künstler aller Epochen auf manchmal übertriebene Weise davon berichtet haben.

Sorgen und unerwartete Zwischenfälle gehören also zu unserem Geschäft: Ich würde sogar sagen, daß sie für uns manchmal eine kleine Ablenkung von der Monotonie und der Routine darstellen, mit der unsere Agentur für gewöhnlich zu tun hat. Ich nehme an, Sie alle haben bereits Erfahrungen mit anderen Agenturen, wenn auch weniger komplizierten als der unseren, zum Beispiel mit einer Agentur, die Fahrzeuge verleiht. In den Verträgen, die diese Agenturen abfassen, wird mit Unfällen gerechnet, die von einer Versicherung gedeckt sein müssen. Dennoch gibt es unvorhergesehene Vorfälle, die keine Versicherung der Welt decken kann, einfach deshalb nicht, weil das Unvorhergesehene an und für sich nicht vorhersehbar ist. Ich gebe Ihnen ein ganz banales Beispiel: eine Reifenpanne. Per Vertragsklausel ist festgelegt, daß schnell und adäquat geholfen werden soll. Aber nicht immer tritt eine Reifenpanne in Umständen auf, unter denen man schnell und adäquat helfen kann. Versuchen Sie, meine Herren, sich einen x-beliebigen Kunden vorzustellen, der mit seinem Auto über eine steil über dem Meer gelegene Straße fährt. Die Straße ist kurvenreich, und langsam wird es dunkel. Ausgerechnet in einer verflixten Haarnadelkurve stellt der unglückliche Kunde fest, daß er einen Platten hat, und wenn jetzt ein Jeep mit ein paar jungen Burschen am Steuer daherkäme, die es eilig haben (so etwas kann passieren, und genau das stellt er sich auch vor), würde er überfahren werden, ehe er sich's versieht. Der Kunde, der ein wenig nervös geworden ist, sucht im Kofferraum das rettende Pannendreieck, das ihn eventuell davor bewahren würde, Opfer eines Auffahrunfalls zu werden. Aber er findet es nicht. Warum? Weil irgendein Techniker (die heißen immer so bei den Agenturen) vergessen hat, das Pannendreieck an seinen Platz zurückzulegen, nachdem er den Wagen gereinigt hat, um ihn dem nächsten Kunden auszuhändigen. Der Kunde, der inzwischen am Rande eines Nervenzusammenbruchs ist, liest im spärlichen Licht des Abends, denn inzwischen ist es Abend geworden, den Prospekt der Agentur, bei der er den Wagen geliehen hat, mit den Anweisungen, was »im Notfall« zu tun sei. Zum Glück (der Arme glaubt es) gibt es eine Hotline für Notfälle, und ebenfalls zum Glück hat er ein Handy dabei, das er – den Ratschlag seiner Ehefrau befolgend – gekauft hat, als eine Auslandsreise bevorstand. Er wählt die Nummer, aber die ist, Herrgott noch mal, ständig besetzt. Bis sie... ach endlich! ...frei ist... Aber leider hebt jetzt niemand ab. Meine Herren, vielleicht halten Sie diese Geschichte für dumm, aber ich kann Ihnen versichern, für den besagten armen Kunden ist dies einer der dramatischsten Augenblicke seines Lebens. Er wird sich auf immer und ewig an die schrecklichen Augenblicke erinnern, als es auf einem unbekannten Felsen steil über dem Meer langsam Nacht wurde und Gefahr drohte, daß sein Auto, das mit einem Platten in einer Haarnadelkurve stand, von einem Jeep gerammt wurde, der von rücksichtslosen Jugendlichen gelenkt wurde, oder daß es, noch schlimmer, von einem Lastwagen zertrümmert wurde, an dessen Steuer ein schläfriger oder vielleicht sogar betrunkener Fahrer saß.

Meine Herren, Sie sollen jedoch nicht glauben, daß ich mit dem obengenannten Beispiel die durchaus verständliche Angst des obengenannten Kunden mit der Sorge vergleichen möchte, von der Sie, meine Herren, die Agentur im Laufe unserer langjährigen Geschäftsbeziehung immer wieder in Kenntnis gesetzt haben. Unsere Agentur, bei der ich die Aufgabe habe, Verträge zu lösen, hat es immer tunlichst vermieden, Kunden miteinander zu vergleichen. Verträge, deren Gültigkeit Sie, meine Herren, unter Umständen in Frage stellen könnten, mit dem Argument, sie nicht eigenhändig unterschrieben zu haben. Aber leider, leider, meine Herren, haben Sie einfach aufgrund Ihrer Anwesenheit hienieden einen Vertrag unterschrieben, der darin besteht, geboren worden zu sein. Und zu leben. Und natürlich auch zu sterben. Vergleiche sind, wie ich schon sagte, nicht angebracht. Auch weil sich jeder in seinem Leben auf seine Weise von einem Draht zu befreien versucht, egal ob es nun ein Stacheldraht ist oder nicht. Und wie viele Reisen hat man nicht in Gesellschaft von irgend jemandem unternommen, um am Ende doch nur festzustellen, daß man allein ist? Ganz zu schweigen von den geistigen Labyrinthen, in denen wir eine Zeit neu zu erleben glaubten, die wir für die unsere hielten, und die unsere war, aber noch nicht unsere ist. Und Sappho das anakreontische Versmaß beizubringen ist eine Dummheit, glauben Sie mir. Man versteht ja, daß es Bacchanale gibt, bei denen der Priester in Ekstase gerät und die Musik der Zimbeln und der Trommeln jedes Maß sprengt, obsessiv wird und in die Gallenblase eindringt, von wo aus sich die schwarze Melancholie und die nächtliche Sichtweise des Universums ausbreiten: Sich jedoch Melodramen hinzugeben, deren Musik eines mit schlechtem Parfum durchdrungenen Trikliniums würdig wäre, erscheint dieser Agentur als übertrieben und zweifellos unschicklich. Außerdem wissen wir seit geraumer Zeit, daß das Blut die Atome der Menschen nährt und daß es ihnen die Nahrung vorenthalten kann. Das tut uns leid. Und lange Spaziergänge haben auch wir unternommen, das können wir Ihnen versichern, aber so eine kleine Runde kann auch ein Leben lang dauern, aber was fügt der Algorithmus eines Lebens den unendlichen Algorithmen einer Agentur wie der unseren hinzu? Und dieselbe Sache noch einmal aus zwei verschiedenen Gesichtspunkten: Kommt Ihnen das nicht etwas langweilig vor? Los! Das Universum besteht aus unendlich vielen Punkten, da sind zwei armselige Gesichtspunkte wirklich wenig. Und wenn Schweigen wirklich Gold ist, warum soll man dann nicht schreiben, was noch nie geschrieben worden ist, und warum soll man nicht die Reise unternehmen, die noch nie unternommen worden ist? Erscheint Ihnen das nicht als eine Art feige Kapitulation?

Sie, meine Herren, sind leidende Menschen, oder zumindest Menschen, die am Leben sehr gelitten haben. Das ist glaubhaft, und in Fällen wie den Ihren halten wir aufgrund einer Entscheidung, die nicht von unserer Agentur abhängt, sondern von einem Termin, der von einem übergeordneten Büro namens »Endlichkeit« beschlossen wird, ausnahmsweise einen Brief bereit, den wir gewissermaßen als Prospekt verwenden, den Brief einer Frau, die uns sehr viel bedeutet hat und den wir in bestimmten außergewöhnlichen Fällen an Kunden männlichen Geschlechts wie Sie, meine Herren, schicken, nicht nur, um Ihr Leid zu lindern, sondern auch, um Ihnen, wenn auch nur in Form eines weiteren Rundschreibens, in Erinnerung zu rufen, daß die Adressaten, um die Sie, meine Herren, sich bis jetzt nicht gekümmert zu haben scheinen, das Recht haben, auch Absender zu sein. Der Brief ist nicht unterzeichnet, aber Sie, meine Herren, werden keine Mühe haben zu verstehen, wer ihn geschrieben hat. Er hatte keinen Titel, aber ich und meine Schwestern haben ihm den Titel »Brief an den Wind« gegeben. Unsere Agentur wäre Ihnen dankbar, wenn Sie ihm die gebührende Aufmerksamkeit schenken würden.

Brief an den Wind

»*Am späten Nachmittag bin ich auf dieser Insel an Land gegangen. Vom Fährboot aus sah ich, wie der kleine Hafen immer näher kam, mit dem weißen Städtchen unterhalb der venezianischen Festung, und ich dachte: Vielleicht ist es hier. Und während ich die Stufen in den Gäßchen hinaufstieg, auf denen man bis zum Turm gelangt, mit meinem Gepäck, das jeden Tag leichter wird, sagte ich bei jeder Stufe aufs neue zu mir: Vielleicht ist es hier. Auf dem kleinen Platz unterhalb der Festung, einer Art Terrasse, von wo aus man auf den Hafen blickt, gibt es ein einfaches Restaurant, mit alten Eisentischen entlang einer Mauer, zwei Blumenbeeten mit zwei Olivenbäumen und feuerroten Geranien in viereckigen Blumenkisten. Auf dem Mäuerchen hocken alte Männer und unterhalten sich leise, Kinder laufen rund um die Marmorbüste eines schnurrbärtigen Hauptmanns, eines Helden aus den Balkankriegen in den zwanziger Jahren. Ich setzte mich an ein Tischchen, stellte mein Gepäck auf den Boden und bestellte das typische Gericht der Insel, Kaninchen mit Zwiebeln in Zimtsauce. Die ersten Touristen sind bereits unterwegs: es ist Anfang Juni. Die Nacht senkte sich herab, eine transparente Nacht, die das Kobaltblau des Himmels in leuchtendes Violett verwandelte, und dann die Dunkelheit, wo nur noch Indigo übrigblieb. Über dem Meer leuchteten die Lichter der Dörfer von Paros, und es hatte den Anschein, als wären sie nur ein paar Schritte entfernt. Gestern habe ich auf Paros einen Arzt kennengelernt. Er ist ein Mann aus dem Süden, aus Kreta, glaube ich, aber ich habe ihn nicht danach gefragt. Er ist ein kleiner stämmiger Mann, mit kleinen Äderchen auf der Nase. Ich betrachtete den Horizont, und er fragte mich, ob ich den Horizont betrachtete. Ich betrachte den Horizont, gab ich ihm zur Antwort. Die einzige Linie, die den Horizont durchbricht, ist der Regenbogen, sagte er, eine Täuschung aufgrund eines optischen Reflexes, reine Illusion. Und wir sprachen von Illusionen, und ich habe von Dir erzählt, obwohl ich es eigentlich nicht wollte, ich habe Deinen Namen genannt, ohne ihn zu nennen, und er sagte zu mir, er kenne Dich, denn er hatte Dich genäht, als Du Dir eines Tages die Pulsadern aufgeschnitten hattest. Das wußte ich nicht, und es hat mich gerührt, und ich dachte, daß ich in ihm ein wenig von Dir wiederfinden würde, weil er Dein Blut kannte. Also bin ich mit ihm in seine Pension gegangen, sie hieß Thalassa, und sie befand sich auch wirklich an der Uferpromenade, sie war häßlich und von deutschen Billigtouristen bewohnt, die ihre Ferien in Griechenland verbringen und die Griechen verabscheuen. Aber er war nicht wie die Deutschen, er war freundlich, er zog sich schamhaft aus, er hatte ein kleines, etwas gebogenes Glied, wie manche Satyrstatuen aus Terrakotta, die sich im Museum von Athen befinden. Und er wollte keine Frau, sondern vielmehr tröstende Worte, denn er war unglücklich, und ich habe so getan, als würde ich sie ihm geben, aus menschlichem Mitgefühl.*

Ich habe Dich gesucht, mein Liebling, in jedem Deiner Atome, die sich im Universum zerstreut haben. Ich habe so viele gesammelt wie möglich, am Boden, in der Luft, im Meer, in den Blicken und Gesten der Menschen. Ich habe Dich sogar in den kouroi *gesucht, im fernen Gebirge einer dieser Inseln, nur weil du mir einmal erzählt hast, daß Du Dich einem* kouros *auf den Schoß gesetzt hast. Die Anreise war gar nicht einfach. Mit dem Bus bin ich bis nach Sypouros gefahren, wenn das Dorf, das nicht einmal in der Landkarte verzeichnet ist, tatsächlich so heißt, und dann mußte ich noch drei Kilometer zu Fuß gehen, ich bin langsam die kurvenreiche, unbefestigte Straße hinaufgegangen, die auf der anderen Seite in ein mit Oliven und Zypressen bewachsenes Tal hinunterführt. Auf der Straße traf ich einen alten Hirten, und ich habe das einzige wichtige Wort zu ihm gesagt:* kouros. *Und seine Augen funkelten komplizenhaft, als ob er verstanden hätte, als ob er wüßte, wer ich war und was ich suchte, daß ich Dich suchte, und er streckte wortlos die Hand aus und zeigte mir den Weg, und ich habe seine Geste genommen, die mir den Weg gewiesen hat, und das Licht, das einen Augenblick lang in seinen Augen geleuchtet hat, und beides in die Tasche gesteckt, schau, da sind sie, ich könnte sie auf dieser Terrasse auf den Tisch legen, hier, wo ich gerade zu Abend esse, zwei weitere Steinchen dieses zu Bruch gegangenen Mosaiks, und ich sammle verzweifelt diese Steinchen, um Dich wieder zusammenzusetzen: den Geruch dieses Mannes, mit dem ich die Nacht verbracht habe, den Regenbogen am Horizont und das himmelblaue Meer, das mir angst macht. Und vor allem das vergitterte Fenster, das ich in Santorin entdeckt habe, an dem sich eine Weinrebe emporrankte und von dem aus man das weite Meer und einen kleinen Platz sah. Das*

Meer war unendlich weit, der kleine Platz nur wenige Quadratmeter groß, und während ich sie betrachtete, fielen mir Gedichte ein, die von Meeren und Plätzen handeln, ein Meer funkelnder Dachziegel, das ich eines Tages mit Dir von einem Friedhof aus gesehen hatte, und ein kleiner Platz, wo die Menschen, die an ihm wohnten, Dein Gesicht gesehen hatten, und so suchte ich Dich im Geiste im Funkeln dieses Meeres, weil Du es gesehen hattest, und in den Augen des Kurzwarenhändlers, des Apothekers, des Alten, der auf diesem kleinen Platz Eiskaffee verkaufte, weil sie Dich gesehen hatten. Auch diese Dinge habe ich in die Tasche gesteckt, in diese Tasche, die ich selbst und meine Augen ist.

Ein Pope ist auf den Kirchplatz herausgetreten. Er schwitzte in seinem schwarzen Gewand und rezitierte eine byzantinische Liturgie, dessen Kyrie eine Farbe von Dir hatte. Am Horizont fährt ein Schiff, das im Blau des Meeres einen Streifen weißer Gischt hinterläßt. Bist Du auch das? Vielleicht. Ich könnte ihn in die Tasche stecken. Aber derweil telefoniert eine ausländische Touristin, die früh dran ist – früh hinsichtlich der Jahreszeit, denn sie befindet sich in einem mehr als vorgerückten Alter –, von einer Telefonzelle vor dem Meer aus, die weder vor dem Wind noch vor den Blicken der Passanten geschützt ist, und sagt: Here the spring is wonderful. I will remain very well. *Und dieser Satz ist von Dir, ich erkenne ihn, auch wenn er in einer anderen Sprache ausgesprochen wurde, aber in diesem Fall handelt es sich nur um die ungefähre englische Übersetzung dessen, was Du bereits gesagt hast, das wissen wir gut. Für uns ist der Frühling vergangen, mein lieber Freund, mein lieber Liebling. Und der Herbst ist schon da, mit dem augenblicklichen Gelb seiner Blätter. Es ist vielmehr tiefer Winter in diesem verfrühten Sommer, dessen Hitze von der Brise gemildert wird, die heute abend auf der Terrasse weht, von der aus man den Hafen von Naxos sieht.*

Fenster: das, was wir brauchen, sagte mir einmal ein alter Weise in einem fernen Land, die Weite des Realen ist unbegreiflich, um es zu verstehen, müßte man es in einem Rechteck einsperren, die Geometrie stellt sich dem Chaos entgegen, deshalb haben die Menschen Fenster erfunden, die geometrisch sind, und jede Geometrie setzt rechte Winkel voraus. Ist vielleicht auch unser Leben rechten Winkeln unterworfen? Du weißt ja, diese schwierigen Wege, die aus Teilstrecken bestehen, die wir alle zurücklegen müssen, einfach um an unser Ende zu gelangen. Mag sein, aber wenn eine Frau wie ich auf einer Terrasse, die auf das Ägäische Meer blickt, darüber nachdenkt, an einem Abend wie diesem, versteht sie, daß alles, was wir denken, was wir erleben, was wir erlebt haben, was wir uns vorstellen, was wir begehren, nicht von Geometrien beherrscht werden kann. Und daß Fenster nur eine ängstliche geometrische Form sein können, die die Menschen erfunden haben, weil sie den kreisförmigen Blick fürchten, der alles umfaßt, ohne Sinn und ohne Ausweg, so wie Thales die Sterne beobachtete, die nicht in das Viereck eines Fensters passen.

Ich habe alles von Dir gesammelt: Brösel, Teile, Staub, Spuren, Vermutungen, Akzente, die in den Stimmen anderer zurückgeblieben sind, ein paar Sandkörner, eine Muschel, Deine Vergangenheit, so wie ich sie mir vorgestellt habe, unsere vermeintliche Zukunft, das, was ich gerne von Dir gehabt hätte, das, was Du mir versprochen hast, meine kindlichen Träume, die Verliebtheit, die ich als Kind für meinen Vater verspürt habe, ein paar dumme Reime aus meiner Jugend, eine Mohnblume am Rand einer staubigen Straße. Auch die habe ich in die Tasche gesteckt, weißt Du? Die Blumenkrone einer Mohnblume, wie jene Mohnblumen, die ich im Mai auf den Hügeln pflückte, wohin ich mit meinem Volkswagen fuhr, während Du zu Hause geblieben bist und über Deinen Projekten gebrütet hast, während Du Dich mit den komplizierten Rezepten beschäftigt hast, die Dir Deine Mutter in einem schwarzen, auf französisch geschriebenen Büchlein hinterlassen hatte, und ich Mohnblumen pflückte, die Du nicht verstehen konntest. Ich weiß nicht, ob Du mir Deinen Samen eingepflanzt hast oder umgekehrt. Aber nein, kein Same von uns ist je aufgeblüht. Jeder ist allein, ohne die Vermittlung zukünftigen Fleisches, und ich vor allem ohne jemanden, der meine Angst einsammeln wird. Ich habe alle diese Inseln befahren, und auf allen habe ich Dich gesucht. Und das ist die letzte, so wie ich die letzte bin. Nach mir ist Schluß. Wer könnte Dich noch suchen, wenn nicht ich?

Man kann jemanden nicht betrügen, indem man einfach den Faden durchschneidet. Ohne daß ich auch nur wüßte, wo Du ruhst. Du hast Dich Deinem Minos anvertraut, den Du überlistet zu haben glaubtest, der letzten Endes jedoch Dich verschluckt hat. Und so habe ich auf allen möglichen Friedhöfen Grabinschriften entziffert, auf der Suche nach Deinem geliebten Namen, damit ich Dich wenigstens irgendwo beweinen könnte. Zweimal hast Du mich betrogen, das zweite Mal, indem Du Dei-

nen Leichnam vor mir versteckt hast. Und jetzt bin ich hier, sitze an einem Tischchen auf dieser Terrasse, schaue sinnlos aufs Meer hinaus und esse Kaninchen in Zimtsauce. Ein alter Grieche, dem alles egal ist, singt ein altes Lied, um sich ein paar Groschen zu verdienen. Katzen, Kinder laufen herum, und außerdem sind noch zwei Engländer in meinem Alter da, sie unterhalten sich über Virginia Woolf und einen Leuchtturm in der Ferne, der ihnen gar nicht aufgefallen war. Ich habe Dich aus einem Labyrinth herausgeführt, und Du hast mich in eines hineingeführt, ohne daß es für mich einen Ausweg gäbe, nicht einmal den Tod. Denn mein Leben ist vergangen, und alles entflieht mir, und keine Verbindung kann mich zu mir selbst oder zum Kosmos zurückführen. Ich bin hier, die Brise streichelt meine Haare, und ich gehe tastend durch die Nacht, weil ich meinen Faden verloren habe, den ich Dir gereicht hatte, Theseus.«

Die Zeit, die uns zur Verfügung steht, geht leider zu Ende. Klotho und Lachesis haben ihre Aufgabe erfüllt, und nun bin ich dran. Sie, meine Herren, werden mir verzeihen, aber in diesem Augenblick, den ich mit einer anderen Sanduhr messe als Sie, scheint für Sie alle dasselbe Jahr, derselbe Monat, derselbe Tag und dieselbe Stunde auf: der Zeitpunkt, an dem der Faden durchgeschnitten werden muß. Darin besteht mein Auftrag, und ich erfülle ihn, glauben Sie mir, nicht ohne Bedauern. Jetzt. Augenblicklich. Sofort.

Postskriptum

Wenn ich mich recht erinnere, wurde dieser Roman in Briefform ungefähr zur Herbst-Tagundnachtgleiche 1995 begonnen. Damals interessierte ich mich vor allem für Sadeq Hedayat und seinen Selbstmord in Paris, für den Blutkreislauf, wie ihn Andrea Cisalpino Mitte des 16. Jahrhunderts in Pisa erforscht hatte, für die Funktion des Serotonins, die Toleranzgrenze des Schmerzes und für Freundschaften, die ich für tot hielt und die es vielleicht gar nicht waren.

Es begann mit einem Streich, den mir die Erinnerung spielte, in Form eines Briefes, der im Roman den Titel »Forbidden Games« trägt und der auf englisch und portugiesisch als Vorwort zu einem Bildband des brasilianischen Fotografen Marco Scavone (*And Between Shadow And Light / E entre a sombra e a luz*, Dórea Books and Art, São Paulo 1997) abgedruckt wurde und dann in Italien unter dem Titel »Lettera a una Signora di Parigi« in *La rassegna lucchese*, Nr. 2, 2000, erschien. Ein Streich, den mir die Erinnerung spielte, denn auf einem von Scavones Fotos, das aus den sechziger Jahren stammte, war eine nackte Frau auf einem Balkon zu sehen, die die Arme zum Himmel emporstreckte, als ob sie die Luft umarmen würde. Und dieses Foto brachte die Saite eines lang zurückliegenden Ichs (das also von mir, der ich das Foto betrachtete, weit entfernt war) zum Schwingen, so daß ich es für durchaus möglich hielt, die Erinnerung an dieses Bild einem Ich zuzuschreiben, das nur der Schein oder ein vor langer Zeit verlorengegangenes Teleplasma von mir war. Mit einem Wort, ein Unbekannter, der einen Brief geschrieben hat.

Ein Brief ist eine zwiespältige Botschaft. Wir alle haben zumindest einmal im Leben einen Brief erhalten, von dem wir glaubten, er käme aus dem Reich des Imaginären, der jedoch im Geist dessen, der ihn geschrieben hatte, wirklich existierte. Und wahrscheinlich schicken auch wir solche Briefe ab, vielleicht ohne uns bewußt zu sein, daß wir uns damit in einem Raum bewegen, der für uns real, für die anderen jedoch fiktiv ist, und daß dieser Brief darüber hinaus der aufrichtigste Fälscher ist, weil er uns vortäuscht, wir würden die Distanz zu der Person in der Ferne überwinden. Die Menschen sind schon fern genug, wenn sie an unserer Seite leben, wie weit entfernt sind sie erst, wenn sie wirklich weit weg sind!

Hin und wieder kann es auch passieren, daß wir uns selbst einen Brief schreiben. Und ich meine damit nicht die manchmal sogar großartigen Fiktionen, die manche Schriftsteller der Vergangenheit zustande gebracht haben, ich meine echte Briefe, mit Marke und Stempel! Hin und wieder geschieht es sogar, daß wir Toten schreiben. Ich gebe zu, das ist nicht alltäglich, aber es kann passieren. Und manchmal antworten die Toten sogar, auf eine bestimmte Weise, die nur sie kennen. Aber am meisten beunruhigt uns der Brief, den wir nie geschrieben haben, er nagt an uns wie ein hartnäckiger Holzwurm in einem alten Tisch, den wir nur mit einem Gift zur Ruhe bringen könnten, an dem auch wir zugrunde gehen würden. »Der« Brief. Den wir alle immer schreiben wollten, in gewissen schlaflosen Nächten, und den wir immer aufgeschoben haben.

Wenn ich die Art der Briefe, die später dann zu diesem Roman geworden sind, beschreiben müßte, würde ich sie unter Umständen als Liebesbriefe bezeichnen. Als Liebesbriefe im weitesten Sinn, so wie auch das Territorium der Liebe ziemlich weitläufig ist und oft an unbekannte Gebiete grenzt, die auf den ersten Blick nichts mit ihr zu tun haben: dem Groll, der Reue, der Sehnsucht, der Trauer. Und das sind auch einige der Orte, an denen die Personen, die die Briefe abschicken, die ich sie habe schreiben lassen, wie verloren herumirren. Und so etwas Ähnliches wie Liebe, eine Art leidvolle Zuneigung, beseelt auch die letzte Briefschreiberin, die einzige weibliche Stimme in diesem Buch, die ihr Leben damit verbringt, den Lebensfaden der anderen mit der Schere durchzuschneiden.

Ich würde gern erzählen, wie und wann ein Teil der Briefe entstanden ist, vielleicht weil sich unter jeder Geschichte immer noch eine andere Geschichte verbirgt.

Irgendwann in einem bestimmten Sommer war mir, als würde ich aufs neue ein Gewitter erleben, das sich achtzehn Jahre davor ereignet hatte. Zu glauben, man könne das Unwiederbringliche aufs neue erleben, ist eine dumme Vorstellung, auch wenn die äußeren und inneren Umstände identisch erscheinen und uns in unserer Illusion bestärken. Tatsächlich waren die Umstände fast identisch: der gleiche Ausblick (das Fenster eines einsamen Gasthofes), die gleiche Landschaft (mit struppiger Vegetation bedeckte Hügel), die elektrisch geladene Luft, so daß die Spannung sich auf die Gedanken und den Körper zu übertragen schien, derselbe Mond, der wie verrückt zwischen den tintenblauen Wolken dahinjagte. Ich riß das Fenster auf, lehnte mich hinaus und wartete geduldig. Zu solchen Gelegenheiten muß man eine Zigarette oder eine Kerze anzünden und an seine Toten denken, wie ich es auch viele Jahre davor gemacht hatte. Ich tat es, aber es gab kein Gewitter, und die Landschaft blieb unverändert. Ein Gewitter entlud sich hingegen in meinem Kopf, eine Art kosmischer Kopfschmerz, der die Gezeiten des Blutes im Schädel anschwellen läßt. Es entlud sich gleichzeitig mit der Musik von Bellinis *Norma*, einer pompösen und arroganten Oper, wie alle Opern dieser tüchtigen Handwerker, die sich für große Künstler hielten, einer Musik, die übrigens hervorragend zu den scheußlichen Versen des Librettos von Felice Romani paßt. Stellvertretend für dieses Gewitter, das sich nicht entlud, entstand »Casta Diva«, dessen Ich-Erzähler ich den Auftrag erteilte, eine wirre und wahnwitzige Oper zu dirigieren, wie wenn die Elemente in Aufruhr sind. Und da der Ich-Erzähler vorgab, etwas Wirkliches zu erkennen, so wie der Hexer den Regen ruft – indem ich also die Logik außer acht ließ und mich statt dessen auf Intuition und Willkür verließ und die Ereignisse, die zu erkennen waren, aufgrund ihrer eigenen Logik verknüpfte –, schloß ich daraus, daß diese Person der Logik des Wahns gehorchte. Vielleicht war sie verrückt. Anfang September lud mich Ricardo Cruz-Filipe in Lissabon zu sich nach

Hause ein, um mir seine neuesten Gemälde zu zeigen. Ich hatte Cruz-Filipe schon lange einen Text zu seiner Arbeit versprochen, ihn jedoch noch nicht geschrieben. Als ich an diesem Tag die Bilder betrachtete, vor allem die *disiecta membra* der an Caravaggio erinnernden Bilder, war mir plötzlich klar, daß ich diesen Text bereits geschrieben hatte. Es war der Brief mit dem Titel »Casta Diva«. Und ich begriff, daß nicht die Regenmacher die wahren Verrückten sind, sondern der falsche Meteorologe, der ankündigt, daß das für heute vorausgesagte Gewitter erst in zwei Tagen eintreten wird. Und warum? Einfach weil es dieser Meteorologe gern sähe, daß alles seine Ordnung und seine Logik hat und daß der Morgen eine heitere Nacht besiegelt, die er in den Armen seines Morpheus verbracht hat. Also in Frieden ruhen und dann den Alltagstrott wiederaufnehmen, aufgrund dessen man weiß, das das Leben zur Gänze hier ist und niemals anderswo.

Der Brief mit dem Titel »Der Fluß« trug ursprünglich den Titel »Ohne Ende«, und ich dachte dabei an einen unvergeßlichen Schlager von Gino Paoli, nicht zuletzt, weil ich glaubte, daß man Worte wie »Du bist ein Augenblick ohne Ende, du hast kein Gestern und kein Morgen« nicht ungestraft zu einer Frau sagen kann: Sie erfordern, daß man sich in irgendeiner Weise mit ihnen auseinandersetzt. Manche werden sich bei diesem Brief vielleicht an *Das dritte Ufer des Flusses* von Guimarães Rosa erinnert fühlen, eine Erzählung, deren Großartigkeit mich genauso beeindruckte wie der Anblick des Amazonas. Aber wie gesagt, die Literatur ist kein Zug, der an der Oberfläche dahinfährt, sondern ein Fluß im Karst, der auftaucht, wo es ihm paßt, beziehungsweise dessen Verlauf sich von oben nicht nachvollziehen läßt. Dem muß man noch hinzufügen, daß der Fluß von Guimarães Rosa so gewaltig war, daß er ein drittes Ufer besaß, während der Fluß bei mir gar kein Ufer hat. Aber vielleicht ist es nicht ganz unwahrscheinlich, daß sich beide Erzählungen von Plotins dritter Enneade in Porphyrios' Überlieferung haben inspirieren lassen, wo von einem Fluß die Rede ist, der zugleich Prinzip und Abwesenheit ist, ursprüngliche Ausstrahlung und die Unmöglichkeit meßbarer Bestimmungen. Aber wenn ich es mir so recht überlege, hat sich diese Erzählung vor allem vom Leben ihres Protagonisten inspirieren lassen. Schriftsteller kennen nämlich das Leben ihrer Protagonisten sehr gut, bis in die kleinsten Verästelungen: Und das erkläre ich nicht aus Rache, das muß man mir glauben. Allen jenen, die aufgrund ihrer Vertrautheit mit der Narratologie meinen, der Brief sei »labyrinthisch«, möchte ich erklären, daß er an einem Ort entstand, wo Labyrinthe Tradition haben. Genauer gesagt in Chania, in Doma, im Haus von Ioanna und Rena Koutsoudaki. Und der Erinnerung an ihre unvergleichliche Gastfreundschaft ist er auch gewidmet. Der Brief verdankt auch viel meiner Freundschaft mit Anteos Chysostomidis, der an einem Junisonntag in Kreta mit großer Geduld viele Seiten niedergeschrieben hat, die ich selbst nicht schreiben konnte und die ich somit mündlich »schreiben« mußte.

»Ich wollte dich besuchen, aber du warst nicht da« entstand in Gedanken an Robert Walsers *Spaziergänge*, die ein Leben lang dauerten, und seinem Andenken ist die Erzählung auch gewidmet. »Bücher, die nicht geschrieben, Reisen, die nicht unternommen wurden« entstand im Zug, auf der Hin- und Rückfahrt von Paris nach Genf. Der französische Philosoph, der darin erwähnt wird, ist Clement Rosset, und sein Buch heißt *Le réel, l'imaginaire et l'illusoire*. Dieser Text ist Jean-Marc gewidmet, einem Pariser Clochard, der die ganze Welt bereist hat, ohne seinen Gehsteig zu verlassen. »Wozu dient eine Harfe mit nur einer Saite?« verdankt viel der Erinnerung an einen Freund, der eines Tages in sein Anderswo aufbrach, ohne jemals zurückgekehrt zu sein, einer kurzen Begegnung mit der Repräsentantin der jüdischen Gemeinde in Saloniki, dem Pianisten Ivo Bartoli, mit dem man sich wunderbar über Musik unterhalten kann, und einem Menschen, der mir von einem Alexandria erzählte, das schon lange der Vergangenheit angehört. Der Titel »Ein merkwürdiges Leben« bezieht sich auf einen alten Fado von Amália Rodrigues und kann als Hommage an Enrique Vila-Matas und die antropophage Genialität seines Werkes gelesen werden. »Die Schwierigkeit, sich vom Stacheldraht zu befreien« kann als Fortsetzung von »Forbidden Games« gelesen werden oder als Nachtrag, fast als ob der Absender der Briefe bemerkt hätte, daß der Empfänger die Botschaft in der Flasche nicht erhalten hatte, und vor allem, daß *repetita non juvant*.

Von den anderen Geschichten lohnt es sich nicht zu sprechen: Sie sind hier und dort entstanden, weil ich etwas gehört oder mir etwas vorgestellt habe, und manchmal sind sie mir auch einfach nur so zugeflogen, wie es ihrer Launenhaftigkeit entspricht. Ich möchte nur noch sagen, daß der Brief im Brief mit dem Titel »Brief an den Wind« aus einem Roman von mir stammt, den ich noch nicht geschrieben habe. Wenn ich ihn eines Tages schreibe, werde ich ihn ihm zurückgeben. Den Brief, in dem er enthalten ist, könnte man durchaus als einen persönlichen Brief von mir betrachten. Denn es erscheint mir richtig, daß man die eigenen Personen rechtzeitig zum Schweigen bringt, nachdem man so geduldig war, sich ihre larmoyanten Geschichten anzuhören. Auf diese Weise kann man ihnen sagen, daß ihre Zeit abgelaufen ist und daß sie nicht mehr zurückkommen und uns belästigen sollen. Fort. Fort.

A. T.

In dem Augenblick, in dem dieses Buch in Druck geht, möchte ich mich bei Veronica Noseda bedanken, die aufgrund ihrer Freundschaft und mit großer Geduld die Hefte abgetippt hat, in die ich diesen Roman geschrieben habe, und bei Massimo Marianetti, der die ersten Texte gesammelt hat.

Anmerkungen der Übersetzerin

Seite 7 »*Avanti 'ndrè*«: »Vor, zurück / Vor, zurück / Was für ein Vergnügen / Vor, zurück / Vor, zurück / Darin besteht das Leben.«

Seite 22 »ein Gedicht wie das«: gemeint ist Montales Gedicht »Accelerato« aus *Le Occasioni*.

Seite 29 »der scharfsinnige Maler«: Courbet, der seinen berühmten weiblichen Akt so genannt hat.

Seite 31 »auf Tugend und auf Wissen habet acht!«: Dantes *Divina Commedia, Inferno*, 26. Gesang.

Seite 49 »ein sarkastischer Dichter«: T. S. Eliot. Der Spruch, Auszug aus Marlowes *Der Jude von Malta*, ist seinem Gedicht »The Portrait of a Lady« als Motto vorangesetzt.

Seite 51 »manche Schriftsteller«: gemeint ist Calvino und sein Buch *Sechs Vorschläge für das nächste Jahrtausend* (dt. 1991).

Seite 58 »*Dove vai Gigolette*«: »Wohin gehst du, Gigolette, mit deinem Gigolo, die Java ist aus, die wir vor vielen Jahren getanzt haben.«

Seite 63 »auch kranke Brunnen weinen manchmal rote Tränen«: Anspielung auf Palazzeschis Gedicht »La fontana malata«.

Seite 66 »der Partisan Johnny«: Titel eines Romans von Beppe Fenoglio.

»Worauf ruht dein Blick«: aus einem italienischen Partisanenlied.

Seite 68 »wie Titiros«: Anspielung auf den ersten Vers von Vergils *Bucolica*.

Seite 70 »ein typischer Samstag im Dorf«: Anspielung auf ein berühmtes Gedicht Leopardis.

Seite 71 »Casta Diva«: die berühmteste Arie aus Bellinis *Norma*, aus der auch im folgenden zitiert wird.

Seite 72 »*Eran rapiti i sensi*«: »Die Sinne schwinden uns, o liebreizende Frau« (aus *Norma*).

Seite 78 »*Tintarella di luna*«: von Mina gesungener Schlager aus den sechziger Jahren.

Seite 80 »dem verruchten Comte«: Lautréamont (1847–1870).

Seite 89 »*Come prima*«: Schlager aus den fünfziger Jahren.

Seite 129 »*Si 'sta voce*«: »Wenn dich diese Stimme nachts aufweckt, / Während dich dein Mann neben dir umarmt, / Bleib wach, wenn du willst, bleib wach, / aber tu, als ob du schliefest.«

Seite 136 »*luntane'e te quanta melancunia*«: »fern von dir, welche Melancholie«.

Seite 152 »Giannischicchio«: leicht pejorative Form von Gianni Schicchi, einer Figur bei Dante, auch Protagonist einer Puccini-Oper.

Seite 153 »der lautstarke Dichter«: d'Annunzio.

Seite 163 »*Na véspera*«: »Am Vorabend des Niemals-Abfahrens muß man wenigstens keine Koffer packen.«

Seite 166 »jener Dichter«: Pessoa.

Seite 200 Mathurine und Charlotte: Figuren aus Molières *Don Juan*.

Seite 206 »*Na ausência*«: »In der Abwesenheit und in der Ferne«.

Seite 207 »*Mansinho, lua cheia*«: »stiller, voller Mond«.

»*nha desventura*«: »ein Unglück, die Liebe«.

Seite 210 »wenn still ruht der Mond«: aus einem Gedicht Leopardis.

Seite 217 »wie Clelio der Filipino«: Anspielung auf ein Gedicht Montales aus *Satura*.

Seite 223 »*Buon topo*«: »Gute Ratte andrerseits, und von jeder / philosophischen Heuchelei weit entfernt, / kurzum ehrlich und wahrhaftig / genährt von Intrigen und Höfling; / leutselig aus Zuneigung, und zu jedermann / immer freundlich, und, wenn's erlaubt ist zu sagen, menschlich; / kümmert sich wenig um Gold, aber viel um die Ehre, / ist großmütig und liebt das Vaterland.«

Seite 241 »*Te voglio*«: »Ich will dich, ich suche dich, ich rufe dich, ich spüre dich, ich träume dich.«

Seite 245 »mit den Worten eines französischen Dichters«: Apollinaire.

Seite 250 »*cchiù luntana*«: »Je ferner du von mir bist, desto näher spüre ich dich.«

Seite 257 »Die Nacht ist mild«: aus Leopardis Gedicht »Der Abend nach dem Fest«.

Seite 261 »*El candil*«: »Die Lampe ist am Verlöschen, / Die Kanne hat kein Öl mehr, / Ich sag dir nicht, daß du gehen sollst, / Ich sag dir nicht, daß du bleiben sollst.«

Inhalt

Eine Fahrkarte mitten im Meer	9
Der Fluß	19
Forbidden Games	43
Blutkreislauf	59
Casta Diva	71
Ich wollte dich besuchen, aber du warst nicht da	83
Die Schwierigkeit, sich vom Stacheldraht zu befreien	105
Gute Nachrichten von zu Hause	113
Wozu dient eine Harfe mit nur einer Saite?	129
Gutherzig, wie du bist	149
Bücher, die nicht geschrieben, Reisen die nicht unternommen wurden	163
Die Rolle hat ausgedient	187
Ein merkwürdiges Leben	203
Der Abend vor Christi Himmelfahrt	215
Meine hellen Augen, meine honigfarbenen Haare	223
Te voglio, te cerco, te chiammo, te veco, te sento, te sonno	241
Ein Brief, der noch zu schreiben ist	255
Es wird immer später	261
Postskriptum	275
Anmerkungen der Übersetzerin	285